PERDUS SUR LA LUNE

DU MÊME AUTEUR :

2017

- *L'interphone ne fonctionne toujours pas (partie 1)*, Rebelle Editions, (romance)
- *L'interphone ne fonctionne toujours pas (partie 2)*, Rebelle Editions, (romance)

2019

- *Projet Mars Alpha*, Amazon/BOD, (Anticipation)
- *Deux degrés et demi*, Amazon/BOD, (Anticipation, dystopie)

2020

- *Avant j'avais des principes maintenant je suis papa – De l'accouchement aux premiers pas*, Amazon/BOD, (Témoignage)
- *L'interphone ne fonctionne toujours pas (réédition)*, Amazon/BOD, (Thriller Psychologique)
- *Abyssjail*, Amazon/BOD, (Anticipation, Post-Apocalyptique)

2021

- *Avant j'avais des principes maintenant je suis papa – Des premiers pas au Terrible Two*, Amazon/BOD, (Témoignage)

2022

- *Nom de code : CERBERE*, Amazon/BOD, (Mythologie revisitée, Post-Apocalyptique)

Pierre-Etienne Bram

PERDUS SUR LA LUNE

Le Code de la propriété intellectuelle et artistique n'autorisant, aux termes des alinéas 2 et 3 de l'article L.122-5, d'une part, que les « copies ou reproductions strictement réservées à l'usage privé du copiste et non destinées à une utilisation collective » et, d'autre part, que les analyses et les courtes citations dans un but d'exemple et d'illustration, « toute représentation ou reproduction intégrale, ou partielle, faite sans le consentement de l'auteur ou de ses ayants droit ou ayants cause, est illicite » (alinéa 1er de l'article L. 122-4). Cette représentation ou reproduction, par quelque procédé que ce soit, constituerait donc une contrefaçon sanctionnée par les articles 425 et suivants du Code pénal.

Idée originale @ Pierre-Etienne Bram
Beta lecture @ Fred Marty
Corrections et relecture @ Estelle Chariat
Concept et design couverture @ Pierre-Etienne Bram

ISBN : 978-2-3225-1684-1
Dépôt légal : Novembre 2024
Première édition : mai 2024

Finaliste des plumes francophones 2024

Copyright © 2024 Pierre-Etienne BRAM

Édition : BoD · Books on Demand GmbH, In de Tarpen 42, 22848 Norderstedt (Allemagne)
Impression : Libri Plureos GmbH, Friedensallee 273, 22763 Hamburg (Allemagne)

L'Intelligence Artificielle n'a pas besoin d'être malveillante pour détruire l'humanité. Si elle a un objectif et que l'humanité est en travers de son chemin, elle nous éliminera sans malice.

Elon Musk (7 avril 2018)

Chapitre 1 - Sirène

Une sirène assourdissante résonna tout à coup. Engoncée dans une combinaison spatiale sans casque, chacune des six personnes affalées sur la table centrale de la pièce reprit connaissance, l'une après l'autre.

— Mais putain, où est-on ? C'est quoi ce vacarme ? s'écria un homme de grande stature.

— Et vous, qui êtes-vous, tous ? demanda une femme.

La confusion teintée de peur se lisait dans tous les regards, la situation du moment défiant toute logique.

— On dirait un module lunaire, murmura l'un d'entre eux.

— Quelqu'un pourrait-il faire cesser cette fichue sirène ? gronda un autre homme, les mains plaquées sur ses oreilles.

Comme pour répondre à cette demande, le bruit assourdissant s'arrêta subitement. Un hologramme surgit alors au beau milieu de la table, stupéfiant les six personnes présentes. Après quelques interférences audio, un visage d'humanoïde, partiellement reconstitué, commença à parler d'une voix synthétique :

— Soyez les bienvenus. À la suite d'un dysfonctionnement de votre engin d'expédition, vous avez perdu connaissance et avez été secourus dans ce module lunaire nommé ANTARES. Votre survie dépendra de votre capacité à rejoindre l'objectif final de votre mission : la fusée mère, située à 112 kilomètres d'ici.

L'incrédulité céda rapidement à l'angoisse dans le regard des différentes personnes présentes.

— Qu'est-ce que c'est que ce cirque ?

La voix de l'hologramme reprit :

— Dans les caisses alignées derrière vous, vous trouverez quinze objets qui pourront vous permettre d'atteindre cet objectif, dont une carte. Certains de ces objets vous seront utiles, d'autres non. Choisissez judicieusement, si vous voulez survivre. Faites de mauvaises décisions, et ce sera la mort assurée. De plus, une anomalie affecte actuellement le système de régénération d'air du module. Dans un peu moins d'une heure, les réserves d'urgence seront totalement vides.

Un compte à rebours numérique apparut soudain sur l'un des murs.

— Inutile de tenter de le réparer, reprit la voix, vous n'y parviendrez pas. Vos combinaisons sont équipées d'une tablette flexible sur votre avant-bras gauche, qui vous précisera pour chacun les niveaux d'eau, d'air et d'énergie qu'il lui reste, cette dernière vous permettant d'ajuster la température. Surveillez bien ces indicateurs, votre vie en dépendra.

— Mais qu'est-ce que c'est que cette mauvaise blague ?

— À part vos gants et vos casques, continua la voix, ne tentez jamais de retirer votre combinaison. Il vous serait alors impossible de la remettre correctement, et ce serait à nouveau la mort assurée. Enfin, souvenez-vous : *l'union fait la force*. Toutefois, conclut-elle après une courte pause, restez vigilants. Il se pourrait bien qu'un traître se dissimule parmi vous.

L'hologramme disparut, et la plupart des regards se tournèrent vers le décompte affiché sur le mur : il ne leur restait plus que 59 minutes et 22 secondes.

Quelqu'un se leva, et fit quelques pas avant de s'arrêter net :

— Putain… Mais, c'est quoi ce délire ?

— Un cauchemar, répondit quelqu'un.

— Non, je veux dire… Quand je marche… j'ai l'impression de flotter !

— La gravité, murmura l'homme au teint blême et aux cheveux bruns.

— La quoi ? demanda le gaillard.

— Si ce que prétend l'hologramme est véridique, et que nous sommes bel et bien sur la lune, alors il doit s'agir de la gravité lunaire, étant donné que…

— Foutaises ! Ce ne sont que des foutaises. Sur la lune, vraiment ? Et d'ailleurs, de quoi parle-t-il avec ce véhicule d'exploration qui a subi une avarie ? Alors qu'il y a quelques heures encore, j'étais tranquillement devant mon ordinateur en train de coder ?

— Et moi en train de consulter mes patients ! rajouta une jeune femme.

— OK ! s'exclama l'homme qui s'était levé, balayant l'assemblée de regards suspicieux autour de lui. OK. Donc personne ne croit que nous sommes sur la lune, moi le premier. Cependant... je ne connais rien qui puisse imiter cette gravité. En conséquence, si ce n'est pas sur la lune... Alors, je pose la question : où sommes-nous ?

— C'est absurde... déclara une femme. Je veux dire... pourquoi nous ? Avez-vous une quelconque compétence dans le domaine spatial ? Moi, non. Je suis médecin, je pense donc être plutôt inutile ici. De plus, si ma mémoire est bonne et si ce qu'on raconte est vrai, à vous de voir, personne n'est jamais retourné sur la lune depuis... c'était quoi déjà le nom de cette mission ? « Apollo 16 » ou « Apollo 17 », quelque chose comme ça ?

— Tu t'appelles Isabelle, c'est bien ça ? demanda l'homme debout. Isabelle Schmitt ?

— Oui, mais... comment le savez-vous ?

— C'est indiqué sur le scratch que tu portes sur ta combinaison, répondit-il en le pointant du doigt.

Elle vérifia elle-même, et soupira en constatant que ce qu'il disait était juste.

— Ah... Bien vu. Je confirme, c'est bien mon nom.

— Peut-être que nous pourrions tous commencer par nous présenter ? Et d'ailleurs, je propose qu'on se tutoie, ce sera plus simple. Toi... Isabelle, tu es donc médecin, bien. C'est toujours rassurant de savoir que quelqu'un pourra soigner si nécessaire. Moi, je m'appelle Sébastien

Conrad. Je suis sergent-major dans l'armée de terre. Toi, Arnaud Mitchell, serais-tu astronaute, par le plus grand des hasards ?
— Non. Je bosse dans l'informatique. Je suis programmeur pour être plus précis, continua l'homme aux cheveux courts grisonnants. Entre autres. J'aime bien les gadgets, mais je déteste ce genre de plaisanterie. La gravité ? Sérieusement ? rajouta-t-il en se levant pour faire quelques pas maladroits.

— Je m'appelle Florence, Florence Cernan, annonça timidement une petite blonde aux yeux bleus translucides, le regard comme perdu dans le vague. Et pour ce qui est de mon métier, je suis comédienne.

Une femme à la chevelure fauve tenue par un chignon impeccable, au regard marron perçant et au visage constellé de taches de rousseur prit la parole :

— Si l'on en est aux confidences, je me nomme Carine. Carine Scott, comme c'est écrit sur ma combinaison. Et je n'aime pas les surprises, et tout ce qui n'a pas été planifié en général. De plus, je doute réellement qu'une mécanicienne, spécialisée dans la réparation et la maintenance des hélicoptères, soit d'une quelconque utilité dans la situation du moment.

Tous les regards se tournèrent enfin vers le dernier du groupe, qui avait timidement évoqué la notion de gravité quelques instants plus tôt. Il s'agissait d'un trentenaire avec une barbe de trois jours, d'une taille moyenne.

L'air perdu, il paraissait avoir du mal à soutenir le regard des autres et il se contenta de fixer la tablette électronique accrochée sur son avant-bras, qu'il toucha pour se donner une contenance. Voyant qu'il n'avait visiblement pas l'intention de prendre la parole pour se présenter, le militaire lui demanda :

— Et toi, alors ? Thomas Shepard, si j'en crois ce qu'il y a marqué sur ta combinaison ? Quelle est ta profession ?

Il hésita longuement avant de répondre, son visage passant par tout un tas d'expression. Il finit par lâcher, confus :
— Je suis navré, mais… je n'en sais strictement rien.
— Pardon ?
— Je n'ai aucune idée de mon métier, de qui je suis, et jusqu'à ce que tu le dises, j'ignorais même jusqu'à mon prénom. J'en conclus donc que je dois bel et bien m'appeler Thomas.
— Heu… Attends… Tu ne te souviens de rien ? Vraiment de rien ?
– De rien du tout.
— Quel est notre président ? En quelle année sommes-nous ? Où habites-tu ?

Thomas chercha quelques instants dans sa mémoire, et sourit nerveusement, avant de répondre en haussant les épaules :
— Je suis sincèrement désolé, mais… je n'en ai aucune idée.
— Un amnésique. Super. Un putain d'amnésique. Il ne manquait plus que ça.

Chapitre 2 - Présentations

— Amnésique ou pas, on s'en fout, s'agaça Isabelle. Moi, je veux sortir de là, quoi qu'il en coûte.

— Si ce que cet hologramme a dit est affirmatif, dans 57 minutes, nous serons fixés, rappela Sébastien en observant le décompte.

— Et donc ? On va attendre tout ce temps en se demandant si l'on est en train de faire un mauvais rêve ou si c'est la réalité ?

— J'en conclus que tu as probablement une meilleure idée à proposer ? répliqua le militaire.

— Je… Non, pas vraiment.

Mis à part Thomas et Florence, tout le monde se leva l'un après l'autre et fit de petits pas à tâtons dans le module lunaire, une grande pièce unique d'une trentaine de mètres carrés. Chacun découvrait avec prudence cette gravité rendant le corps six fois moins lourd que sur terre.

Sur le mur, aucune décoration, seulement six casques accrochés les uns à côté des autres, prêts à être utilisés, portant tous le nom de leur propriétaire d'inscrit dessus. Un coup d'œil rapide suffisait pour se rendre compte qu'il n'y avait qu'une seule sortie possible, via un sas s'ouvrant sur une porte fermée, empêchant quiconque de voir à l'extérieur.

— Bon. Et maintenant… on fait quoi ? demanda Carine.

— Cela intéresse quelqu'un de comprendre comment fonctionne ce sas ? proposa Isabelle.

Mais tout le monde était bien trop occupé à s'acclimater à la nouvelle gravité du module et personne ne lui prêta la moindre attention. Son visage devint soudain bien plus froid, ses pupilles se dilatèrent légèrement, et après avoir maugréé des paroles inaudibles, elle se rapprocha du boîtier de commande et commença son analyse.

— Cet écran sur l'avant-bras est révolutionnaire, annonça Arnaud. Je ne pensais pas qu'il existait une technologie aussi poussée. Réserve énergétique, air, eau, pulsation cardiaque, niveau de stress, c'est

incroyable autant qu'effrayant. On dirait la réplique exacte du pip boy du jeu vidéo *Fallout*.
— Et si... nous regardions les contenus de ces caisses ? demanda timidement Thomas, toujours attablé, sans vraiment parvenir à se faire entendre. Elles sont censées nous aider, reprit-il, et peut-être qu'on pourra y voir plus clair...
À l'instar d'Isabelle, personne ne lui prêta attention. Il soupira, déçu de voir que tout le monde l'ignorait. Il se plongea alors dans les yeux énigmatiques de Florence, assise en face de lui. L'un comme l'autre avaient préféré ne pas se lever, ce qui faisait un point commun qui le rassura. Il lui lança un sourire presque gêné qu'elle ne lui rendit pas, son regard fixant quelque chose qu'il ne parvint pas à déterminer après s'être retourné. Il lui demanda alors :
— Tu as peur ?
— Qui ça ? Moi ?
— Oui, Florence, c'est bien à toi que je parle.
— Je... Pardon, j'étais dans mes pensées. Oui, j'ai un peu peur, bredouilla-t-elle, visiblement surprise que quelqu'un lui adresse la parole.
— Moi aussi, pour être honnête. Je suis sûr qu'on va tous finir par comprendre ce qui nous arrive et que ça va bien se passer, rajouta-t-il en mettant sa main sur la sienne, qu'elle retira immédiatement.
Visiblement peu convaincue par ce qu'il venait de lui dire, elle fit une légère moue, les yeux toujours plongés dans le vague, avant de reprendre :
— Et toi, alors... Tu ne te rappelles plus qui tu es ? Ni même de ce que tu fais dans la vie ?
— Tu as bien résumé la situation. Il m'est impossible de me souvenir de quoi que ce soit... C'est déconcertant. C'est comme si quelque chose bloquait dans ma mémoire, m'empêchant d'accéder aux éléments de mon passé. C'est indescriptible... Et paradoxalement, j'ai l'impression de connaître quantité de choses théoriques sur l'espace.

Il se toucha la tête, à la recherche d'un quelconque signe de contusion qu'il ne trouva pas.

— C'est très bizarre comme sensation, conclut-il.

— Oui, je peux imaginer, répondit timidement Florence. J'espère sincèrement qu'on va finir par comprendre ce qui se passe. On est réellement sur la lune, à ton avis ?

— Pour être honnête, je n'en sais rien. Ça me paraît totalement incroyable… Et pourtant, d'après la gravité, ça m'en a tout l'air.

— Si tu le dis…

— Si c'est vraiment le cas, je n'ai qu'une hâte : sortir pour admirer à quoi pourrait bien ressembler un clair de terre.

Elle répondit par un sourire gêné, avant de retrouver une expression triste, perdue, les yeux continuant de fixer un point imaginaire derrière son interlocuteur. Thomas l'observa encore un petit moment. Il lui fit un nouveau signe de la main, auquel elle ne répondit pas. Il soupira en hochant la tête.

De son côté, Isabelle poursuivait sa minutieuse étude du pavé de commande de l'ouverture du sas menant à l'extérieur du module. Quant à Sébastien, le militaire, du haut de son mètre 90, il finit par se diriger vers les caisses de stockage, rapidement rejoint par Arnaud l'informaticien et Carine la mécanicienne.

— Regardons dans ces caisses métalliques ce qu'il y a dedans, annonça-t-il. Espérons qu'on y trouvera quelque chose d'utile.

— Et qu'est-ce qui pourrait l'être ? demanda Arnaud en le secondant. Un GPS lunaire, peut-être ?

— Affirmatif. Quoi que ce soit qui pourrait nous faire sortir de cette saloperie de mauvais rêve, je suis preneur.

— Ce n'est que de la foutaise, marmonna Isabelle, qui tambourinait sur la porte tout en essayant de distinguer ce qu'il était possible de voir de l'autre côté du sas extérieur. Je suis sûre et certaine que c'est encore un de ces complots destinés à nous annihiler, un de plus.

Supposant à tort que personne ne l'avait écoutée, elle rajouta :

— Et dire qu'il a fallu qu'on me colle avec des putains de moutons, c'est bien ma veine…

Thomas, qui avait contre toute attente entendu ce qu'elle venait de marmonner, soupira longuement. Il jeta un coup d'œil au décompte derrière lui, qui indiquait désormais 57 minutes, avant d'observer de nouveau Sébastien. Il était en train de retirer hâtivement les nombreux clips permettant d'ouvrir les caisses métalliques. Il annonça en sortant un premier objet, délicatement entouré par de la mousse blanche synthétique :

— Alors… Qu'est-ce que c'est que ça… Vingt réserves d'aliments concentrés liquides. Poulet au curry, burger frites, colin au riz… Au moins, on ne mourra pas de faim.

Florence, fixant toujours le vide, demanda :

— Désolée si j'ai l'air bête, mais… selon vous, est-on vraiment sûrs et certains de bel et bien être sur la lune ?

— Ah, enfin quelqu'un qui pose les bonnes questions, rétorqua Isabelle. Moi non plus, je n'y crois pas.

— Je t'avoue qu'on n'est sûrs de rien, répliqua Arnaud tout en continuant de déballer les caisses. Mais dans le doute, c'est toujours mieux d'écouter la voix et de lister ce qui pourrait nous être utile à l'extérieur avant la fin du décompte. Ici, j'ai un stock de trente unités énergétiques, probablement pour nos combinaisons, une caisse de sachets de lait en poudre… Et… une boîte de cinquante allumettes. Totalement inexploitable en-dehors du module. Et… j'ai une étrange impression de déjà-vu.

— Les organisateurs de ce défi stupide se sont réellement foutus de nous, rajouta Carine. Regardez ce que je viens de trouver : un canot de sauvetage autogonflant. Sans aucune consigne sur comment l'utiliser. Vous y croyez ?

— Dommage qu'il n'y ait pas d'eau sur la lune, soupira Sébastien.

— Il y en a sous la terre… Sous forme solide, murmura Thomas.

Le militaire le regarda et lui ordonna :

— Dis-moi, Thomas, et si tu te levais pour nous aider ? Même question pour toi, la comédienne.

— Vous êtes déjà trois, répliqua Thomas tout en abandonnant sa chaise afin observer plus en détail le module. Or, il ne reste plus que trois caisses à ouvrir. Si chacun d'entre vous en prend une, alors vous serez assez. Si je venais vous aider, ma présence vous ralentirait plus qu'autre chose.

Sébastien soupira, incapable de répondre quoi que ce soit en retour. Puis il jeta un coup d'œil à Isabelle, qui était toujours en train d'étudier le système de commande du sas. Il hocha la tête avant de s'atteler à l'ouverture d'un nouveau caisson :

— Alors ici, qu'avons-nous… vingt-cinq réserves d'un litre d'eau dans un format visiblement compatible avec nos combinaisons, ainsi que cinq réservoirs de dix kilos d'air comprimé dans le même format.

— De mon côté, continua Carine, j'ai… un appareil de chauffage fonctionnant à l'énergie solaire. Ah, c'est pour toi ça, Isabelle : une trousse médicale et des seringues hypodermiques bien rangées. Et l'on a aussi un parachute en soie, ainsi qu'une carte des constellations lunaires bien pliée. Et… une boussole. Pour le cas où l'on chercherait le nord.

— Dommage qu'il n'y ait pas de pôles, murmura Thomas, tandis qu'il inspectait les casques accrochés au mur.

— Et dans cette caisse, conclut Sébastien, nous avons… un émetteur-récepteur fonctionnant sur l'énergie solaire. J'ai déjà utilisé ce modèle sur terre ; si c'est le même, il produit un signal sur une courte distance, maximum un ou deux kilomètres selon comment se propagent les ondes. Arnaud, qu'y a-t-il dans la dernière caisse ?

L'informaticien l'ouvrit et le visage du militaire s'éclaircit soudain. Il se rua littéralement sur les trouvailles :

— Deux pistolets semi-automatiques calibre 9 mm. Chargés. Un modèle que je ne connais pas. Bonjour mes bébés, annonça-t-il amoureusement après les avoir admirés. Et… un pain de plastic ? Waouh…

De quoi faire des dégâts. Le tout avec un détonateur électronique... À manipuler avec soin. Ce genre de technologie pourrait faire sauter le module en moins de deux.

— Un médecin avec une trousse de secours, un militaire avec deux flingues, je pense qu'on est en sécurité, ironisa Arnaud.

— Ce serait le cas si l'on était sur terre, répliqua Thomas. Mais ici...

Échappant à la vigilance du groupe, Isabelle était parvenue à se glisser de l'autre côté de la première porte du sas, qu'elle avait pu ouvrir discrètement. Fière d'elle, elle s'exclama :

— Je vais vous prouver que nous ne sommes pas sur la lune, et pas plus tard que maintenant, bande de moutons !

Elle poussa sur un bouton, et la porte intérieure se referma automatiquement. Thomas fut le premier à se ruer dessus, il essaya de la rouvrir, en vain.

— Il n'y a plus rien à faire, elle semble bloquée de l'intérieur par un mécanisme. Ouvre, Isabelle, c'est du suicide !

Il tambourina sur l'épais carreau permettant de voir Isabelle évoluer dans le sas, et hurla de plus belle :

— Ne lance surtout pas la dépressurisation ! Sans ton casque, tu ne survivras pas plus d'une dizaine de secondes !

Sébastien le poussa sur le côté d'un coup d'épaule et cria à son tour par le hublot :

— Allez, Isabelle, sois raisonnable ! Ouvre le sas et reviens dans le module, on va trouver le moyen de s'en sortir tous ensemble. Ne déconne pas, merde !

— Vous êtes des putains de moutons, hurla-t-elle. Comment pourrions-nous être sur la lune ? Vous avez souvenir d'avoir été endormi le temps du voyage ? Vous pensez réellement qu'un quelconque organisme enverrait des gens sans aucune connaissance pour une expérience de ce genre ? Sérieusement... Regardez, vous allez voir que tout ça est faux, et que l'air de dehors est bel et bien respirable. Allez, ouverture de la porte.

Elle ignorait qu'ils ne pouvaient pas l'entendre, et vice versa.

— Elle est complètement tarée, soupira Thomas. Arrête, Isabelle !

— C'est parti. Et profitez bien du spectacle ! continua-t-elle en appuyant sur un gros bouton rouge. Vous allez voir à quoi ressemble la vérité en face.

À l'intérieur du sas, une ampoule orange au plafond commença à clignoter.

— Dépressurisation du sas en cours, annonça une voix métallique.

Sur l'écran de contrôle, le niveau de pression indiquait une diminution, lente, mais régulière. De nombreux bruits de soufflerie accompagnaient cette progression. Trop impatiente de prouver que sa théorie était juste, Isabelle s'était rapprochée de la porte donnant vers l'extérieur, tournant ainsi le dos à ses compagnons, figés face à ce spectacle inarrêtable.

— Elle est folle, elle est folle ! répétait Thomas en boucle.

— Et si elle avait raison ? demanda Florence.

— Tout ce que je sais, reprit Thomas, c'est que si ce sas est vraiment là pour faire le pont entre la pression de la lune et celle de ce module, alors, elle risque d'agoniser dans d'atroces souffrances avant la fin de la dépressurisation… Mon Dieu, je ne veux pas voir ça… Isabelle ! tambourina-t-il avec encore plus d'ardeur. Appuie sur le bouton d'annulation ! Tu vas mourir ! Putain, pourquoi ne peut-on pas l'arrêter d'ici ?

— Elle a tenu à se sacrifier, c'est son choix, respectons-le, suggéra Sébastien, résigné.

Isabelle, face à la porte extérieure, attendait désormais l'ouverture en sautillant d'impatience. Mais tout à coup, elle commença à chanceler.

— Regardez ! hurla Thomas, la main sur la bouche.

Isabelle se retourna, et fit quelques pas. Visiblement animée par un mal profond, elle s'agenouilla, et implora en direction du hublot donnant dans le module, d'où les autres pouvaient la voir.

— Je… J'étouffe… murmura-t-elle en se tenant le cou.

— On dirait qu'elle n'arrive plus à respirer ! s'écria Carine. Et regardez la peau de son visage ! Oh putain…

De petites taches rouges et bosselées apparurent subitement sur ses joues, après quoi elle s'effondra sur le sol. Quelques spasmes l'animèrent tel un pantin désarticulé, tandis qu'une mousse blanche s'était mise à sortir de sa bouche et couler jusque dans son cou. Dans un ultime effort, sa main se dirigea péniblement et brièvement vers l'extérieur, qu'elle pointa du doigt, quelques secondes à peine, avant de la laisser retomber le long de son corps.

— Dépressurisation terminée. Pression lunaire effective. Ouverture de la porte externe en cours.

Lentement, la luminosité de la face éclairée de la lune pénétra dans le sas, montrant au grand jour le visage défiguré et sans vie d'Isabelle, les yeux rivés vers le plafond.

Chapitre 3 - Doute

Immédiatement, Thomas appuya sur le bouton permettant de refermer la porte extérieure, ce qui équilibra automatiquement le niveau de pression du sas.

« Pressurisation en cours », hurla la voix métallique.

Il se retourna et regarda le décompte affiché sur le mur : 51 minutes.

De son côté, Carine, encore choquée par la scène à laquelle elle venait d'assister, ne put s'empêcher d'aller vomir dans un coin, tandis qu'Arnaud, accroupi, ne cessait de répéter des « oh putain » en boucle.

— Quelqu'un pourrait-il me dire ce qu'il s'est-il passé ? demanda Florence, toujours assise.

Thomas, qui marchait pour se donner une contenance, lui répondit avec une voix monotonale, tel un robot :

— Isabelle a voulu prouver que le sas et tout le reste étaient fictifs en tentant de le franchir sans porter de casque.

— Et ensuite ? Que s'est-il passé ?

— Disons qu'elle a payé cher le prix de sa curiosité, répliqua Sébastien.

Florence se figea et bredouilla :

— Elle… Elle est morte ?

— Si elle est toujours en vie, elle n'a pas l'air d'être en forme… tenta de plaisanter Thomas en accélérant le pas.

— OK, annonça Sébastien, qui transpirait à peine face à cette situation. Donc Isabelle, paix à son âme, nous a donné la preuve que ce sas de dépressurisation était bel et bien fonctionnel. On sait dorénavant que si l'on veut aller plus loin, il nous faudra nous équiper de ces casques. En tout cas, moi, je mettrai le mien avant de partir.

— Ah oui ? reprit Carine. Et qu'est-ce qui te dit qu'on est réellement sur la lune ?

— Le paysage lunaire qu'on a pu apercevoir de l'autre côté du couloir, par exemple ?
— Et à aucun moment tu n'as supposé que ça pourrait être autre chose ? Par exemple, un studio de cinéma, un coin de désert pendant la nuit... Il y aurait plein d'autres explications plausibles par rapport à ce qu'on vient de voir...
— Et la gravité alors ? répondit Sébastien. C'est quoi, selon toi ? Un simulateur ? Ça n'existe pas. Même chez l'ennemi, je peux te le certifier. En tout cas, pour ma part, je ne courrai pas le risque de sortir de ce sas sans mon casque. Libre à toi de faire ce que tu veux.
— Merci pour ta permission.
Sébastien foudroya du regard Carine, avant de se diriger vers le centre de la pièce.
— Maintenant, j'aimerais bien que tout le monde s'asseye autour de cette table, afin de lister ces objets du plus utile au plus inutile. Nous ne prendrons que ceux qui pourront nous servir. Et dépêchons, le temps nous est compté.
— Sébastien, l'interpella Arnaud. Tu es quand même conscient qu'on vient de voir Isabelle mourir sous nos yeux ?
— Affirmatif. Et donc ? Que veux-tu qu'on fasse ? Qu'on l'enterre ? Qu'on lui organise une messe ? Qu'on fasse une prière ? Des morts, il y en aura probablement cinq de plus si l'on ne s'active pas dès à présent. Rappelez-vous ce que la voix a dit, il ne nous reste qu'un peu moins d'une heure pour choisir les bons objets parmi ceux qu'on a déballés, si l'on souhaite survivre. Alors, activons-nous, et mettons tout sur la table.
Florence rajouta de sa petite voix :
— Il a également été dit que *l'union faisait la force*, et qu'il pouvait y avoir un traître, parmi nous.
Sébastien la fusilla du regard.

— Affirmatif. D'ailleurs, peut-être s'agit-il de toi, Florence ? Ou de l'amnésique ? Les deux seules personnes qui ne nous ont pas aidés à vider ces caisses.

— Ou peut-être s'agissait-il de Carine ? le coupa Thomas.

Les pupilles du militaire devinrent soudainement un peu plus noires, détail que personne ne remarqua dans le feu de l'action.

— Peu importe, répliqua-t-il, je le découvrirai bien assez tôt. Mais pour ma part, j'aimerais bien que tu m'expliques pour quelle raison tu ne t'es pas encore levée, Florence. Es-tu cul-de-jatte ? Quoique, visiblement, tu as des jambes…

Le visage et les mains de la femme commencèrent à trembler. Elle ouvrit la bouche, ne laissant pas sortir le moindre son. Thomas se posta en face du militaire, et tout en le défiant du regard, il lui répondit :

— Si tu étais un peu plus observateur, tu aurais compris la raison pour laquelle elle ne s'est toujours pas levée.

— Ah oui ? Eh bien, je serai curieux de voir quelle explication tu vas nous donner, monsieur Alzheimer. Mais si ma mémoire est bonne, Florence a une bouche, et elle sait parler.

— Sauf que si tu lui laissais en placer une, peut-être que…

— Toi, tu vas apprendre à… hurla Sébastien en se ruant sur Thomas, mais Arnaud se posta entre les deux et tenta de les garder à bonne distance l'un de l'autre.

— Ho ! Que tout le monde se calme ! Je crois qu'on est tous hypertendus. Alors, on va tous essayer de se détendre, de descendre d'un ton, et de tenter de discuter comme des gens civilisés. Si l'on continue de la sorte, personne ne sortira vivant de ce module, on se sera tous entretués avant même la fin de ce décompte.

Thomas s'éloigna de Sébastien et se dirigea vers Florence, toujours statufiée, tremblant de tous ses membres, le regard perdu dans le vide. L'amnésique soupira, puis il passa sa main devant le visage de la jeune femme, sans qu'elle ait le moindre geste de recul. Tout le monde comprit immédiatement ce qu'il en était.

— Elle est…

— Je suis aveugle, l'interrompit-elle avec entrain. Voilà. C'est dit.

— Oh merde, soupira Sébastien. Il ne manquait plus que ça.

— Je suis désolée, continua-t-elle. Sincèrement. Mais, comme vous, je suppose, gardez bien en tête que je n'ai pas choisi d'être là. D'ailleurs, pardonnez-moi si je ne participe pas à vos débats, j'ai trop peur de me lever, faute de repères. J'appréhende de tomber et de ne pas savoir auprès de quoi me rattraper. Voilà. Encore désolée d'être là…

Carine la regarda en soupirant et sortit un à un les objets des différentes caisses.

— Bon, c'est pas tout ça, on se pardonnera dès lors qu'on se sera réveillés en vie de ce putain cauchemar. Les valides, aidez-moi à mettre tout ce qui peut l'être sur la table. On va tâcher de choisir ceux qui sont les plus utiles, tant qu'on peut encore respirer. Commençons par les classer du plus petit au plus grand.

— Drôle d'idée, dit Arnaud.

— C'est mieux comme ça, c'est tout, répliqua Carine.

Quelques minutes plus tard, excepté le canot de sauvetage autogonflant et le parachute en soie, trop imposants, qui étaient restés par terre, les treize objets restants étaient tous exposés les uns à côté des autres sur la table.

— Putain, cette odeur de vomi est insoutenable, remarqua Arnaud.

— Désolée, répliqua Carine. Je n'ai pas l'habitude de voir des gens mourir à quelques mètres de moi.

— Bon, alors, tempéra Sébastien. Nous avons encore un peu moins de trois quarts d'heure avant qu'il n'y ait plus d'air dans ce qui semble être un module lunaire. Trente-cinq minutes si l'on prend un peu de marge, le temps de mettre nos casques, et de porter le matériel dehors.

— Et si c'était faux ? demanda Florence. Je veux dire, et si cette pièce était toujours respirable à la fin du décompte ?
— C'est une hypothèse. Je te laisserai le soin de la tester si tu le souhaites, répondit Sébastien. Isabelle est morte sous mes yeux, ça me suffit pour croire que tout ceci est bel et bien réel. Qui, comment et pourquoi nous sommes dans ce pétrin, on y réfléchira plus tard. La question du moment, c'est ce qu'on emmène, et ce qu'on abandonne ici. À part les rations d'air, d'eau et de nourriture, et les armes, tout le reste... je n'en vois pas trop l'intérêt. Surtout le canot pneumatique.
— Je suis d'accord, répondit Arnaud. J'aurais rajouté les ustensiles permettant de soigner.
— Pas moi, dit Carine. L'émetteur-récepteur, ainsi que l'appareil de chauffage fonctionnant à l'énergie solaire, il faut les prendre.
— Pourquoi ça ? demanda Sébastien. Nos combinaisons sont chauffantes, c'est ce que la voix a dit, non ?
— J'ai également cru comprendre qu'elles étaient thermorégulées, répliqua Carine. Mais ça reste essentiellement du matériel électronique, qui peut être défaillant un moment ou un autre. Il est toujours plus prudent d'avoir des pièces de rechange, une fois démontée.
— Et c'est toi qui vas le porter tout ce matériel, peut-être ? Non, on ne pourra pas. Même avec la faible gravité, ça sera trop lourd sur une aussi longue distance.
— Mais... imagine, si une combinaison est défectueuse ou quoi...
— Négatif.
Carine se dressa :
— Laisse-moi au moins argumenter ! J'ai sûrement un avis sur la question, non ?
— Je te dis qu'on ne les prendra pas, c'est inutile et intransportable ! s'énerva à son tour Sébastien en se levant de la table.

— Mais, et mon opinion, s'insurgea la mécanicienne, tu en fais quoi ? Et d'ailleurs, d'où tu as cru que tu étais le chef ? On n'est pas chez les militaires ici. Je t'obéis si et seulement si la procédure me l'impose !

Sébastien attrapa l'un de ses deux pistolets, qu'il braqua subitement sur le front de Carine, mouvement qui fit aussitôt se lever tout le monde autour de lui, à part Florence qui tremblait de tous ses membres, incapable de comprendre ce qui était en train de se passer.

— Je suis le chef, étant donné que celui qui commande, c'est celui qui a le flingue, annonça doucement Sébastien. Et le flingue, les flingues plus exactement, c'est moi qui vais les garder, car je suis le seul ici à savoir les utiliser. Alors, maintenant, toi et tous les autres, vous allez m'écouter quand je vous donne des ordres. Parce que c'est comme ça, tout simplement. Est-ce que j'ai été assez clair ?

— D'accord, d'accord… répondit Carine en sanglotant, les mains levées. Baisse ton arme, s'il te plaît… Je t'en supplie, Sébastien, ne me tue pas.

Il posa son pistolet à côté de lui, près de son frère jumeau. Tout le monde s'était rassis au fur et à mesure, soupirant à tour de rôle.

Seul Thomas était encore debout.

— Non. Désolé, mais… je ne suis pas d'accord, murmura-t-il en croisant les bras.

— Quoi ?

— J'ai dit que je n'étais pas d'accord sur le fait d'avoir à me soumettre à tes décisions.

— Tu veux mourir, c'est ça ? lui demanda le militaire en braquant de nouveau son calibre 9 mm sur lui.

— C'est justement parce que je ne le souhaite pas que je dis ça. Pointe ton arme sur moi si ça peut te rassurer, mais laisse-moi au moins t'expliquer mon point de vue, répondit-il sans faire le moindre geste.

— Tu as trente secondes pour me convaincre, Einstein, après quoi, je te bute.

Chapitre 4 - Coopération

Le noir des pupilles du militaire avait pratiquement débordé sur le marron foncé de ses iris. Thomas s'en rendit compte, mais continua sans faire la moindre remarque :

— Décide seul, si tu veux. Mais dans ce cas, dans les prochaines heures, je peux te garantir que tous ici, nous serons morts. Sois-en certain. Mais si l'on fait ça tous ensemble, alors, nous tirerons des conclusions bien plus constructives de nos réflexions, je peux te le certifier.

— Et qu'est-ce qui me prouve que tu as raison dans ce cas-là ? Et si c'était toi tout simplement le traître ? Et si ton rôle consistait uniquement à faire capoter la mission ?

— Pose ton arme d'abord, s'il te plaît…

— Balance ta théorie ou je t'explose la tête, Einstein. Maintenant. Tu n'as plus que vingt secondes.

— OK, OK, répondit Thomas en levant les mains pour que le militaire se calme. Si tu insistes. Pour ma part, je pense qu'on peut prendre tous ces objets. Tu vois ce canot pneumatique, que tu trouves totalement inutile. Que dirais-tu un instant si on le gonflait pour transporter l'intégralité du matériel qu'on aurait placé dedans auparavant ?

Sébastien haussa les sourcils.

— Je… Ce serait beaucoup trop lourd… Avec quoi le tirerait-on ? Et avec la poussière, on risquerait rapidement de…

— La gravité le rendra bien plus léger que sur terre. Le faire glisser ne demandera pas de gros efforts particuliers supplémentaires, et l'abrasivité sera quasi nulle. Avec quoi le tirer ? Soit on le pousse, soit on tisse une corde avec les plus gros fils du parachute. Cela nous permettra même de mettre un blessé dessus pour le transporter. Ou une personne aveugle, si tu vois ce que je veux dire.

Sébastien ne répondit pas.

— Et je suis sûr qu'en réfléchissant bien, tout le monde autour de cette table pourra trouver de l'utilité pour chacun de ces objets. Pas forcément l'intérêt primaire de l'objet, mais en le détournant. La boussole, par exemple, ne nous sert à rien sur la lune, car il n'y a aucun pôle magnétique contrairement à la terre. Mais elle peut être conductrice de courant. L'aiguille ou l'aimant à l'intérieur pourraient également nous être nécessaires, d'une manière ou d'une autre. Un autre exemple : les réserves d'air pourraient être fixées à l'arrière du canot gonflable et nous permettraient de nous propulser si l'on arrive à tous tenir dedans. Tu vois l'idée ?

— Je… Peut-être, oui, bougonna Sébastien.

— Tu voulais un exemple de pourquoi il me semble plus judicieux qu'on réfléchisse tous ensemble plutôt que toi tout seul ? Tu l'as. Les trente secondes sont écoulées. J'espère t'avoir convaincu.

Sébastien observa longuement Thomas, qui, fatigué d'avoir les mains en l'air, finit par les baisser et se rasseoir sans porter le moindre signe d'une quelconque victoire sur le visage. Le militaire chercha du regard son interlocuteur, en vain. L'amnésique tenta de donner l'impression de ne pas trop se sentir mal à l'aise face à cette situation, et il espéra que personne n'avait remarqué le tremblement de ses membres qu'il ne parvenait pas à contrôler, l'adrénaline étant trop forte.

Le militaire réenclencha le loquet de protection de son calibre 9 mm et le posa sur la table. Le marron de ses iris avait recommencé à prendre le dessus sur ses pupilles.

— Je dois bien admettre que ton idée est intéressante, Einstein. J'ai peut-être manqué de sang-froid, effectivement.

— J'ai un nom. Il est même marqué sur ma combinaison si on l'oublie.

— Thomas, soupira Sébastien.

— Merci.

Le militaire regarda Carine, et sans la moindre émotion sur le visage, il s'excusa :

— Désolé. Ton idée était probablement intéressante, en y réfléchissant bien.

— Le parachute en soie pourrait également nous protéger du rayonnement solaire, rajouta Arnaud.

— Et les allumettes… Peut-être qu'avec le soufre, on pourrait… Non, ça par contre, je ne vois pas à quoi ça pourrait nous être utile…

— OK, conclut Sébastien. Donc si l'on suit la théorie évoquée par Thomas, alors on prendra tout dans le canot pneumatique. Enfin, si ça convient à tout le monde. Mais c'est quand même curieux que la voix ait autant insisté sur le fait d'avoir à faire le bon choix, si l'on peut tout emporter.

— Et comment serons-nous capables de nous orienter dehors, uniquement avec cette carte ? s'interrogea Carine en la tournant dans tous les sens. À part des étoiles… il n'y a pas grand-chose. Je hais ces objets qui n'ont pas le moindre mode d'emploi.

— Je n'en ai jamais vu sur une carte, répliqua Arnaud.

— Je peux jeter un coup d'œil ? demanda Thomas.

Elle lui tendit sans dire un mot. Il l'observa de longues secondes, avant de la replier.

— Alors… ça dit quoi ? demanda Sébastien.

— Rien de particulier. Il s'agit bien d'une carte de constellations. Les mêmes qu'on pourra regarder dans le ciel une fois qu'on sera dehors, si l'on est bel et bien sur la lune. J'imagine que la croix indique la position de la fusée mère qu'on doit rejoindre.

— Une croix ? Où ça ? s'étonna Carine.

— Ici.

— Tu as une sacrée vue… J'étais totalement passée à côté.

— Tu pourrais nous y conduire ? demanda le militaire.

— Si j'arrive à repérer l'une de ces constellations, alors oui, ça devrait nous permettre d'avoir une direction à suivre. Pourvu que notre tablette soit équipée d'un podomètre pour nous indiquer la distance parcourue.

— Et il y a fort à parier qu'une fois à portée de la destination, l'émetteur-récepteur finira par capter le signal de la fusée mère, rajouta Arnaud.

— Je l'espère aussi, répondit Thomas. Si l'on s'en approche assez près.

Sébastien fit la moue.

— Sauf que... je vous rappelle qu'on va devoir marcher 112 kilomètres avant, d'après ce qu'a dit la voix. Et sincèrement, je ne vois pas comment, avec les vivres qu'on a sur cette table, dans cet environnement que personne ne connaît, on pourra y parvenir. Si l'on peut se passer de nourriture, la gestion de l'eau sera vitale, et je ne parle même pas de l'air. Imaginez-vous bien, deux à trois jours de marche pour y arriver, dans de bonnes conditions, avec des personnes entraînées.

Il regarda chacun des membres de l'équipe avant de reprendre :

— Et à mon avis, peu d'entre vous le sont. Sincèrement, je crois qu'on n'aura jamais assez de réserves pour atteindre la destination vivants.

— Dans ce cas, que proposes-tu ? répliqua Thomas. On s'entretue avec ce calibre 9 mm plutôt que d'essayer de s'en sortir ?

— Même si cela ressemble à une mission suicide, je pense qu'il faut essayer, annonça Arnaud. Je préfère mourir en ayant fait mon possible pour survivre, que de rester dans ce module, à me morfondre de ne pas avoir essayé.

— Pour le coup, je suis d'accord, répondit Carine. C'est en tout cas ce que nous a indiqué la voix à demi-mot.

— Combien de temps nous reste-t-il ? demanda Florence.

— Trente-deux minutes, répondit Arnaud.

— Et… vous êtes certains que vous ne préférez pas prendre le pari que ce décompte est un leurre ? continua l'aveugle.

— Négatif, c'est trop risqué, indiqua Sébastien.

— Peut-être que nous devrions nous préparer à sortir, proposa Thomas, afin de nous familiariser avec les casques et les combinaisons, et surtout commencer à déplacer le matériel devant l'entrée ?

— Affirmatif. On va s'y mettre, répliqua le militaire en observant l'intérieur du sas à travers le hublot. Et elle… qu'en fait-on ? demanda-t-il en montrant le cadavre d'Isabelle.

— Si tout le monde est d'accord, bien entendu, je pense qu'il serait judicieux qu'on la prenne avec nous, répondit Thomas.

Sébastien répliqua :

— Mais enfin… Tu vois bien qu'elle est décédée ?

Thomas jeta un coup d'œil à travers le hublot, le visage d'Isabelle fixant le plafond, crispé par cette mort si subite et douloureuse à en croire sa grimace mortuaire.

— Sauf qu'elle a une combinaison sur elle, répliqua Carine. Ce qui veut dire une réserve d'air, d'eau, et également des pièces de rechange en cas de pépin sur notre matériel.

— Exactement, dit Thomas.

— Dans ce cas, pourquoi on ne repartirait pas avec uniquement sa combinaison ? demanda Arnaud. Je ne suis pas fan de l'idée de trimbaler un macchabée…

— Nous pourrions. Mais le temps nous est compté. Il faudra de longues minutes, voire plus, à supposer que cela soit possible, pour la déshabiller, ce qu'on n'a pas le luxe de faire, à en croire le challenge que nous a énoncé la voix tout à l'heure. Enfin… ce n'est qu'une proposition, bien entendu.

— Qui vote pour ? demanda Sébastien.

Tout le monde leva timidement la main l'un après l'autre.

— On n'aura qu'à la recouvrir avec le parachute, suggéra Thomas, comme ça on n'aura pas à la regarder.

— Bien, dans ce cas, c'est entendu. Préparons-nous à sortir.

Thomas fut le premier à essayer son casque. Il le fit avec une facilité déconcertante avant de le retirer. Patiemment, il expliqua la manière avec laquelle ils devaient le manipuler. Sébastien prenait note, toujours méfiant par rapport à toutes les connaissances de l'amnésique, tel qu'il s'était présenté. Carine le harcela de questions sur des détails techniques auxquelles Thomas était bien incapable de répondre.

Une fois familiarisés avec leurs casques, ils rangèrent sous la supervision de Carine les différents objets dans les caisses correspondantes, qu'ils déplacèrent à l'entrée du sas. Florence, assistée par Thomas, se leva timidement et fit quelques pas, afin de s'habituer à la gravité lunaire.

— Tu vas voir, tu vas t'y faire.

— C'est très bizarre… Ah… J'ai peur de tomber…

— Voilà, très bien, ça va aller.

Quelques minutes plus tard, elle était moins hésitante.

— Maintenant, je vais t'aider à mettre ton casque. Par défaut, la visière s'abaissera automatiquement, sans quoi la lumière du soleil te brûlera probablement les yeux, étant donné qu'il n'y a pas d'atmosphère. Ce… serait dommage, plaisanta-t-il.

— Bien, je te fais confiance, dit-elle d'une voix tremblante. Par contre… es-tu certain qu'à la fin du décompte, il n'y aura plus d'air dans ce module ? Enfin… imaginez qu'il y en ait toujours ?

— Je ne peux rien assurer, tu t'en doutes. Mais le risque que ce soit vrai est trop élevé.

— Oui, bien sûr… Mais… Tu as raison. Préparons-nous au pire.

Il ne restait plus que deux minutes avant que le décompte touche à sa fin, deux minutes avant qu'il devienne théoriquement impossible de respirer dans le module, les réserves de secours ayant été totalement vidées.

Toute l'équipe se tenait prête à passer à l'action, les yeux désormais rivés sur le compte à rebours.

— N'aurions-nous dû pas nous équiper plus tôt ? demanda Arnaud.

— Chaque minute d'air économisée sera vitale, répondit Carine.

— Effectivement, il est plutôt préférable d'attendre le plus tard possible, continua Thomas. Dès qu'il ne restera plus qu'une minute, mettez vos casques et rentrez dans le sas. Je t'aiderai à mettre le tien, Florence. Ensuite, on transvasera les caisses du module vers le couloir et je lancerai la dépressurisation. Ah, une dernière chose. Une fois que vous aurez mis votre casque, tâchez de respirer calmement, le plus normalement possible. Moins vous stresserez, moins vous consommerez. Donc, un conseil, évitez de regarder le corps d'Isabelle.

— Facile à dire, murmura Carine.

— Je le sais bien… Faites au mieux. Votre niveau d'air apparaît sur l'écran portatif sur votre avant-bras. Quand vous serez proche de 5 %, dites-le, on mettra alors une réserve pleine.

— Tant qu'il en reste, soupira Arnaud.

— Tant qu'il en reste, répéta Thomas.

— Et comment communiquera-t-on ? demanda Carine.

— Je suppose que… Oui, c'est bien ce que je pensais ; regarde, il y a un micro ici, et des petits haut-parleurs sur le côté du casque. Il doit y avoir un réseau à ondes courtes ; si l'on ne s'éloigne pas trop l'un de l'autre, on devrait pouvoir discuter tous ensemble.

— Ondes courtes, c'est-à-dire combien de mètres exactement ?

— Précisément, je ne sais pas. Je dirais 200, peut-être 300 mètres.

— Mais… comment es-tu au courant de tout ça ? s'interrogea Sébastien. Toi qui es amnésique en plus ?

— Je n'en sais fichtrement rien, répliqua Thomas. Et crois bien que ça m'effraie plus que ça m'amuse, pour être honnête.

Sous le regard angoissé des cinq protagonistes, le décompte commença à afficher les 90 dernières secondes.

— Et quand le sas aura fini de décompresser et que la porte vers l'extérieur sera ouverte, que fait-on ? demanda Arnaud.
— Il faudra quelqu'un pour sortir le canot, répliqua Sébastien. Arnaud et Carine, vous vous en chargerez. Dès que vous serez dehors, une fois gonflé, vous déplacerez tous les objets dedans. Pendant ce temps-là, Thomas et moi, on s'occupera du corps d'Isabelle.
— Une fois dans le canot, on la recouvrira du parachute de soie pour ne pas avoir à la regarder, continua Thomas. Dès que nous serons prêts à partir, je viendrai te chercher, Florence, et tu pourras marcher à mes côtés. Tu n'auras qu'à me tenir l'avant-bras.
— Merci, répondit-elle, le visage grimaçant d'appréhension.
— Bonne chance. Il reste une minute, vous pouvez dès à présent commencer à vous équiper de vos casques.

Tout le monde s'exécuta. Une fois celui de Florence hermétiquement fermé, une ampoule rouge sortit du plafond et clignota. Une alarme stridente se mit à retentir.

— Trente secondes, soupira Thomas. Vingt secondes...
— Non... Ce n'est pas possible... murmura Arnaud.
— Dix secondes...
Carine le regarda :
— Qu'est-ce que tu marmonnes ?
Et tandis que le décompte affichait désormais le chiffre zéro, Arnaud bouscula tout le monde et se jeta à l'intérieur du module.
— Ça ne peut pas être vrai ! Je refuse d'y croire ! rajouta-t-il en retirant son casque. Tout ça ne peut pas être réel ! Il doit être encore possible de respirer !

Chapitre 5 – Le canot pneumatique (1)

— Attention ! Réserves d'air épuisées ! Attention ! Réserves d'air épuisées ! répétait en boucle une voix métallique.

Arnaud était subitement rentré dans le module et avait retiré son casque, sous les yeux incrédules de ses partenaires.

— Tu es fou ! hurla Thomas. Il n'y a plus d'air !

Mais Arnaud voulait en être sûr. Les yeux pleins de détresse, il essaya de respirer, plusieurs fois, en vain. Il ne lui fallut pas longtemps pour comprendre que la voix avait raison. Il tenta rapidement de remettre son casque, sans y parvenir, son cerveau étant déjà proche de l'asphyxie. Il s'écroula en suffoquant, le visage tendant petit à petit vers la couleur cramoisie.

— Vas-y, Thomas ! hurla Sébastien.

L'amnésique, tétanisé par la scène à laquelle il était en train d'assister, tremblait de tous ses membres, totalement incapable de réagir.

Au sol, Arnaud avait encore la force de grimacer, une main tendue vers le groupe, luttant de toutes ses forces pour ne pas perdre connaissance.

— Mais tu attends quoi ? insista le militaire. C'est toi le plus proche, putain ! Qu'est-ce que tu fous ?

Face à l'inaction de Thomas, Sébastien fonça dans le module et aida Arnaud à enfiler son casque. Une fois équipé, celui-ci prit de grandes inspirations et retrouva peu à peu sa couleur de peau originale. Il observa son sauveur, l'air désolé.

— Ça va ? lui demanda Sébastien après quelques secondes.

Il hocha la tête et leva son pouce :

— Oui, je crois que je ne suis pas passé loin. Merci… Sans toi… je serais probablement mort à l'heure actuelle.

— Je suppose que tu es content de ta petite expérience ? continua le militaire en l'aidant à se relever.

— Désolé, je ne sais pas ce qui m'a pris. Sincèrement. Une part au fond de moi me disait : « Et si c'était vrai », tandis que l'autre me soufflait : « Tu fais une connerie ». Maintenant, au moins, je suis fixé, ce n'était pas du bluff.
— Mouais. Allez, dépêchons.
— Pour être honnête, je crois que je n'aurais pas pu marcher, droit vers l'inconnu, en étant incapable de répondre à cette question : « Et si le décompte était fictif ? »
— À l'avenir, préviens-nous, la prochaine fois que tu planifieras de faire une connerie. Je ne serai peut-être pas toujours là pour t'aider. Et vu que visiblement, je suis le seul à avoir des couilles dans ce groupe, rajouta-t-il en foudroyant Thomas du regard, c'est mieux si tu évites de refaire ça.
— Encore désolé… Je… marmonna l'amnésique.
— On s'en fout de tes excuses ! Quelqu'un a failli mourir alors que tu étais à seulement quelques mètres de lui. Bref, on réglera ça plus tard. Assez perdu de temps. Dépressurise le sas, qu'on puisse sortir de ce putain de module. Enfin, si tu t'en sens capable, bien entendu.

Encore sous le choc, Arnaud adopta un comportement plus neutre face à Thomas, se contentant de passer devant lui sans lui prêter le moindre regard.

Tout le monde se positionna devant la porte extérieure, paré à transporter les différents conteneurs en dehors. L'amnésique soupira, se sentant toujours affreusement coupable de son inaction face à ce qu'il venait de se produire. Il finit par appuyer sur le gros bouton rouge au niveau du panneau de commande.
— Prêt ? demanda Thomas. Alors, c'est parti.
— Dépressurisation du sas en cours, annonça une voix métallique.

Comme lorsque Isabelle avait activé le process, l'ampoule orange au plafond clignota à nouveau, tandis que le pourcentage d'avancement s'affichait sur un écran que personne ne regardait, tout le monde ayant les yeux rivés sur la porte de sortie. Les nombreux bruits de soufflerie cessèrent, laissant soudain place à un silence pesant. La lumière cessa de clignoter et devint verte.

— Dépressurisation terminée. Ouverture de la porte externe en cours.

Lentement mais sûrement, elle s'ouvrit, laissant apparaître progressivement l'incroyable panorama de la lune.

— Oh, mon Dieu, soupira Carine, totalement sous le charme.

— Merde… Ce n'était pas une blague, s'exclama Sébastien, les yeux écarquillés.

Du sable ressemblant à de la cendre grise, à perte de vue. Plus que la vision d'un désert ou d'une plage en pleine nuit, il y avait quelque chose d'insolitement mortel dans ce qu'ils étaient tous en train de découvrir. Au fur et à mesure que la porte s'effaçait en rentrant dans les parois du module, la luminosité, dans un premier temps plutôt faible, se fit rapidement de plus en plus agressive, voire violente, assez pour que les visières des casques s'abaissent automatiquement. Le ciel étoilé apparut petit à petit.

— Alors, selon vous, demanda Arnaud. Nous sommes dans un simulateur, ou bel et bien sur la lune ?

— Si ce n'est pas réel, on ne doit pas être bien loin de la réalité, répliqua Thomas.

— Ouverture de la porte externe terminée.

Il n'y avait quasiment plus aucun bruit dans le sas, mis à part les respirations des différents membres, toujours bouche bée devant cet incroyable paysage.

— Ce silence est terrifiant, remarqua Carine.

Florence prit tout à coup la parole :

— Excusez-moi, mais… quelqu'un pourrait-il me décrire ce que vous voyez ?

Thomas fut le premier à franchir la porte. Il fit quelques pas en tentant de ne pas se laisser déborder par la sensation de vertige qu'il sentait monter en lui.

— Bien sûr. Essaie de t'imaginer un désert de sable, grisâtre, à perte de vue. Avec… un sol relativement plat, parsemé de petits cratères et de quelques gros cailloux tendant vers des morceaux de roche. Sur la gauche, on peut à peine distinguer des collines se perdant dans l'obscurité ; à droite, on distingue tout juste l'horizon.

L'un après l'autre, tous finirent par sortir, incluant Florence, que Carine guida dehors.

— Le ciel, quant à lui, reprit Thomas, ressemble à une nuit étoilée un soir d'été qu'on pourrait admirer en montagne par temps clair. Sauf que contrairement à la nuit terrestre, ce ciel-là est noir, intensément plus noir, plus étoilé également. Au sol, on a l'impression de marcher sur de la cendre, froide et grisâtre, ou plutôt un mélange de sable très fin et de poussière. Je suppose que cela en a la consistance. Voilà. Pour le reste, je ne sais pas ce que vous en pensez, les autres, mais… je trouve qu'il y a quelque chose d'assez vertigineux dans ce panorama.

— Absolument, soupira Carine.

— Peut-être est-ce le fait qu'on ne doit pas être plus d'une vingtaine de personnes à l'avoir jamais vu de nos yeux ? Ou alors, il doit s'agir de l'éloignement d'avec notre bonne vieille planète… Enfin, voilà, Florence. J'aimerais bien t'en dire plus, mais… je pense qu'il n'y a pas grand-chose à rajouter. J'espère que ça t'aide à imaginer ce qu'on peut ressentir.

— Merci, oui, je crois m'être fait une idée.

Le militaire tapa un grand coup dans le dos de l'amnésique, d'une telle puissance qu'il faillit le faire tomber. Thomas le fusilla du regard pour toute réponse.

— Allez, le poète, on n'a pas que ça à faire, annonça Sébastien. Commencez à sortir les conteneurs pendant que je m'occupe de gonfler le canot de sauvetage.

Sans dire un mot, chacun s'affaira, tandis que Thomas continuait d'observer la voûte céleste. Il pointa soudain du doigt quelque chose :

— Oh, mon Dieu… Regardez ce qu'on voit là-bas !

Tout le monde leva la tête, à l'exception de Florence. Une bulle bleue, entourée de nuages blancs, était là, en train de les contempler.

— La terre… soupira Arnaud. Elle ne mesure pas plus d'une quinzaine de centimètres de diamètre,

— Alors qu'elle doit être à plus de 350 000 kilomètres de nous… murmura Thomas.

— C'est incroyable, on pourrait presque distinguer le continent africain… Je… Je ne me sens pas bien, rajouta Carine, avant de s'effondrer par terre.

— Carine, ça va ? demanda Arnaud, qui l'aida à se relever.

— C'est bon, oui, désolée… Juste… un petit malaise. Je peinais à accepter le fait qu'on était bel et bien sur la lune, mais là… Oh, mon Dieu… Si loin des nôtres, de ma famille, de la civilisation… et de mes cigarettes… Je ne sais pas si je vais pouvoir survivre bien longtemps.

— C'est très étrange, murmura Arnaud. J'ai une impression de… déjà-vu. Déjà tout à l'heure…

— Ah bon ? Tu aurais pu nous dire que tu étais déjà venu par ici, ironisa Thomas.

— Tu as raison. C'est tout bonnement impossible. Et pourtant, j'ai eu cette sensation au moment où nous avons quitté tous ensemble ce lieu… Ce doit être la fatigue et mon cerveau qui déraille.

Sébastien, vraisemblablement peu ému par la vision de la terre dans le ciel étoilé, s'attelait autour du canot pneumatique. Une fois correctement déplié, il repéra rapidement le système de gonflage automatique, et tira violemment la poignée pour l'actionner. En quelques secondes à peine, celui-ci fut instantanément gonflé.

— Voilà une bonne chose de faite. Maintenant, tâchons de le charger le plus vite possible, pendant qu'on essaie de voir la manière avec laquelle on pourra utiliser les fils du parachute pour le tracter.

Les conteneurs furent transvasés un par un du sas au canot pneumatique.

— Thomas, viens. Occupons-nous d'Isabelle à présent.

Dans le sas, l'amnésique observa le visage de la doctoresse, étrangement défiguré. Il eut soudain une méchante envie de vomir, mais se retint de justesse.

— Ça va aller ?
— Oui... Je... C'est bon.

Thomas l'équipa de son casque, et se signa.

— Allez, annonça Sébastien, elle est morte, c'est fini pour elle. Et n'oublie pas que c'est elle qui a choisi de faire ça ; nous n'avons pas eu notre mot à dire, je te rappelle.

— Oui, je sais. Mais... je n'ai pas l'habitude de voir des macchabées.

— Dépêchons si tu ne veux pas qu'il y en ait d'autres, ordonna-t-il en saisissant les pieds d'Isabelle. À la une, à la deux, et à la trois !

Une fois déplacé dans le canot, Thomas recouvrit rapidement le cadavre du drap de soie, afin de cacher son visage. Sa tâche terminée, il se frotta les mains, comme pour se débarrasser de l'odeur de mort qu'il ne pouvait pas sentir. Arnaud, de son côté, avait réussi à récupérer les plus gros fils du parachute, et commençait à le harnacher sur leur moyen de transport rustique.

— Bon, et maintenant, où va-t-on ? demanda Sébastien en sortant la carte des constellations.

Quasiment tout le monde avait le regard plongé dans l'immensité s'étendant à perte de vue de cet incroyable paysage lunaire.

— Il faut commencer par encorder le canot, annonça Thomas. Et soyons déjà heureux d'avoir survécu à cette première épreuve.
— Le pire est probablement devant nous, soupira Arnaud. Putain, qu'est-ce que j'ai fait pour mériter ça ?
— Et moi, je me damnerais pour fumer une clope, rajouta Carine. Quand je pense que je fais toujours en sorte d'en avoir avec moi…
— Et… attendez… Ce ne sont pas des traces de pneus qu'on voit devant nous ? s'étonna Sébastien en s'avançant. Si, regardez par terre !
— Peut-être une indication pour la suite ? se demanda Arnaud.
— Disons surtout que s'il y a ça, il devrait y avoir…

Arnaud se redressa et observa le module lunaire, qui apparaissait enfin dans sa totalité. Il s'écria soudain en montrant quelque chose en partie caché par le bâtiment :

— Hey ! Mais… regardez là-bas ! Qu'est-ce que c'est que ça ? On dirait un Rover !

Chapitre 6 - Le système de chauffage (2)

Arnaud, qui s'était élancé de telle sorte à être le premier sur les lieux, trébucha, encore trop peu habitué à la trop faible gravité. Sébastien, visiblement plus à l'aise dans cet environnement, se rapprocha du véhicule en faisant de petits sauts. Thomas, de son côté, après avoir aidé Carine à se relever de son malaise, tourna la tête et écarquilla les yeux :

— Une Jeep lunaire ? Vraiment ? demanda-t-il.

Le militaire l'examina brièvement et confirma :

— Ça y ressemble, en tout cas.

Arnaud, qui avait eu toutes les peines du monde à se relever, finit par arriver en sautillant jusqu'au véhicule qu'il observa à son tour, rapidement secondé par Carine.

— Tu veux m'accompagner pour aller voir ça de plus près ? demanda Thomas.

— Non, je crois que je préfère rester ici, si possible, répondit Florence.

Thomas fut le dernier à les rejoindre en marchant, l'aveugle se tenant toujours debout à proximité du canot.

— Un véhicule fonctionnant à l'énergie solaire, annonça la mécanicienne, à en croire ce bouton.

— Et à ton avis, tu penses qu'il pourrait être utilisable ? demanda Arnaud.

Elle sourcilla et retira immédiatement le capot protégeant le moteur :

— Cela demanderait une analyse minutieuse, je n'aime pas faire les choses à la va-vite. Je vais faire un premier diagnostic. Je tiens quand même à préciser que je ne suis pas calée dans ce genre de technologie, hein…

Elle fit plusieurs hochements de tête, regarda à plusieurs endroits, et conclut en soupirant :

— À première vue, cette Jeep est en panne. Vous voyez, là, ce câble ? dit-elle en indiquant un emplacement du doigt. On peut distinguer que ça a été sectionné de manière nette, probablement avec un couteau ou des ciseaux. Sans ça, il sera impossible d'utiliser ce véhicule, j'en ai bien peur.

— Est-ce que ça ne vaudrait quand même pas le coup de tenter de le réparer ? demanda Sébastien. Il n'y a vraiment rien à faire ? Tu en es sûre et certaine ?

— Écoute, je suis mécanicienne, spécialisée dans les hélicoptères, au cas où tu l'aurais oublié. Je ne suis pas faiseuse de miracles. Démonter ce genre chose, ça ne s'improvise pas. J'aime avoir de la documentation en amont, me préparer, avoir mes outils. Après, si tu penses avoir les compétences de faire un truc impossible, vas-y, je te regarde. Mais je pense que tu perdras ton temps.

— Et… si l'on te fournissait des pièces de rechange ? proposa Arnaud. Qui pourraient venir du système de chauffage, peut-être ?

— Et si l'on en avait besoin par la suite pour se réchauffer ?

— C'est peu probable, précisa Thomas.

— Qu'est-ce que tu en sais, tu es devin ? répliqua Sébastien.

— Non, mais… Je ne pense pas.

— Dans tous les cas, je n'ai pas envie de gaspiller la moitié des réserves d'air de toute l'équipe, si c'est pour me rendre compte après trois heures de boulot que je n'ai pas les compétences requises, et que mon travail n'aboutira pas.

— Ce serait quand même plus pratique pour se déplacer plutôt que… oh, regardez !

Tout le monde se retourna vers l'emplacement que montrait Arnaud, là où le canot avait été gonflé quelques minutes plus tôt : il n'en restait rien.

— Merde ! hurla Arnaud. Qu'est-ce qu'il lui est arrivé ?
— Putain, mais c'est quoi ce bordel, soupira Sébastien en s'avançant vers le lieu du crime.
— Quelqu'un pourrait-il me dire ce qu'il se passe ? demanda Florence.
— Le canot pneumatique, répondit Thomas. Il était gonflé juste avant qu'on jette un coup d'œil à la Jeep lunaire. Il semblait tout à fait étanche, sauf qu'il n'en reste plus rien. Il est devenu tout plat en quelques minutes à peine.
— Putain… marmonna Arnaud. Ce n'est pas possible. Florence, tu as vu quelque chose ?
— Je… bredouilla l'aveugle. Comment dire...
— Ah oui, c'est vrai, reprit Arnaud. Désolé. C'est vraiment pas de chance… Il était percé, vous croyez ? Peut-être est-ce au moment de le charger, une caisse l'aurait abîmé ?
— Ou alors c'est la température, soupira Thomas.
Sébastien le regarda :
— La température ? Mais encore ?
— À votre avis, combien fait-il ? répliqua Thomas.
— Je n'en sais rien. Je suppose qu'il doit plutôt faire froid.
— Pareil, rajouta Arnaud.
— Perdu. Il fait +123 °C, annonça-t-il en montrant la tablette accrochée à son avant-bras, affichant la valeur en question.
— Mais non… s'étonna Arnaud.
— Si vous n'avez plus d'énergie pour réfrigérer vos combinaisons, vous vous en rendrez vite compte, croyez-moi. Pour en revenir au canot, il est probable qu'il n'ait pas résisté à cette chaleur.
— C'est surprenant, répliqua Carine. J'étais persuadée que le PVC aurait largement pu supporter des températures plus élevées. Et si c'était le cas, il aurait fondu, non ?

— Et moi, j'étais certain qu'on se les caillait, annonça Arnaud en observant sa tablette.
— Ça l'est du côté ombragé de la lune, où il fait plutôt aux alentours de -175 °C.
Florence trembla, et tenta de ne pas bredouiller en demandant :
— Le canot étant détruit, est-ce que cela veut dire qu'on va devoir porter tout le matériel ? Ou bien en abandonner la plupart ?
Sébastien donna un coup de pied de rage dans ce qu'il restait de leur moyen de transport de fortune, faisant par la même occasion un petit nuage de poussière qui se dissipa rapidement.
— Affirmatif. Ou alors, nous allons devoir faire des choix…
— Bon ? On fait quoi ? demanda Arnaud.
Thomas regagna la Jeep, et se tourna vers la mécano de l'équipe.
— Carine, pourrais-tu de nouveau jeter un coup d'œil au moteur, s'il te plaît ? Je suppose que ce n'est pas un hasard s'il y a une bricoleuse dans l'équipe.
— Sincèrement, je ne pense pas que cela soit une bonne idée. Pour bien faire les choses, il faudrait que je démonte la totalité du bloc, et que je trouve la pièce nécessaire pour remplacer ce câble. Le tout sans tournevis, je n'y arriverai pas.
— Combien de temps cela te prendrait-il, d'avoir juste un diagnostic ? demanda Sébastien.
— Je vous l'ai déjà fourni.
— Plus approfondi, j'entends.
— Je ne sais pas. Une heure, peut-être deux, dix, cent. Peut-être plus, peut-être moins. Et une fois de plus, je le répète, il n'y a aucune documentation sur ce type de véhicule, et je ne suis pas certaine du tout que la pièce dont j'ai besoin sera bien dans le radiateur, et de surcroît qu'elle sera utilisable sur la Jeep.
— Combien de pourcentage de chances que ce soit le cas ? insista Arnaud.

— Je n'aime pas procéder ainsi, avec un chiffrage au doigt mouillé. Vous êtes vraiment agaçants… Allez, pour vous faire plaisir, je dirai moins de 5 %. Je le répète, ne connais rien à ce genre d'engin, sans parler du fait que ce qui est moteur se basant sur de l'énergie solaire, c'est une technologie qui nécessite des connaissances que je n'ai pas. En plus, je suppose que ça doit être conçu pour résister à de hautes températures, le tout serré super fort en cas de vibrations… Le tout sans outils ? Ah, pour finir, je ne bricole jamais sans fumer. Ça m'aide à réfléchir. Et sauf erreur de ma part, je n'ai pas vu de cigarettes dans les caisses.

— Tente toujours. Si ça ne fonctionne pas, on pourra toujours tirer la Jeep, proposa Thomas.

— C'est-à-dire ? demanda Sébastien.

— Comme on voulait le faire pour le canot, avec les fils du parachute, reprit Thomas. En attendant, que diriez-vous de charger le matériel dans la Jeep ? Il y a assez de place derrière. Je suppose qu'elle ne doit pas être bien lourde, elle a été conçue pour ça. On pourra y installer les conteneurs, le macchabée et surtout Florence, comme ça elle n'aura pas à marcher, ce qui nous fera probablement gagner un temps précieux.

Le militaire fit quelques pas vers l'amnésique, et lui tapota sur la combinaison :

— Et si l'on n'est pas d'accord avec toi ?

— Je suis tout à fait ouvert à d'autres propositions. Tu en as une, je suppose ?

Sébastien le regarda longuement et annonça :

— Tirer la Jeep me paraît être un plan B acceptable, mais pour ma part, je pense qu'il faut donner sa chance à Carine. Je crois en elle. Et puis, 5 % de chances, c'est toujours mieux que zéro.

— Tu es bien le seul à croire en moi, soupira la réparatrice d'hélicoptère.

Thomas proposa alors :

— Écoutez-moi. Il me paraît judicieux de sacrifier une heure de notre temps, pour que Carine tente de voir s'il y a possibilité de rebrancher le moteur avec les pièces du système de chauffage. Mais il faut que tout le monde soit d'accord. Qu'en dites-vous ? Vous tous ? Levez la main, ceux qui sont pour !

— Ça me va, soupira Arnaud.

— OK pour moi, rajouta Sébastien.

Florence suivit le mouvement sans prononcer le moindre mot.

— Bon, je crois qu'on est tous d'accord pour te laisser ta chance, annonça le militaire. Tu as donc carte blanche.

— Regarde, s'exclama Thomas après avoir jeté un coup d'œil à l'arrière de la Jeep. En plus, il y avait une boîte à outils, la chance est parmi nous, non ? Que demander de plus ?

Carine soupira en les examinant, avant de saisir une clé de 12 et de rajouter :

— Avoir du bol de cocu.

— Croisons tous les doigts. Notre avenir dépend de toi maintenant, bonne chance, murmura Thomas en lui tapant sur l'épaule.

Chapitre 7 - Carine

Un peu plus tôt dans l'histoire, quelque part sur terre.

— Notre avenir dépend de toi maintenant, marmonna Carine. Elle épongea son front en s'essuyant minutieusement la graisse noire qu'elle avait sur les doigts. Elle tira compulsivement sur sa vapoteuse, et alla chercher une clé de 18 et une clé de 16 sur le panneau mural où tous ses outils étaient parfaitement rangés dans les emplacements correspondants.

— Sans déconner, comment peut-on abuser de phrases de manipulateur de la sorte, reprit-elle. Ce chef est juste un incapable, et qui c'est qui doit rattraper ses boulettes après ? C'est bibi…

Elle recula de quelques pas, et admira le fuselage quasiment nu de l'hélicoptère sur lequel elle travaillait depuis un trop grand nombre d'heures : un KA-62 d'origine russe, équipé de 2 × turbines Turbomeca Ardiden. Un bijou de technologie, un cauchemar pour les mécanos.

— Jamais je ne parviendrai à réparer ce truc à temps… C'est juste impossible sans la moindre documentation technique.

Elle prit quelques gorgées de son mazagran de café, et grimaça en constatant qu'il était froid. L'horloge de l'atelier désert indiquait 1 h 03. Elle entendit au loin le bruit d'une chouette ou d'un oiseau nocturne de la même famille. Elle fit défiler brièvement les dernières notifications de son smartphone avant de rapidement retourner au combat.

Ses coups de marteau pour desserrer des boulons étaient les seuls bruits qui résonnaient dans la nuit, lorsque soudain, quelqu'un entra d'un pas lourd dans l'atelier.

— Tu plaisantes ! T'as pas encore fini ? commença à rugir l'homme, un quinquagénaire bedonnant aux cheveux grisâtres et gras.

— Bonsoir, chef. Ça va, chef ? s'agaça-t-elle. Moi, ça va. Enfin, vite fait.

— Oh, c'est bon, épargne-moi tes formules de politesse, répliqua-t-il en posant son cuir sur le côté. J'ai promis au client de cet hélico qu'il serait prêt demain, 8 heures pétantes. Si tu y parviens, on sauve la boîte. Dans le cas contraire, elle coule. Et toi avec.

— Je sais. Je suis vaguement au courant, ça doit être la huitième fois que tu me le répètes.

— Tu comptes tenir les délais ?

— Je t'avais dit de refuser le contrat, que je n'aurais jamais assez de temps pour m'en occuper ! Mon planning était plein, mais je suppose qu'une fois de plus, tu n'y as pas prêté attention… Et pour répondre à ta question, je n'en ai aucune idée, c'est un bijou de technologie bourré d'électronique cet hélico. La panne peut venir de n'importe où. Franchement, je ne suis pas très optimiste. Il faut déjà que je comprenne d'où ça vient, et ce sera 50 % du travail de fait.

— Mais quelle incapable on m'a foutu… soupira-t-il.

— Si c'était le cas, je ne serais sûrement pas la dernière de l'équipe à être encore là. Dois-je te rappeler que tu as licencié tous les autres ? répondit-elle en forçant sur un écrou peinant à se laisser dévisser.

— Bla, bla, bla… Tu ne sais pas ce que c'est, toi, que d'avoir à gérer une entreprise !

Je m'y prendrais bien mieux que toi, si c'était le cas, pensa-t-elle avant de prendre une grande bouffée de sa vapoteuse.

Elle évita de discuter et continua à s'occuper de son hélicoptère. À côté d'elle, son patron faisait les cent pas, espérant que quelque chose de miraculeux se produise.

— Tu comptes rester là longtemps ? lui demanda-t-elle.

— C'est mon atelier, j'ai bien le droit de faire ce que je veux, que je sache. Si j'ai envie de faire ça toute la nuit jusqu'à demain, alors c'est ce que je ferai.

— C'est toi le patron, mais je vais être honnête avec toi, là, tu me stresses à faire les cent pas autour de moi. J'aime travailler dans le calme, en étant zen, ce qui n'est plus le cas depuis que tu as investi les lieux.
— Eh ben, c'est bien dommage, tu vois. Parce que c'est ce que je compte faire jusqu'à l'aube.

Carine vapota avec encore plus d'entrain, pour calmer ses nerfs. Elle avait fini par venir à bout du dernier boulon qui lui résistait, mais la situation lui fit oublier de savourer cette petite victoire. Elle jeta un coup d'œil rageur à son patron, et tout en démontant un boîtier, elle rajouta :

— En même temps, je t'avais prévenu que je n'avais jamais bossé sur une machine de ce type. Alors, pourquoi t'être engagé sur un délai aussi court, étant donné que je t'avais clairement expliqué le fait qu'il me serait impossible de le tenir ?

— Pourquoi ? Peut-être parce que j'avais confiance en tes capacités, figure-toi. Je pensais que tu étais une mécanicienne digne de ce nom, que tu n'avais pas peur des défis. Mais visiblement, plus ça va, plus je commence à douter de l'image que j'avais de toi.

La réparatrice soupira de nouveau, et s'étira de tout son corps sur son escabeau afin de tenter d'atteindre une pièce un peu trop haute. C'est le moment que choisit son supérieur pour venir inspecter son travail de plus près, juste en dessous d'elle.

— Eh bien, tu sauras que... malgré mes capacités... il y a des choses, que je ne suis pas en mesure de faire... Je ne suis pas magicienne, par exemple, et...

Tout se passa très vite.

L'escabeau bascula et elle tomba par terre, faisant voler dans sa chute un pot de graisse qui aspergea le pantalon de son chef au passage. À peine Carine eut-elle le temps de vérifier qu'elle ne s'était rien cassé, se relevant avec difficulté, que son responsable se mit à l'insulter copieusement :

— Mais c'est pas vrai ! Mon costard est foutu ! Oh, ça, ma petite salope, tu vas me le payer, crois-moi, dit-il en retroussant ses manches.
— Pardon, pardon, chef, je suis désolée… C'est l'escabeau qui…
Sans écouter son argumentation, il commença à la cogner en la traitant de tous les noms. Encore sonnée par sa chute, elle tenta dans un premier temps de protéger sa tête, tandis qu'il la frappait au niveau du corps. Il finit par l'attraper par le col et maugréa :
— Tu vas payer ce que tu viens de me faire. Je vais te filer la raclée de ta vie !
Son haleine ne laissait place à aucun doute : il était ivre, comme trop souvent. Et tandis qu'il continuait à la cogner, elle glissa sur l'huile recouvrant le sol, se retrouvant sur le dos.
— Espèce de salope, cria-t-il en lui donnant des coups de pied dans les côtes, avant de perdre l'équilibre à son tour.
Carine profita de l'occasion pour saisir la clé de 16 qu'elle avait dans son bleu de travail et pour le frapper à plusieurs reprises, au niveau du crâne.
Immédiatement, du sang gicla sur son visage, ce qui ne l'empêcha pas de recommencer une bonne dizaine de fois, tout en hurlant sa rage. Essoufflée, elle finit par s'arrêter. Elle observa un instant la scène, la tête de son tortionnaire gisant dans l'huile, des morceaux de cervelle parsemés tout autour d'elle. Son crâne entrouvert était littéralement en train de se vider à ses pieds. Elle lui cracha dessus et rajouta :
— Enfoiré de pervers manipulateur… Tu n'as eu que ce que tu méritais.
Elle lui asséna un dernier coup de pied qui lui fracassa le nez. L'espace d'un instant, elle reprit sa respiration, comprenant ce qu'il venait de se passer. Elle ramassa sa vapoteuse et pesta en se rendant compte qu'elle s'était cassée durant sa chute.
Elle alla s'asseoir un peu plus loin, sur la table où était son cendrier. Après s'être essuyé son visage recouvert de son sang et de celui de son

bourreau, elle s'alluma une cigarette, et grimaça de nouveau en constatant que son café était toujours aussi froid.

— Et merde, pesta-t-elle en comprenant que sa lèvre ainsi que son arcade sourcilière saignaient toujours.

Tout en fumant avec encore plus d'ardeur, elle estima la situation, tentant de faire redescendre la pression.

1 h 09.

Il n'avait fallu que quelques minutes pour que sa vie bascule. Une page se tournait, elle le savait. Elle leva les yeux, et vit tout autour d'elle de nombreux barils d'huile, d'essence et d'autres liquides inflammables.

— De quoi faire un joli feu d'artifice, murmura-t-elle.

D'une main, elle chercha une cigarette et pesta en se rendant compte qu'elle n'en avait plus. Elle balança par terre son paquet de rage, et elle alla fouiller le cadavre de son supérieur, à qui elle subtilisa le sien, ainsi que son portefeuille.

— Tu sais quoi ? Tu es encore plus moche comme ça. Déjà que t'étais pas bien beau avant... Je t'emprunte ça, je suppose que tu n'en auras plus l'utilité maintenant.

Elle retourna se rasseoir et prit le temps de savourer une clope provenant de son ex-chef. C'était une marque qu'elle n'avait pas l'habitude de fumer, un peu plus chère que celle à laquelle elle était habituée, mais qu'elle aimait bien. Elle inspira longuement tout en réfléchissant.

Quand les pompiers arriveront, il ne devrait rester plus rien... Ça se tente, pensa-t-elle.

Elle scrolla rapidement sur son téléphone alors qu'elle finissait sa cigarette, qu'elle écrasa ensuite dans le cendrier déjà débordant. Après avoir été chercher quelques jerricans d'essence disséminés dans l'atelier, elle en répandit un peu partout, en insistant bien sur le corps de son patron. Elle retira son bleu de travail, et le jeta sur lui, ainsi que son smartphone.

— Je vous présente ma démission, chef. J'espère que vous l'accepterez.

Elle vida son dernier bidon jusqu'à la sortie, où elle murmura :

— « Notre avenir dépend de toi maintenant ». Pauvre connard manipulateur, va. Va brûler en enfer, c'est tout ce que tu mérites.

D'une pichenette, elle lança sa cigarette, qui atterrit sur le sol imbibé d'essence. Le brasier démarra instantanément.

Elle s'éloigna en courant jusqu'à sa voiture. Pas un chat dans les parages. Elle s'installa au volant et fonça, pied au plancher, afin de quitter au plus vite ce lieu qu'elle détestait tant. Dans son rétroviseur, elle vit subitement l'atelier exploser dans une véritable tempête de flammes.

— Je n'aime pas qu'on me mette la pression, tu le sauras désormais, trou du cul, murmura-t-elle avant de chantonner sur le titre *James Dean* du groupe The Eagles qui passait à la radio.

À plusieurs centaines de kilomètres de là, dans une centrale de surveillance, un opérateur repassa la vidéo de l'une des caméras de surveillance, un téléphone vissé sur l'oreille.

— C'est bon ? Vous avez les coordonnées ? demanda-t-il.

— Une rousse, grande, au volant d'un 4x4 noir. On a l'immatriculation qui vient d'apparaître. On s'en occupe.

— Et pour les pompiers ?

— Ils ont été prévenus. On fonce.

La voiture de police démarra en trombe. À son volant, le conducteur murmura :

— Homicide volontaire ? Si on te chope, ma jolie, c'est perpétuité assurée.

Chapitre 8 - ORION

Tandis que Carine s'affairait à démonter le système de chauffage, l'équipe se dispersa autour de la Jeep, en quête d'informations sur leur situation. Thomas, qui observait le véhicule en train d'être réparé, annonça tout à coup :

— Oh… regardez, dit-il en retirant la poussière sur le devant du véhicule. Ici, il y a une inscription « ORION ». Or, nous venons de sortir de ce que la voix a nommé « ANTARES ».

— Ce qui voudrait dire que si l'on suit ces traces de pneus, poursuivit Arnaud, alors on découvrira potentiellement un autre module auquel cette Jeep est rattachée ! Et peut-être les questions à nos réponses.

— Exactement.

— Et… si au contraire, on ne trouvait rien au bout de cette piste ? s'interrogea Sébastien.

Carine jura en forçant sur un boulon trop serré, qu'elle montra fièrement après l'avoir retiré.

— Je l'ai eu ce bâtard. Pardon… Continuez votre petite conversation, je ne voulais pas vous distraire…

— Si tu as besoin d'aide, hein, proposa Thomas. N'hésite pas.

— Merci. Mais pour l'instant, je n'ai besoin que de beaucoup de chance. Tu as ça en stock ? Non ? Des cigarettes ou du café, peut-être ? Non plus ? Alors, je n'ai besoin de rien.

— Pour en revenir à la Jeep, reprit Arnaud, pourrais-tu jeter un coup d'œil à la carte des constellations, Thomas, maintenant qu'on est dehors ?

— Tu as raison, je fais ça tout de suite.

— L'idée serait de savoir si ces traces de pneus se dirigent vers l'emplacement indiqué par la croix. Si c'est le cas, ça voudrait dire qu'effectivement, ce serait une bonne piste à suivre.

Personne ne répondit.

— Qu'en pensez-vous ? rajouta Arnaud.

— Et si la croix mentionnée sur la carte est à l'opposé de cette direction, demanda Sébastien ? On fait quoi ?

— Je ne sais pas, je dis juste qu'on nous a laissé au moins deux indices : un véhicule appartenant probablement à un autre emplacement, ainsi qu'une carte… Cela ne paraîtrait pas déconnant qu'ils aillent tous les deux dans le même sens. C'est logique, non ?

— Sauf que rien ne l'est ici, pesta Sébastien. Tu trouves ça *logique* que six inconnus se réveillent soudainement à des milliers de kilomètres de la terre, avec une heure de réserve d'air dans leur habitat ?

— Non, bien sûr.

— Et des modules lunaires sur la lune ? Vraiment ? Depuis quand l'a-t-on colonisé ? Visiblement, ça ne choque que moi de découvrir cette pseudo-base secrète.

Thomas, faisant fi de ce débat stérile, s'était rendu jusqu'aux conteneurs, toujours placés dans le cadavre du canot, gisant sur le sol poussiéreux. Il récupéra la carte, et scruta le ciel. De son côté, Carine, qui venait d'isoler la pièce qu'elle recherchait sur le radiateur, commença à s'atteler à la remonter sur la Jeep.

— N'empêche qu'il va bien falloir faire un choix, répliqua Arnaud. Et si la croix indique le même endroit que l'origine potentielle des traces de pneus de cette Jeep lunaire, alors, ça prouvera bien qu'il faut aller dans cette direction.

— Négatif, pesta Sébastien. Rien ne prouve quoi que ce soit.

— Je confirme, annonça Thomas.

— Pardon ?

— Je confirme que d'après le plan, le chemin à atteindre correspond bien à la constellation d'Orion, cochée sur ce plan, que l'on peut voir devant nous. Cela coïncide parfaitement avec la direction de ces traces de pneus au sol. Nous avons donc deux indices qui pointent vers le même endroit.

— Je peux jeter un coup d'œil ? demanda Arnaud.

— Bien sûr, répondit Thomas en lui tendant la carte.
Sébastien l'observa d'un air sceptique.
— De ce fait... si tout le monde est d'accord, reprit Thomas, à supposer que Carine parvienne à réparer la Jeep dans le temps qui lui est imparti, je proposerais donc de nous diriger par là, indiqua-t-il en montrant la direction des traces de pneus.
Il observa le militaire, qui semblait toujours perplexe.
— Quel est le problème, Sébastien ? demanda Florence.
Le militaire se retourna et fit les gros yeux en regardant l'aveugle.
— Peut-être qu'il y a des choses que je ne peux pas voir, mais je ressens une certaine tension sur le fait que tu ne sembles pas adhérer à l'idée de Thomas et d'Arnaud. D'où ma question.
— Et la réparation du moteur, on est où ? rétorqua Sébastien.
— Ça avance, répondit Carine.
— Ça avance comment ? Rapidement ? Lentement ?
Carine soupira avant d'annoncer :
— Ça avance. Point.
Sébastien fit quelques pas vers elle en rajoutant :
— Et dans combien de temps penses-tu avoir fini ? Je te rappelle que de tes compétences dépend la vie de plusieurs personnes ici.
Carine se leva et se dirigea vers le militaire.
— Je ne l'ai probablement pas précisé, mais je déteste avoir à travailler sous pression, dans un contexte que je n'ai pas auparavant étudié. Ce que je fais c'est du travail bâclé, et je déteste ça. Toi, par contre, tu as l'air d'avoir les épaules pour ce genre de choses. Alors, vas-y, n'hésite pas à le faire à ma place.
— Je... bredouilla le militaire. C'est-à-dire que...
— Tu sais réparer une Jeep lunaire ? Non. Moi non plus. Mais, est-ce que ça avance ? Oui. Dans combien de temps est-ce que je pense avoir fini ? Je n'en ai pas la moindre idée, je te l'ai déjà dit. La seule chose que je peux affirmer, c'est que tu commences sérieusement à me gaver à me

mettre la pression comme tu le fais, étant donné qu'en plus, j'ai une furieuse envie de me fumer une putain de cigarette, ce que je ne peux pas. Donc, tiens, prends cette clé et démerde-toi, vu que tu as visiblement plus de compétences que moi ! Moi, j'en ai ma claque. *Bye.*

Elle jeta l'outil aux pieds de Sébastien avant de s'éloigner en maugréant. Elle s'assit un peu plus loin, observant le panorama lunaire. Sébastien, tout penaud, contempla le moteur encore en chantier. De rage face à ce qui venait de se produire, il donna un coup de pied dans l'objet de discorde. Aidé par la faible apesanteur, celui-ci atterrit à une dizaine de mètres plus loin après un long vol plané.

Thomas se dirigea vers Carine et tenta d'arranger le coup :

— Je pense que Sébastien s'est mal exprimé. Je suppose qu'il souhaitait juste savoir si cela avançait de manière positive, et si au stade où tu en étais, tu étais capable de nous indiquer avec plus d'assurance si tu te pensais capable de réparer cette foutue Jeep ou pas. C'est tout. À aucun moment il n'a sous-entendu que tu n'en avais pas les compétences ou qu'il voulait le faire à ta place. Crois-moi.

Carine, assise un peu plus loin sur un léger monticule, tournant le dos aux autres, commença à sentir ses larmes rouler sur ses joues. Elle tenta de les essuyer et pesta en se rendant compte qu'avec son casque, cela lui était impossible.

— Et putain de merde… sanglota-t-elle. Qu'est-ce que j'ai pu faire dans une vie antérieure pour arriver là ? Et vous tous, qui êtes-vous ? Pourquoi sommes-nous dans ce même putain de cauchemar ? Pincez-moi, je vous en supplie, que je me réveille…

— Carine, lui dit d'une voix délicate Thomas en lui mettant la main sur l'épaule. Carine… Il faut que tu sois forte. Nous devons tous l'être pour survivre.

— Je sais.
— Bien.

L'amnésique ne voulut pas relancer la question sur le temps restant et attendit que celle-ci reprenne le fil de la conversation. Elle se releva et annonça :

— Il est possible, je dis bien « possible », que ça soit réparé dans les minutes qui viennent.

— Vraiment ? s'enthousiasma Arnaud. À quel pourcentage de certitude ?

— Quatre-vingts pour cent environ. C'en est même troublant tellement la complexité semblait peu élevée. Je suis parvenue à faire des choses que je ne soupçonnais pas savoir faire. Tout s'emboîte bien trop facilement.

— Bon, dans ce cas, reprit Thomas, je propose de commencer d'ores et déjà à charger les conteneurs à l'arrière de la Jeep, afin de nous faire gagner de précieuses minutes.

— Affirmatif, rajouta Sébastien. On croit en toi, Carine, tu peux le faire.

Il lui tendit la clé qu'il avait été ramasser. Les yeux de la mécanicienne lui lancèrent des éclairs et elle la saisit, avant de se remettre à son ouvrage. Après avoir solidement harnaché les énormes boîtes métalliques et déplacé le corps d'Isabelle, toujours entouré du parachute en soie, les regards étaient désormais tournés vers Carine, qui était en train de refermer le capot de protection du moteur.

Elle s'installa au volant et appuya sur un bouton, ce qui fit sortir des panneaux solaires des extrémités arrière du véhicule.

— Bon, déjà ça, ça marche... Rentrons-les pour l'instant. Pour le reste, on ne va tarder à savoir si ma réparation fonctionne. Le temps que tous ces voyants s'allument, j'ai l'impression qu'il y a un préchauffage ou quelque chose dans ce genre.

— En attendant, à combien sont vos réserves d'air ? demanda Thomas.

— Quatre-vingt-quinze pour cent.

— Quatre-vingt-quatorze pour cent.
— Quatre-vingt-quatorze pour cent également ici.
— Quatre-vingt-douze pour cent pour moi. Et Florence… est à 96 %, annonça Thomas après avoir regardé sur le périphérique attaché à l'avant-bras de la comédienne.
— Pour un petit quart d'heure passé à l'extérieur, indiqua Sébastien. Ça promet. Je ne sais pas si l'on aurait survécu sans ton intervention, Carine. Encore bravo.
— Attends au moins que je démarre pour me féliciter…
Elle prit une grande inspiration et appuya sur le bouton vert à côté du volant. Au premier essai, il y eut quelques vibrations, mais rien ne se passa.
— Et merde… Attendez, je vais réessayer.
Le second test s'avéra être le bon. Les lumières à l'avant de la Jeep s'allumèrent, un écran de contrôle sortit soudain du tableau de bord, ce qui fit sauter de joie ses équipiers.
— Oh bordel… Ça marche ! Et on a du bol, les batteries sont à un peu plus de la moitié. On va pouvoir y aller.
Effusion de joie dans l'équipe.
— Bravo, Carine ! s'exclama Thomas en l'applaudissant.
— Oui, bravo, j'ai toujours cru en toi, rajouta Arnaud.
Une fois tout le monde à bord, le Rover démarra, abandonnant ainsi le module ANTARES et les restes du canot pneumatique. La victoire et le sentiment d'espoir pouvaient se lire sur les visages, et tout le monde savourait ce moment agréable, après l'épisode traumatisant de la mort d'Isabelle.
Légèrement remué par la route assez accidentée, après une petite dizaine de minutes de route, chacun semblait avoir pris ses repères, comme si tout le monde avait déjà oublié l'étrangeté de la situation. Mis à part Carine qui s'était installée au volant, les yeux rivés sur la piste qu'elle

veillait à ne pas perdre des yeux, tous les autres observaient le mortel panorama lunaire.

Le module ANTARES n'était désormais plus qu'un vague souvenir qu'il n'était plus possible d'entrevoir derrière eux. Le répit fut de courte durée, car quelques instants plus tard, Carine pila violemment.

— Que se passe-t-il ? demanda Thomas.

Carine indiqua le sol, quelques mètres plus loin.

— Il y a quelque chose de bizarre, droit devant nous.

Sébastien fut le premier à descendre de la Jeep. Il jeta un rapide coup d'œil et ordonna :

— Bizarre, ces traces. Ne touchez à rien, qu'on essaie de comprendre ce qu'il s'est passé.

— Quelqu'un pourrait dire ce que vous voyez ? demanda Florence.

Thomas avait rejoint le militaire, et tout comme lui, il observait le sol, avec beaucoup d'attention.

— Difficile à dire, répondit-il. À première vue, les traces de pneus se mélangent à de nombreuses traces de pas. Un peu comme si plusieurs personnes en étaient descendues et avaient bougé tout autour.

— Et… c'est étrange, selon vous ?

— Cela veut déjà dire que d'autres sont venus ici avant nous. En même temps, c'est logique, étant donné qu'il y a des modules et une Jeep. Mais le plus intrigant, c'est juste là. Regardez. C'est comme si… quelqu'un était tombé, et avait été tiré par terre, informa Arnaud.

— Et là… Qu'est-ce que c'est ? demanda Arnaud qui les avait rejoints.

Thomas ramassa délicatement un objet.

— Ça ressemble à un morceau de visière appartenant à un casque similaire aux nôtres. On dirait qu'il a été cassé, rajouta-t-il en le montrant dans sa main.

— Peut-être qu'ils ont voulu le remplacer ?

— Je suppose que ça doit être très résistant, ça ne se brise pas comme ça par hasard ; il y a fort à parier que quelque chose l'a brisé volontairement. Mais pour quelle raison auraient-ils fait ça ?

Durant de longues secondes, chacun tourna autour de la scène, s'imaginant mille hypothèses.

— Une panne, à votre avis ? proposa Carine. Qui aurait pu dégénérer en bagarre ?

Thomas répliqua :

— Les gens qui sont envoyés sur la lune sont entraînés physiquement et psychologiquement, la plupart du temps. J'ai du mal à croire à un conflit interne. Et je ne peux pas croire qu'ils se soient fait... attaquer. Par qui ?

Il avait dit le mot que tout le monde redoutait d'entendre, ce qui provoqua immédiatement une forme d'appréhension chez la plupart des membres de l'équipe.

— Il y a trop de traces par terre, rajouta Sébastien. Des traces de pas, de mains. Mais... je confirme que ça ressemble à une altercation. Attendez... Regardez par ici, c'est très étrange !

Le petit groupe rejoignit Sébastien et observa la poussière grisâtre par terre.

— Juste là... C'est comme si quelqu'un avait enfoncé un énorme Y dans le sol... À moins qu'il ne s'agisse d'une empreinte ?

Chapitre 9 – Le parachute en soie (3)

— On serait sur terre, proposa Thomas, on aurait pu parier sur l'empreinte d'un oiseau imposant en taille, comme une autruche ou un émeu. Mais ici…

— Oh, mon Dieu, se pourrait-il que ce soit… une trace de vie provenant d'extraterrestres ? annonça Arnaud.

— Je n'ai jamais cru à ce genre de théorie, répliqua Thomas.

— De mémoire, annonça Carine, la face cachée n'a jamais été explorée, non ? Peut-être qu'il viendrait de là ?

— Elle n'a jamais été foulée par l'homme, non. Mais les différentes missions l'ont survolée plus d'une fois. C'est pour des questions autour de la communication avec la terre qu'on n'a jamais fait alunir personne du côté non éclairé de la lune. Le reste, incluant une potentielle base secrète, a été étayé par la complosphère, comme souvent.

— Et la grosse empreinte, là, qu'est-ce que c'est ? continua Arnaud. Il y a cinq trous, par ici… Oh merde… On dirait une main ? Comme si quelqu'un avait été tiré sur le dos et qu'il aurait essayé de s'agripper à la terre pour qu'on ne l'emporte pas. Je me trompe ?

— Aucune idée, répondit Sébastien. Mais à en juger par la séparation entre les pas de cette « chose », elle semble immense… Une foulée d'environ 2 mètres, et vu comme elle est profonde, elle doit être relativement lourde. Les traces se dirigent vers là-bas, rajouta-t-il en pointant du doigt les collines au loin.

— Oh putain… Barrons-nous d'ici au plus vite possible, je n'aime pas du tout ça, proposa Carine.

— Je suis d'accord, répliqua Arnaud. Allons-nous-en pendant qu'il en est encore temps.

— Négatif.

— Pardon ? demanda Arnaud.

— On va aller jeter un coup d'œil là-bas, annonça fermement Sébastien. Si ce qui a laissé ces empreintes a tiré quelqu'un, qui aurait visiblement tenté de résister en posant sa main au sol, il y a de fortes probabilités pour que cette chose soit du genre hostile. Il faut donc l'éliminer.

— Non, mais ça va pas ? s'offusqua Carine. Et qu'est-ce qu'on y gagnerait, à suivre ces traces ? Mis à part peut-être foncer dans la gueule du loup ? Et puis si cette chose, comme tu l'appelles, est encore là ?

— Dans ce cas, on s'en débarrassera, répondit-il en caressant l'une de ses deux armes, qu'il avait accrochées à sa ceinture tel un cow-boy.

— Je suis d'accord sur le fait que s'il y a potentiellement quelqu'un à sauver, alors il faut tout faire pour l'aider, nuança Thomas. Si elle est encore en vie, elle pourra peut-être nous en dire plus sur la raison de notre présence ici, et surtout sur cette chose laissant des Y un peu partout sur le sol… Je viens avec toi, Sébastien, nous ne serons pas trop de deux.

Le militaire, qui observait le relief en direction duquel menait la piste, répondit avec autorité :

— Négatif. Tu restes avec Florence, et tu surveilles la Jeep. Carine et Arnaud m'accompagneront. Dans une heure, si nous ne sommes pas de retour, vous devrez impérativement reprendre la route sans nous. C'est entendu ?

— Comment ça, on y va à pied ? demanda Arnaud.

— Affirmatif. C'est trop escarpé, le véhicule ne pourrait pas aller bien loin, sans parler de ces nombreuses roches par terre.

— Et si nous, on n'a pas envie de te suivre ? s'insurgea Carine.

— Ce n'était pas une question, précisa Sébastien en caressant à nouveau la crosse de son arme.

— Mais… et la consommation d'air que ça implique, d'aller jusque-là bas et de revenir, surtout à pied, t'y as pensé au moins ? argumenta Carine.

— Je suppose qu'on ne devrait pas dépasser 20 % de réserve en marchant bien et en respirant convenablement. Et si l'on pèse le pour et le contre, le fait d'apporter des réponses à nos interrogations et d'éventuellement éliminer une menace, le sacrifice me paraît largement justifié quant aux potentielles avancées que cela nous apporterait.

Arnaud soupira dans son casque par désapprobation.

— Et si après avoir suivi ces traces, nous ne trouvons rien ? demanda Carine. Ni ennemi ni personne à sauver ?

— Alors, je me serai trompé, et nous rentrerons. Allez, assez bavardé. Allons-y.

Thomas crut bon de rappeler :

— Bonne chance ! Au fait, à mon avis, la portée de nos radios est limitée, il est donc fort probable que nous ne puissions pas communiquer durant votre exploration et…

— Affirmatif, répondit Sébastien sans lui jeter le moindre regard. Je suppose qu'on parviendra à survivre sans tes conseils.

Carine et Arnaud, après avoir haussé les épaules face à l'impulsivité du militaire, lui emboîtèrent mollement le pas, en direction de petites collines qui se finissaient en crête.

— À tout à l'heure, murmura Arnaud.

Thomas alla s'asseoir dans la Jeep, observant le trio s'éloigner.

— Vous nous recevez toujours ? demanda-t-il après une dizaine de minutes.

Il n'y eut pas de réponse. Il soupira et regarda Florence :

— Tu veux peut-être descendre et marcher un peu pour te dégourdir les jambes ? proposa-t-il. Accrochée à moi, bien entendu…

— Merci, mais… je crois que je préfère rester assise. Je ne suis pas sûre de prendre du plaisir à évoluer dans ce monde sans repères, avec cette étrange gravité.

— Bien sûr… Désolé.

— Non, ne le sois pas. C'était gentil de ta part de le proposer.

Thomas, après avoir pianoté sur sa tablette, fit apparaître une petite paille au niveau de son casque. Il avala quelques gorgées d'eau avant de la ranger via une manipulation similaire.

— Tu es en train de boire ? demanda Florence.

— Oui… Tu as soif, probablement ?

— Si ce n'est pas trop te demander… Oui, j'aimerais bien faire pareil.

Il appuya sur le bouton correspondant sur l'ordinateur de bord de sa coéquipière, et Florence put à son tour se désaltérer.

— Inutile de dire qu'il faut économiser tes réserves, hein…

— Je m'en doutais un peu, répondit-elle après avoir bu quelques gorgées. Merci.

— Je t'en prie.

— C'est moi ou j'ai l'impression que Sébastien ne t'apprécie pas vraiment ? continua-t-elle.

— Tu crois ?

— C'est en tout cas ce que je ressens, oui.

— Pour être honnête, je me demande bien ce qu'il me reproche. C'est dommage, dans une telle situation, je suppose que tout le monde devrait s'entraider.

— C'est bon, j'ai fini, merci.

Il appuya sur le bouton permettant de ranger la paille de l'aveugle.

— C'est lui le traître, à ton avis ? demanda-t-elle soudain.

Thomas fut surpris de cette question. Il hésita avant de répliquer :

— Je… Je n'en ai pas la moindre idée. Je n'espère pas.

— Moi non plus. Et ces empreintes, alors ? Tu penses réellement que ceux qui sont passés par là avant nous se sont fait attaquer ?

Thomas soupira, recommençant à étudier les traces devant la Jeep, essayant une fois de plus d'apporter une réponse logique à ce méli-mélo d'empreintes à peine enfoncé dans le sol grisâtre et cendreux.

— Je n'en ai pas la moindre idée, pour être honnête. Qui étaient-ils ? Que faisaient-ils ? Et cette chose ? J'aimerais croire qu'il ne s'agit que d'une altercation suite à une éventuelle panne. Mais pourquoi seraient-ils partis vers ces collines ? Là, ça m'échappe.

— Et ces traces de pas bizarres en forme de Y… Un extraterrestre aurait pu faire ça ? Quelque chose qui ne serait pas… humain ?

— Mon côté scientifique me dit que c'est impossible, mais mon côté rationnel, lui, est totalement perdu.

— Et pourquoi est-ce que cette chose aurait… emporté quelqu'un ?

— Et pourquoi nous sommes-nous tous ici ; et pourquoi je n'ai aucun souvenir de mon passé ; et pourquoi le canot pneumatique s'est-il dégonflé ? répliqua Thomas avant de soupirer. Nous faisons face à beaucoup trop de questions sans réponse depuis notre réveil dans ce module. Si tu as la moindre hypothèse sur le sujet, je suis preneur.

Florence esquissa un sourire que son équipier, accroupi, ne vit pas. Intrigué par quelque chose, il gratta le sol autour de l'endroit où le morceau de visière avait été trouvé, en quête d'éléments supplémentaires.

— Je peux te poser une question ? demanda-t-il.

— Oui, vas-y, je t'écoute.

— C'est peut-être un peu osé, enfin… Tu… Tu ne vois vraiment rien du tout, ou tu distingues des choses ?

Florence eut un léger sourire.

— Si tu veux tout savoir, je ne suis pas née aveugle. Je le suis devenue, vers 5 ans. Une maladie infantile, un mauvais traitement… Bref. Les souvenirs de mon monde s'arrêtent à cet âge-là. Je n'ai jamais vu mes proches grandir ; quand je pense à eux, je les imagine toujours jeunes, comme dans mes souvenirs. Mais pour répondre à ta question, non, ce n'est pas le noir absolu, il m'arrive parfois de distinguer d'infimes couches de luminosité. Et également chez certaines personnes, je peux apercevoir, comment dire ça… une certaine forme d'aura.

Thomas se figea en découvrant tout à coup un morceau d'étoffe, légèrement enterré dans le sable lunaire. Il l'épousseta, et put lire, ébahi, le nom inscrit dessus : « Isabelle Schmitt ». Il s'agissait sans aucun doute du scratch similaire à celui que tout l'équipage portait sur sa combinaison. Se rendant compte du fait qu'il était tout bonnement impossible que ce soit celui de la défunte qu'il transportait, bien empaquetée dans le parachute, il le cacha instantanément par réflexe.

— Ah bon ? Je… C'est bien, répondit-il.

— J'ai dit quelque chose de mal ? s'étonna Florence, face au changement d'intonation soudain de son coéquipier.

— Non, non, pas du tout. Je pensais juste que cela devait être terriblement plus dur de perdre la vue, lorsque l'on ne naît pas aveugle.

Il observa à nouveau ce qu'il venait de déterrer, le retourna dans tous les sens, incapable de croire que ce qu'il regardait était bel et bien réel. Cet objet ne pouvait décemment pas être à la fois dans sa main et sur le corps du macchabée qu'il transportait, c'était impossible.

Florence tourna la tête autour d'elle, semblant chercher quelque chose. Elle demanda alors :

— Que fais-tu ? Tu es toujours à côté de moi ?

— Oui, oui, ne t'inquiète pas. Je faisais juste une petite vérification. La… visière que j'ai récupérée par terre, je souhaitais voir si c'était le même modèle que pour nous, je voulais donc la comparer avec le casque d'Isabelle.

— Ah, répondit Florence. Et alors, ça donne quoi ? Ça correspond ?

Thomas retira avec précaution le drap entourant le macchabée, en prenant soin d'éviter de regarder son visage, qui portait encore les stigmates de son horrible mort. Une fois dégagé au niveau du torse, il sortit l'élément qu'il venait de trouver et le plaça à côté de l'original. Le scratch sur la combinaison d'Isabelle n'avait pas bougé d'un iota, et pourtant, il tenait dans sa main son double parfait. Il marmonna alors :

— Mais non… C'est tout bonnement impossible… Comment cela se pourrait-il…

— Tu parles toujours du morceau de visière ? demanda Florence. C'est le même que celui que tu as trouvé par terre ?

— Je… Oui, je confirme, il provient du même type de casque, bredouilla Thomas. Il y a donc fort à parier pour que ce soit un équipement similaire au nôtre qui ait été fendu.

— Tu es sûr que tout va bien ? On dirait que ta voix a changé…

— Pour être honnête, j'étais… perturbé parce que je ne pensais pas qu'il était possible de briser une visière de ce type, pas comme ça. Je l'imaginais plus résistante que ça. Le morceau que je viens de trouver est un peu plus gros, et…

— Et ?

— La manière avec laquelle il a été cassé est assez étrange. Tu sais quoi ? Je préférerais que cette conversation reste entre nous.

— Ah bon ? Pourquoi ?

Thomas recouvrit soigneusement Isabelle avec le parachute, faisant d'autant plus attention à ne laisser aucune trace de son investigation. Il rangea précieusement l'objet de tous ses doutes dans l'une des nombreuses poches de sa combinaison.

— Il y a déjà beaucoup d'interrogations, beaucoup de stress, l'histoire de cette chose qui aurait peut-être attaqué un groupe… Si l'on en rajoute, j'ai peur que la situation dégénère. Tu vois ce que je veux dire ?

Florence fit la moue et hocha la tête.

— Pas trop, mais bon. C'est entendu, ça restera entre nous.

Thomas retourna enquêter sur les traces de cohue face à la Jeep lunaire, mais ne trouva rien d'autre.

— Tu me dirais si c'était toi le traître ? demanda-t-elle soudain.

— Si c'était le cas, probablement pas. Mais je ne le suis pas, ça, je peux te l'assurer.

— Je plaisantais, soupira-t-elle.

Après cette petite blague qui ne fit pas rire Thomas, l'attente sans que personne ne prononce le moindre mot commençait à devenir longue. Florence fut la première à le remarquer en s'interrogeant :
— Ils sont partis depuis combien de temps maintenant ?
— Une heure.
— Exactement ?
— Non, soupira Thomas. Une heure et trois minutes.
— Tu crois qu'il leur est arrivé quelque chose ? Sébastien avait bien dit que s'ils traînaient trop…
— Je ne sais pas… J'essaie de voir comment augmenter la portée de ma radio, mais elle était visiblement déjà sur la fréquence maximale… Carine ? Arnaud ? Sébastien ? Vous me recevez ?
Seuls des grésillements se firent entendre. Florence fit de même, sans plus de retour.
— Que fait-on ? demanda-t-elle. On va à leur recherche ou on les attend ?
— Je n'en ai aucune idée. Donnons-leur encore, disons… cinq minutes.
— Mais Sébastien n'avait-il pas dit que nous devions impérativement partir s'ils n'étaient pas revenus au bout d'une heure ?
— Oui, en effet. Mais… je préfère patienter encore quelques minutes.
L'attente était devenue interminable. Florence ne cessait de les appeler, en vain. Thomas, de son côté, continuait de faire les cent pas, incapable de prendre une décision. Les attendre et désobéir ? Partir en risquant de peut-être les abandonner ? Lorsque tout à coup :
— Thomas ? Florence ? …entendez… ?
Quelqu'un émettait.
— Ça y est, ce sont eux ! Enfin… Oui, on vous reçoit, trois sur cinq, s'exclama Thomas. Tout va bien ?
— Bien… rapide… précipice… Attendez…

Thomas regarda vers l'endroit où ils étaient partis, et annonça soudain :

— Je crois que je les vois… C'est bon, ils arrivent.

Quatre minutes plus tard, le groupe des trois explorateurs avait rejoint la Jeep. Carine et Arnaud s'écroulèrent au sol, visiblement à bout de force, tandis que Sébastien monta directement dans le véhicule.

— Deux minutes de pause, après quoi on y va.

— On a failli ne pas vous attendre, soupira Thomas.

— Vous auriez dû le faire, répondit Sébastien. Je vous avais bien précisé que si dans une heure, nous n'étions pas de retour, vous deviez partir.

— Désolé, on a supposé qu'il vous était sûrement arrivé un souci. Une chance, sans quoi ?

Le militaire se contenta de grogner. Thomas, surpris que personne n'ose aborder leur expédition plus en détail, bouillait d'impatience d'entendre ce qu'ils avaient bien pu voir là-bas.

— Carine, Arnaud, embarquez maintenant, il est temps d'y aller.

Ils s'exécutèrent sans dire un mot, peinant visiblement à reprendre leur souffle.

Carine s'installa au volant et respira un bon coup. Une fois le contact mis, elle démarra le véhicule dans le silence le plus absolu. De légères vibrations commencèrent à se faire ressentir au moment où ils franchirent lentement mais sûrement la zone de terre qui avait apporté tant de mystères. Après quelques minutes, ayant retrouvé les traces de pneus suivies depuis le début, la Jeep roulait de nouveau à sa vitesse de croisière.

Florence, estimant que ce silence avait beaucoup trop duré, décida de le briser d'un coup :

— Alors ? On peut savoir ce que vous avez trouvé là-bas ?

Chapitre 10 - Le carrefour

Étant donné que personne n'osait visiblement répondre, Thomas insista :
— Alors ? Qu'avez-vous vu ?
— On a suivi les empreintes de *Y* sur le sol, commença Sébastien, parallèles à ce qui ressemblait à quelque chose de lourd de tracté à côté des traces de pas. De quoi s'agissait-il ? Un corps ? Un sac ? On n'est sûrs de rien. À certains endroits, on avait vraiment l'impression qu'il y avait par terre une trace de main s'agrippant dans le sable. On pouvait clairement distinguer cinq doigts.
— Enfin… on n'a fait que supposer, hein, corrigea Arnaud.
Sébastien soupira, agacé qu'on lui ait coupé la parole. Il fusilla du regard son coéquipier, avant de reprendre :
— Affirmatif. J'aimerais bien pouvoir continuer mon compte rendu sans être interrompu. Merci. On a donc fini par arriver au pied des petites collines qu'on pouvait distinguer de la Jeep. Elles étaient bien plus loin que prévu, cela expliquant pourquoi nous avons mis plus de temps. À partir de là, le terrain était plus pentu. La roche mêlée à une sorte de granite a progressivement remplacé le sable. La moindre chute pouvant endommager notre équipement, nous avons dû ralentir la cadence. Et comme il fallait s'y attendre, à cause du relief et du sol, les traces sont devenues de plus en plus compliquées à suivre. Pourtant, on a fini par retrouver un morceau de combinaison, coincé sous une grosse pierre.
Le militaire fit une pause en sortant la chose en question qu'il montra à Thomas. Carine, qui continuait à conduire, s'excusa pour un soudain à-coup de la Jeep.
— Désolée, j'ai vu le trou un peu trop tard.
— Et ensuite ? demanda Thomas, qui trépignait d'impatience.
— J'y viens, j'y viens ! s'agaça Sébastien. On n'est pas aux pièces, si ? L'ascension jusqu'au sommet a pris une vingtaine de minutes. Une

fois arrivés tout en haut, on a découvert qu'il y avait de l'autre côté un énorme cratère, si grand qu'il nous était impossible de distinguer le fond ou les contours. Le vallon était tellement abrupt qu'il aurait été impensable de s'y aventurer.

— Et en face ? répliqua Thomas.

— Rien.

— Ce n'est pas tout à fait juste, précisa Carine. À un kilomètre, peut-être deux, on pouvait deviner la fin du cratère. Enfin moi, en tout cas, j'ai cru l'apercevoir.

Sébastien soupira une nouvelle fois.

— À cette hauteur, vous n'avez vraiment pas pu voir plus loin ? s'étonna Thomas.

— C'était impossible, continua Carine. Je suppose qu'on avait devant nous le commencement de la face non éclairée de la lune. On pouvait distinguer une partie du relief, très lointain, mais étant donné qu'il était en partie baigné dans le noir, nous n'avons pas pu observer grand-chose de plus.

— Et… les traces de pas ? Et la personne dans la combinaison ? demanda Florence.

— Rien. Envolé. Volatilisé, répondit Sébastien.

— Après, depuis combien de temps ce cratère et ces empreintes étaient-ils là ? C'est toute la question, rajouta Thomas.

— Si tu le dis… répliqua le militaire.

Les secondes semblèrent interminables, avant que Florence n'ait le courage de reprendre la parole :

— Doit-on en conclure qu'on ne sait rien plus sur cette chose qui laisse des traces de pas en forme de Y ?

— Affirmatif, répondit Sébastien.

— Et tu supposes toujours qu'il pourrait s'agir d'un potentiel ennemi ? continua Thomas.

— Je pense surtout qu'ici, il n'y a que toi qui es convaincu que ce n'est pas cette chose qui a attaqué une, voire plusieurs personnes. Chose qui nous observe peut-être et qui va sûrement bientôt nous traquer pour avoir notre peau.
— Sauf si elle a juste voulu aider quelqu'un ? Imagine-toi un instant que le séquencement de ce qui s'est produit tel qu'on se l'imagine n'est pas le bon ? Sérieusement, il y a des dizaines de théories possibles pour expliquer les traces étranges sur le chemin ; et toi, tu conclus qu'ils se sont forcément fait attaquer par cette chose aux pas en Y ?
— Affirmatif. Ça te pose un problème ?
— Nullement, répliqua Thomas, se rendant bien compte qu'il ne fallait pas aller plus loin sur ce terrain glissant. Donc, si je résume… On ne sait toujours pas ce qui s'en est pris à ceux qui étaient sur cette Jeep, ce qu'ils sont devenus, et enfin ce qu'est cette chose. Soit dit en passant, cela expliquerait probablement la raison pour laquelle il n'y avait personne autour de ce véhicule lunaire qui nous attendait au pied du module dont on est sortis. Je n'ai pas souvenir d'avoir vu de traces de pas à proximité de celui-ci… À moins qu'on l'ait placé là volontairement, bien entendu.

Le militaire s'énerva en crachant :
— Hey l'amnésique, où veux-tu en venir ?
— Thomas, c'est mon prénom. Pour répondre à ta question, nulle part. Je m'interrogeais juste, si ta théorie était bonne, comment le Rover aurait-il pu faire pour rouler jusque-là où on l'a trouvé, sans personne dessus. Mais peu importe.

Le silence s'installa de nouveau durant plusieurs minutes. Dans le décor mortellement beau, plus personne n'osait parler. Thomas observa son ordinateur de bord qui affichait 127 °C. Il vérifia le niveau de sa pile, permettant de tempérer l'intérieur de sa combinaison, et demanda :
— On fait un point sur vos réserves d'air ? Je suis à 72 %. Et vous ?
— Soixante-trois pour cent, répondit Arnaud.

— Soixante-et-un pour cent, répliqua Carine.
— Soixante-quinze.
— Et moi, je ne sais pas, tenta de plaisanter Florence en vain.
— Tu ne dois pas avoir consommé beaucoup vu les efforts que tu fais, soupira Sébastien.
— Désolée… J'aimerais pouvoir vous aider plus…
Thomas déglutit de rage, et préféra ne pas répondre à cette énième balle perdue.
— Tu es à 71 %, annonça-t-il. À tous, prévenez bien lorsque vous serez proches de la réserve.
— Et ensuite ? pesta Arnaud. Je veux dire, on avance sans savoir où l'on va, ignorant même si l'on sera en vie quand on atteindra je ne sais quelle destination à la con… En quoi ça importe de nous demander ce qu'on consomme comme air ?
— Pour avoir en tête à partir de quand nous devrons nous rationner, répliqua Thomas. Cela nous permettra d'optimiser nos chances de survie.
— Survivre, vraiment ? soupira Arnaud.
— Tu sais, je suis d'accord avec toi sur le fait que rien ne prouve que quelque chose ou quelqu'un nous sauvera les miches au bout de ces traces de pneus. Ce dont je suis à peu près certain, c'est qu'on avancera bien mieux si l'on peut toujours respirer. Et si l'on ne garde pas un peu d'espoir, tous ensemble, on n'y arrivera pas.
— Putain, mais qu'est-ce que j'ai fait pour me réveiller dans cette maudite combinaison… pesta Arnaud.
— Et moi donc, répliqua Carine. J'ai dû tuer des gens dans une vie antérieure, ce n'est pas possible.
— Peut-être qu'en réfléchissant à voix haute, nous parviendrons à déterminer pourquoi nous nous sommes tous retrouvés ici ? proposa Florence.

— Il n'y a aucune raison rationnelle, répondit Sébastien, qui permettrait d'expliquer notre présence sur la lune. Tu entends ? Aucune.
— Alors, dans ce cas… que faisons-nous là ? répliqua Florence.
— Toi, tu parles trop. Tu nous fatigues.

Une fois de plus, le silence s'installa, un silence pesant, électrique, bercé par les remous du véhicule lorsque sa conductrice ne parvenait pas à éviter les trous un peu trop profonds.

Carine s'exclama soudain en pointant au loin :
— Je crois qu'on va de nouveau avoir à faire face à un problème. Regardez, à une centaine de mètres.
— On avait bien besoin de ça, soupira Sébastien.

Carine ralentit, avant de s'arrêter totalement.
— Que se passe-t-il ? demanda Florence.
— La route, annonça Thomas. Juste devant nous, elle se sépare en deux parties. Une qui continue tout droit, et une autre qui part sur la droite.
— Et maintenant ? Quelle direction ? s'interrogea Carine.
— Excellente question, répondit Thomas. Il faut regarder la carte des constellations. C'est toi qui l'avais en dernier, Arnaud, non ? Tu peux me la donner, s'il te plaît.

Sébastien, accompagné de Carine, descendit du véhicule et s'accroupit au niveau des traces de pneus, espérant y découvrir une information cruciale qui leur aurait échappé. En vain.
— Putain, où est-elle ? maugréa Arnaud, mettant sens dessus dessous l'arrière de la Jeep.
— Dans l'une des caisses, répondit Thomas. Je me rappelle que je te l'avais redonnée avant de partir.
— Je… Non, tu l'avais posée sur le capot et…
— Non, non ! Je me souviens très bien, après avoir annoncé la direction, tu me l'avais demandée, j'en suis certain.
— Je ne la vois pas… J'ai bien peur que…

Sébastien soupira, avant de hurler un grand coup. Il fit quelques pas en soufflant fortement :

— Donc, si j'ai bien compris, tu as perdu la carte des constellations, l'unique chose permettant de nous guider dans ce foutu pétrin. C'est bien ça ? tenta-t-il de résumer en essayant vainement de garder son calme.

Thomas rejoignit Arnaud, et après avoir fouillé les conteneurs, il frappa l'une des roues de la Jeep de rage, avant d'acquiescer.

— Je confirme, elle n'est plus là.

Le militaire hurla de nouveau, fusillant du regard Arnaud qui ne savait plus où se mettre.

— Je… Je suis vraiment désolé. J'étais pourtant persuadé que…

— Putain. Putain. PUTAIN, rugit Sébastien de toutes ses forces. Mais quel bougre d'imbécile on m'a foutu !

Sébastien fit quelques pas vers Arnaud et braqua son arme sur son casque. Par instinct de défense, celui-ci leva aussitôt les bras et s'agenouilla immédiatement :

— Non, je t'en prie, ne fais pas ça.

Thomas regarda la scène sans chercher à s'interposer. Carine, médusée devant ce qui était en train de se passer, ne fit pas le moindre geste.

— Je t'en conjure… Ne tire pas, s'il te plaît…

— Carine. Tu vas venir avec moi, annonça soudainement Thomas. On va suivre la route qui part sur la droite à pied pendant une quinzaine de minutes. Arnaud et Sébastien, une fois que vous aurez fait la paix, vous allez prendre le chemin qui continue tout droit, et faire la même chose. On marche droit devant et une fois le temps imparti, on revient ici pour faire le point. Peut-être qu'on se triture la tête pour rien, et que la solution est au bout de ces différentes pistes.

— Tu n'as pas remarqué que j'étais en train de régler un problème ? s'indigna Sébastien, qui pointa à nouveau son pistolet sur le casque d'Arnaud, agenouillé, qui tremblait de peur.

— Dans ce cas, finis ce que tu es en train de faire. Nous, on va voir de ce côté si le chemin est praticable ou pas. Florence, tu pourras rester seule une petite demi-heure ?

— Oui, ne vous en faites pas pour moi. Je ne garantis pas que je pourrai surveiller la Jeep, mais je peux te certifier que je ne bougerai pas d'un iota. J'espère juste que la chose ne nous a pas suivis...

— Moi aussi. Allons-y, Carine, continua Thomas sans prêter attention à Sébastien qui tenait toujours Arnaud en joue. Ça ne va pas me faire de mal de me dérouiller un peu les jambes. Rendez-vous dans trente minutes, les autres. Tâchez d'être ponctuels, ce coup-ci.

La mécanicienne hésita, subjuguée par ce qu'il était en train de se passer, avant d'emboîter le pas à Thomas.

— Bon... Je... À tout à l'heure, bredouilla-t-elle.

Elle finit par faire de petits sauts pour rattraper son compagnon qui s'était aventuré à bonne cadence en direction des empreintes de pneus partant sur le côté.

— Hey, attends-moi, souffla-t-elle.

Ils marchèrent ainsi une dizaine de minutes. Lorsque Carine se retourna, la Jeep n'était plus qu'un point lointain.

— Voilà, nous sommes tranquilles ; à cette distance, ils ne peuvent plus nous entendre.

— Si tu le dis... Comment peux-tu être certain que Sébastien ne va pas descendre Arnaud ?

— Je commence à voir clair dans son jeu. Il a besoin d'être craint de tous, car il a avant tout un grand manque de confiance en lui. C'est évident. Il donne l'impression de pouvoir tuer tout le monde, et je ne doute pas qu'il en soit capable. Mais à mon avis, il est loin d'être stupide. Il sait au fond de lui-même que pour s'en sortir, on doit tous rester en vie.

Carine soupira, peinant à en être convaincue.

— Enfin, j'espère qu'il est comme ça, rajouta Thomas.

— En tout cas, j'ai bien l'impression que Sébastien ne t'aime pas beaucoup.
— Peut-être est-ce parce qu'il s'imagine à tort que je veux être le chef à sa place ? Dans sa position, j'imagine que la meilleure défense, c'est l'attaque.
— Quand on est partis tout à l'heure avec Arnaud et lui, il nous a confié qu'il trouvait ça étrange que tu sois le seul à être aussi calé sur le sujet, alors que paradoxalement, tu n'avais aucun souvenir de ta vie d'avant.
— Je suppose qu'il vous a également confié qu'il était persuadé que c'était moi le traître ?
— On ne peut rien te cacher.
Thomas eut un petit rire nerveux.
— Quel est ton avis sur la question ? répliqua-t-il.
— Je… Je n'en ai pas la moindre idée.
— C'est peut-être toi ?
— Non, répliqua Carine. Je ne vois pas pourquoi je voudrais vous trahir… Tu l'as dit, si on n'avance pas tous ensemble, on ne s'en sortira pas. Même Sébastien, je doute que ce soit lui… Et Florence, je n'en parle même pas. En fait, je crois bien que je n'ai pas vraiment d'opinion sur le sujet.
— Je vais être honnête avec toi, je dois bien dire que moi le premier, j'aimerais bien découvrir qui je suis, comment je me suis retrouvé ici et pourquoi est-ce que je sais tout ce que je sais. C'est tellement frustrant, d'avancer comme ça, en ignorant qui l'on est réellement.
— Je comprends. Moi aussi, je serais curieuse de connaître la raison pour laquelle je suis arrivée là. Et comment je fais pour tenir si longtemps sans avoir fumé ne serait-ce qu'une seule clope. Je me sens partagée entre peur et colère. De là à dire que c'est lié au manque…
— Je compatis, ça doit être dur.

— Tu es fumeur ? C'est peut-être un point qu'on a tous en commun ?
— J'aimerais pouvoir te répondre que oui, mais… je n'en ai pas la moindre idée.

Carine hocha la tête en soupirant.

— Ah, bien sûr… Désolée.

À quelques centaines de mètres devant eux, dans la continuité des traces laissées par un véhicule lunaire, un énorme cratère à perte de vue. Ils s'avancèrent jusqu'au sommet de la crête, et constatèrent l'immensité de la chose.

— On dirait que la route s'arrête ici. Impossible pour quiconque de le franchir, c'est certain, conclut Thomas.

Il prit un gros caillou et le lança de toutes ses forces. Il dévala, avant de se perdre dans l'obscurité la plus totale.

— Waouh, je n'aimerais pas tomber dedans… annonça Carine, avant de faire deux pas derrière elle. Ce qui me rappelle que… j'ai le vertige.

— Ce cratère a quelque chose qui ne colle pas… Je ne saurais pas dire quoi, mais… un truc me chiffonne.

— Tu penses que ce qui est à l'origine de ce trou a eu lieu avant, ou après le passage de la Jeep qui a laissé ces traces ?

— Franchement, je n'en ai pas la moindre idée. Je ne vois aucune trace de freinage ou de demi-tour, donc j'aurais tendance à croire que la météorite à l'origine de ce cratère est tombée une fois le véhicule de l'autre côté. Ou pire, pendant qu'il traversait la zone. Et si c'est le cas, il ne doit pas en rester grand-chose…

— Bon. On a la réponse à ta question, il n'y a pas de chemin possible par là. Retournons à la Jeep, proposa Carine.

Thomas, pantois devant cet improbable paysage, hésita, avant de rejoindre sa coéquipière. Sans s'échanger le moindre mot, ils se dépêchèrent après avoir constaté que Sébastien et Arnaud les attendaient.

— Mince, ils sont déjà là... On arrive, fit Thomas en faisant de grands signes. Essayons d'accélérer le pas, murmura-t-il.

Il scruta l'heure sur l'ordinateur de bord de son avant-bras, étonné de voir qu'ils étaient si tôt de retour.

— Moi qui pensais qu'on serait en avance...

— Tu as raison, répondit Carine. Je serais curieuse de savoir pourquoi ils sont déjà là... Peut-être qu'ils ne sont pas partis et qu'ils sont restés là à se chamailler ? J'espère qu'ils ont eu plus de chance que nous.

Sébastien faisait les cent pas autour de la Jeep, impatient de reprendre la route.

— Vous avez trouvé un chemin praticable ? demanda Sébastien.

— Non. Et vous ?

— Il semblerait que oui. Allez, dépêchez-vous, le temps presse.

Thomas, surpris par cette réponse si mystérieuse, grimpa dans le véhicule. Carine démarra immédiatement et accéléra, en vain. Elle tenta une seconde fois sans plus de résultat.

— Que se passe-t-il ?

— Je ne sais pas... On dirait que quelque chose nous empêche d'avancer.

— Je vais jeter un coup d'œil, annonça Thomas.

Il descendit et se rendit rapidement à l'arrière du véhicule. Il s'accroupit et comprit immédiatement l'origine du problème.

— Génial, une roue est ensablée. On devrait pouvoir la dégager, mais il faut qu'on soit deux pour la faire ressortir. Quelqu'un de fort, de préférence.

— J'arrive, maugréa Sébastien.

— C'est étrange, reprit Thomas. Comment cela peut-il être possible ? Le terrain semblait pourtant relativement dur et...

En regardant mieux par terre, il repéra aussitôt des empreintes de Y, empreintes qui n'étaient pas là au moment où la Jeep s'était arrêtée sur les lieux, étant donné qu'elles s'enfonçaient par-dessus celles des pneus.

Une fois le militaire à ses côtés, Thomas pointa le sol, tout en mettant le doigt sur la bouche, faisant comprendre à son coéquipier qu'il ne devait pas émettre le moindre son en voyant ce qu'il venait de trouver.

À l'abri des regards de Carine et d'Arnaud, toujours dans la Jeep, Sébastien resta bouche bée face à cette effrayante trouvaille. Il s'accroupit, cherchant ses mots. Ils venaient de découvrir de nouvelles empreintes en forme de *Y*, toutes fraîches celles-ci.

— Alors ? s'impatienta Arnaud. Vous y arrivez ou vous avez besoin d'aide ?

— Ça va, ça va, tout va bien, bredouilla Thomas.

— On va gérer, confirma Sébastien.

Chapitre 11 - La carte des constellations (4)

Le militaire mit à son tour un doigt devant la bouche, confirmant la première intention de Thomas : les autres ne devaient pas être mis au courant de ce qu'ils venaient de découvrir.

Après être parvenu à dégager le véhicule en le poussant à deux, Thomas remonta sur celui-ci, et prétexta un instant de vérifier que Florence était bien attachée.

— Ça va ? L'attente n'a pas été trop longue ? demanda-t-il en resserrant sa ceinture.

— Ça peut aller. Je me suis concentrée sur ma respiration, afin de ne pas trop paniquer. Vous avez réussi à débloquer la Jeep ?

— Oui, c'est bon. Au fait, je suppose que tu n'as rien vu… Enfin, disons plutôt, as-tu ressenti des mouvements suspects pendant notre absence ?

— Bizarre, ta question… Je vous l'aurais dit, non ?

— Oui, mais… Je ne sais pas, peut-être qu'il y a eu quelque chose qui aurait pu faire bouger le véhicule, par exemple ?

— Non, je vous l'aurais signalé si ça avait été le cas… Je n'ai rien entendu non plus.

— Le son ne se propage pas sur la lune, répliqua Thomas. Ça, c'est donc normal.

— Ah, je l'ignorais. Pourquoi ces questions ? Il y a un problème ?

— C'est bon, Thomas, je pense qu'elle est bien installée maintenant, le coupa Sébastien. Allons-y.

Thomas écarquilla de nouveau les yeux en se rendant compte que le scratch sur la combinaison d'Isabelle avait disparu. Ébahi par cette nouvelle énigme, il recouvrit immédiatement la défunte de son parachute mortuaire.

— J'arrive, bredouilla-t-il.

Il remonta dans le véhicule et s'assit à côté d'Arnaud, peinant à reprendre ses esprits. Une fois tout le monde à bord, Carine redémarra puis appuya sur l'accélérateur tout en douceur.
— C'est bon, confirma-t-elle aussitôt, on avance.
Rapidement, elle se remit dans les traces de pneus du précédent passage, et accéléra au fur et à mesure, avant d'atteindre sa vitesse de croisière. Après de longues minutes sans que personne ne trouve le moindre mot à dire, Florence fut la première à reparler :
— Alors ? Vous voyez quelque chose au loin ?
— Pas encore, répondit Carine.
— Pourvu qu'on ait pris la bonne direction...
— Gardons espoir, soupira Thomas. D'après la voix, si nous faisons les bons choix, nous devrions finir par nous en sortir.
— Les avons-nous seulement faits ? s'interrogea Florence.
— Nul ne pourrait le dire. Je suppose que la réponse à nos questions se situe au bout de ces traces.
— On aurait eu la carte des constellations au moins, on aurait été sûrs, souffla Sébastien. Je pense que c'est précisément le genre de choses qu'un traître pourrait faire, pour faire capoter l'expédition.
— Désolé. Ça peut arriver à tout le monde, soupira Arnaud.
— Et si l'on parlait d'autre chose ? proposa Thomas. Je ne sais pas, moi. On pourrait par exemple essayer de se raconter quelque chose de positif, comme un souvenir agréable qui pourrait nous pousser à continuer ?
— J'ai envie d'une clope, rajouta Carine.
— Ce n'est pas très positif comme pensée...
— Je sais, mais c'est à peu près tout ce qui me vient en tête, là, tout de suite.
— OK. Quelqu'un d'autre ? continua Thomas.
— Pour ma part, enchaîna Arnaud, au-delà de l'inconfort de la situation du moment, je trouve le spectacle qui s'offre à nous complètement

hallucinant… Le fait de savoir qu'on doit être une poignée à l'avoir vu doit jouer, j'imagine.
— Ah, enfin du positif. Merci. C'est aussi mon ressenti. Pour le reste, on pourrait également se dire que grâce aux talents de Carine, en tant que mécanicienne et pilote, on aura aujourd'hui pu avaler un certain nombre de kilomètres sans avoir à marcher, ce qui n'était pas gagné au début. Bravo pour ça, Carine.
— De rien, soupira-t-elle.
— Florence ? Une pensée positive ?
— Je… Non, vraiment… Je préfère passer mon tour.
— D'accord. Et toi, Sébastien ? Que…

Thomas trébucha soudain, surpris par un freinage brusque de Carine.
— Hey, préviens quand tu t'arrêtes ! s'agaça-t-il en se réinstallant dans son siège.
— Désolée, mais… il y a quelque chose devant nous, annonça-t-elle en montrant un objet par terre, à quelques mètres devant eux.

Sébastien descendit aussitôt et fit quelques pas en murmurant:
— Non… Dites-moi que je rêve… Viens voir, Arnaud, ça te concerne.

Son coéquipier s'avança vers lui en rajoutant :
— Quel suspense tu fais ! Alors que tu aurais pu nous dire de quoi il s'agit au lieu de… Non… ce n'est pas vrai ! Putain, mais non… Ce n'est pas possible… répéta-t-il à son tour.
— Que se passe-t-il encore ? demanda Florence en écarquillant les yeux. Serait-il trop demander de me dire ce que vous avez vu ?

Thomas les rejoignit aussitôt et soupira:
— Eh bien, pour répondre à ta question, Florence, nous venons de trouver une carte des constellations, précisa-t-il.
— Une ? rectifia Sébastien en prenant l'objet des mains de Thomas. Non. Il s'agit de *la* carte des constellations. Celle-là même qu'on pensait avoir perdue au moment de quitter ANTARES.

Thomas esquissa un sourire, avant d'annoncer :
— C'est tout simplement physiquement impossible.
— Ah non ?
— Et non.
— Je suis certain que c'est bien elle, insista Arnaud.
— Ah oui ? Alors, explique-moi comment elle serait arrivée ici ? Avec ses petites pattes, peut-être ?

Arnaud hésita, avant de répondre :
— Non… Mais je suppose qu'elle a été… portée par le vent. Tout simplement. Je ne vois que ça.

Thomas le dévisagea une nouvelle fois, avant d'argumenter :
— Tu ne pouvais pas le deviner, mais sache qu'il n'y a pas d'atmosphère et donc encore moins de vent sur la surface de la lune. Pas la moindre brise.

— Mais comment es-tu au courant de tout ça ? s'interrogea Carine, qui n'avait pas quitté la Jeep.

— Je l'ignore toujours.

— Tu mens… s'offusqua Sébastien. Je suis persuadé que tu mens. J'ai souvenir du drapeau américain durant la mission Apollo je ne sais plus combien… On pouvait voir sur des photos qu'il flottait. J'en suis sûr. Alors, comment expliques-tu ça ?

Thomas esquissa un sourire, et fit quelques pas pour contempler cet incroyable spectacle qui s'offrait devant lui :

— Tu as tout à fait raison, répliqua-t-il. Les conspirationnistes en tout genre se sont emparés de ce sujet pour raconter à qui voulait bien l'entendre que l'alunissage avait été filmé en studio, que ça avait été un incroyable coup de com' uniquement monté pour faire croire aux Russes qu'ils leur étaient supérieurs. Et pourtant, ils y sont bien allés – six fois au total.

— Et donc ?

— Tu permets ? demanda Thomas en récupérant la carte des constellations pour l'observer plus en détail. Il fallait une belle image pour les médias. Et sans vent, ça n'aurait pas marché. Les scientifiques, conscients du sujet, avaient de ce fait préparé une tige métallique horizontale qui permettait de le maintenir déployé. C'est grâce à cette astuce que la terre entière l'a vu de la sorte. Si l'on trouve le site d'où Apollo 12 [1] a décollé, tu pourras constater par toi-même qu'il n'a pas bougé et qu'il est toujours là.

— Je ne te crois pas, répliqua Sébastien.

— C'est ton droit et pour être honnête, ce n'est pas très important. Après, je te laisse faire le test toi-même : prends une poignée de sable et jette-la en l'air. Tu verras toi-même qu'il va retomber exactement où tu l'as lancé, sans être porté par le moindre vent.

Sébastien dévisagea de nouveau Thomas avec colère, peu convaincu par ce nouvel argument.

— Vas-y, je t'en prie. Et tu sais quoi ? Je ne t'en veux pas. C'est plus qu'humain de ne croire que ce que tu vois. Pas de problème. Essaie, tu tireras tes propres conclusions, rajouta l'amnésique.

Le militaire n'en fit rien, mais lui arracha la carte des mains.

— OK, très bien. Alors, admettons que ce ne soit pas le vent... Dans ce cas, comment expliques-tu la présence de cet objet ici, Einstein ? Peut-être que quelqu'un l'a déposé pour qu'on la trouve, c'est ça que tu crois ?

Thomas regarda au loin et répondit :

---

[1] Le drapeau d'Appolo 11, planté trop près du lieu de décollage, a probablement été consumé lorsque la navette a redécollé. Les drapeaux des autres expéditions, conçus dans des matières spéciales, sont quant à eux toujours sur les différents sites où les missions Appolo 12, 14, 15, 16 et 17 ont aluni.

— Je ne l'explique tout simplement pas, c'est aussi la raison pour laquelle, toujours selon moi, ce n'est pas *la* carte, mais plutôt *une* carte. Semblable en tout point à celle qu'on avait tout à l'heure, je te le confirme. Mais ce n'est probablement pas la même.

— Mais sois sérieux un instant, reprit Arnaud. Ce n'est pas possible... On est sur la lune, merde. C'est logique, selon toi, qu'on trouve en chemin ce genre de choses ?

— Pas plus logique que tout ce qu'on vit depuis qu'on s'est réveillés dans ce module lunaire. La seule chose que je suis aujourd'hui capable de te certifier, c'est qu'il n'est pas du tout certain à 100 % que cet objet soit le même que celui qui nous a permis de nous repérer tout à l'heure. C'est tout. Peut-être que c'est *la* carte, peut-être pas.

— Peu importe ton avis, Einstein, grogna Sébastien. On avait besoin d'une carte, maintenant qu'on l'a, ce serait pas mal de vérifier qu'on se dirige bien dans la bonne direction. Allez, vas-y, qu'attends-tu ?

Thomas regarda Sébastien, et après avoir ravalé son orgueil face au ton employé, il s'exécuta, alternant l'observation de la position des étoiles par rapport au plan qui lui était donné.

— Alors ? On n'a pas toute la journée...

Thomas répéta le mouvement plusieurs fois, avant d'annoncer :

— Je pense que nous sommes toujours dans la bonne direction. Et je confirme que l'indication mentionnée sur ce plan, la croix, est placée au même endroit que tout à l'heure en sortant du module ANTARES. Il faut suivre la constellation d'Orion.

— Dans ce cas, ne traînons pas, ordonna Sébastien en rangeant la carte dans une des poches de sa combinaison. Et c'est moi qui garde ça, maintenant. Au moins, je suis sûr de ne pas la perdre. Allons-y, Carine, tu peux redémarrer.

— Un instant... Il y a un problème.

Tout le monde regarda soudain la conductrice.

— On t'écoute ? répliqua Sébastien.

— Je… Je voulais vous en parler depuis un petit moment… ma réserve d'eau est quasiment vide.

Chapitre 12 - 25 litres d'eau (5)

— Ce serait trop demander que quelqu'un m'apporte une recharge, s'il vous plaît ? reprit Carine, hésitante.

Sébastien lui fit ses gros yeux, sa pupille à nouveau fortement dilatée :

— Négatif. Ne t'avais-je pas dit que nous devions nous rationner ?

— Tout en prenant garde de s'hydrater convenablement, répliqua Thomas. Viens, Carine, je vais te chercher le nécessaire pour résoudre ton problème. J'espère que le système de remplacement sera aussi intuitif que le reste, et...

— Négatif, s'opposa Sébastien en se mettant devant lui.

Thomas s'arrêta aussitôt et se retourna :

— Pardon ?

— Négatif, tu ne lui donneras pas d'eau.

— Ah ? Et je peux savoir pourquoi ça ?

— Car elle a eu autant à boire que les autres personnes. Pourquoi devrait-elle s'hydrater plus que nous ?

— Tu veux vraiment que je te réponde ?

— Tente toujours, Einstein. Mais je doute que tu me fasses changer d'avis.

— Thomas. Mon nom est Thomas. Dans ce cas... je regrette qu'Isabelle ne soit plus parmi nous ; en tant que médecin, ça aurait probablement été à elle de faire ce petit rappel théorique. Donc, au-delà des métabolismes qui varient d'une personne à l'autre, il se peut aussi que sa gestion de l'effort sans parler du stress ait un impact bien différent chez elle. De plus, son organisme est peut-être plus demandeur en eau qu'une personne lambda. Enfin, il est également possible qu'il y ait tout simplement un réglage à faire au niveau de l'humidité de l'air arrivant dans son casque, ce qui aurait tendance à lui donner bien plus vite que nous la sensation de soif, ses muqueuses étant bien trop desséchées. Je te passe une éventuelle fuite, qu'on aurait rapidement repérée.

— OK, Einstein. Mais en réalité, tes arguments, je m'en cogne. J'ai décidé qu'on devrait rationner l'eau. Point.

— C'est donc toi le chef ? Car je ne me souviens pas qu'on ait été en accord avec ça.

— J'ai dit tout à l'heure que le chef, c'était celui qui porte les armes. Après, vu que tu es amnésique, je suppose que tu as dû oublier ce détail.

— Je vois.

Thomas le regarda un instant, avant de dévisager Carine, qui ne savait pas où se mettre.

— Je… Je vais faire avec, bredouilla-t-elle.

— Juste une dernière chose, reprit Thomas, que je n'avais pas évoquée dans mon argumentation et qui pourrait intéresser le chef autoproclamé ici présent. Une déshydratation corporelle, si elle n'est pas traitée à temps, peut amener à consommer d'autant plus d'air. Arrive ensuite une irascibilité accrue pouvant pousser une personne à devenir fortement colérique, voire violente, ou tout simplement totalement folle. Enfin, celle-ci finit par tomber dans un état de choc hypovolémique, avant de mourir des suites d'un AVC.

Sébastien regardait fixement Thomas, ses yeux noirs encore plus noirs, sa mâchoire tremblant de colère. Thomas rajouta :

— Le rationnement que tu proposes risquerait donc de nous rajouter un second macchabée, après de nombreux changements émotionnels qui pourraient mettre le groupe en péril. Tout ça pour économiser un peu d'eau, dont tu auras probablement besoin également sous peu. Et je ne parle même pas des compétences qu'on perdrait si jamais Carine devait disparaître.

Thomas termina son argumentation en faisant sortir sa paille, afin de se rafraîchir le gosier. Sébastien ne disait pas un mot tout en étant incapable de retenir ses poings, se serrant de plus en plus fort.

— Maintenant que tu as toutes les données en tête, chef, continua Thomas, ainsi qu'une vague idée de ce à quoi pourrait aboutir une déshydratation, autrement dit si notre conductrice mécanicienne ne buvait pas rapidement un peu d'eau, je te laisse prendre la décision finale, vu que c'est toi le chef, chef.

Comme pour conclure cette déclaration, Carine perdit connaissance, et s'écroula par terre. Arnaud fut le seul à la secourir, tandis que Thomas restait de marbre face à Sébastien, les bras croisés.

— Hey, Carine ! s'exclama Arnaud. Dites ! Je pourrais avoir un peu d'aide ? Vous ne voyez pas qu'elle vient de tomber dans les pommes ?

Sébastien jeta un rapide coup d'œil derrière lui, constatant qu'Arnaud avait assis Carine contre un pneu du Rover pour l'y adosser. Il finit par annoncer :

— OK. Occupez-vous d'elle, et vite. Et essayez malgré tout de vous rationner le plus possible.

— Merci, chef, vous êtes trop bon, ponctua Thomas en imitant un salut militaire, avant de se ruer à l'arrière de la Jeep, où se trouvaient les conteneurs.

Après avoir identifié celui dans lequel les recharges d'eau avaient été rangées, il en récupéra une. Elles se présentaient sous forme tubulaire métallique, des détrompeurs de chaque côté afin de faciliter l'insertion dans la combinaison. Il vit une nouvelle fois le visage sans vie d'Isabelle, qu'il recouvrit de nouveau du parachute en soie, tout en bricolant un système pour que celui-ci ne glisse plus sur le côté.

— Alors, cette recharge, c'est pour aujourd'hui ou pour demain ? insista Arnaud.

Thomas sauta du Rover et revint jusqu'à Carine qui venait à peine de reprendre ses esprits, toujours assise contre l'imposante roue de la Jeep.

— Ça va aller ? lui demanda-t-il en triturant l'arrière de la combinaison de Carine. Avance-toi légèrement, s'il te plaît…

— Je… Non, pas très bien… J'ai la tête qui tourne…
— C'est normal. Accroche-toi, et rassure-toi, d'ici une petite minute, peut-être moins, tu devrais pouvoir assouvir ta soif. Une fois hydratée, tu retrouveras rapidement tes esprits.
— Je vous promets, sincèrement, j'ai vraiment fait attention… C'est juste que…
— C'est bon, ne t'inquiète pas, tu n'as pas à te justifier, répondit Thomas, en train de bricoler l'arrière de sa combinaison. Personne n'a jamais demandé à être là, tu fais de ton mieux, comme chacun d'entre nous ici. On regardera plus tard si l'on détecte une fuite, mais avec la température extérieure, je suppose qu'on l'aurait déjà vu si ça avait été le cas, il y aurait eu de la vapeur.
— C'est… si dur.
Thomas, qui venait de retirer le précédent tube métallique, inséra le nouveau, avant de refermer hermétiquement le système.
— J'y suis presque… Voilà, c'est enclenché. Ta réserve d'eau devrait de nouveau être accessible, confirma-t-il en pianotant sur l'ordinateur de bord de Carine. Le temps que ça circule dans ta combinaison… Là, on dirait que c'est bon. Ta jauge est maintenant à 100 %. Peux-tu essayer pour voir si ça fonctionne ?
Elle appuya sur le bouton du clavier de son avant-bras, où une goutte était dessinée. Une paille sortit alors automatiquement dans son casque. Elle but quelques gorgées, avant d'esquisser un léger sourire.
— Merci, je crois que ça va mieux.
— Parfait. Repose-toi encore quelques instants. Et la prochaine fois, n'attends pas le dernier moment pour préciser que tu as soif.
— Oui, désolée. Promis, je tâcherai de m'en souvenir.
Une fois redressé, Thomas regarda les autres membres de l'équipe et leur rappela :
— J'espère que tout le monde tiendra compte de cet oubli. Je vous laisse vérifier de votre côté que vos réserves sont encore bonnes, et on

repart dans cinq minutes, le temps que Carine reprenne ses esprits. Ça va aller, tu es sûre ?
— Oui, merci. Je me sens déjà mieux.
Quelques minutes plus tard, elle se releva doucement et fit quelques pas. Thomas, qui la regardait, fut soudain pris à partie par Sébastien, qui le poussa violemment contre la Jeep, avant de le sermonner, casque contre casque :
— Tu as gagné ce coup-ci, Einstein. Mais crois-moi, on n'en a pas fini tous les deux.
— Je suis peut-être amnésique, mais moi, je me souviens de ton prénom, Sébastien, contrairement à toi visiblement. Je m'appelle toujours Thomas. Et non pas ce dénommé Einstein, que je ne connais pas.
— Il y a des choses que je n'ai pas envie de retenir, comme le prénom d'un traître. C'est probablement la dernière fois que je te laisse semer la zizanie dans le groupe, répliqua Sébastien en caressant la crosse de ses armes.
— Allez, arrête un peu avec tes flingues. Tu crois vraiment que tu vas un jour les utiliser ? Et si tu tires et que tu me tues, qui lira la carte ? Toi, sûrement ?
— Ne me pousse pas à bout, c'est tout ce que je te demande.
— Sinon quoi ?
Carine s'interposa tout à coup entre les deux hommes :
— C'est bon, les gars ? Vous avez fini de vous chamailler, oui ? Du calme, on est tous à cran, alors on va essayer de se détendre un instant. Tâchons de reprendre tranquillement la route, on a encore pas mal de kilomètres à parcourir.
— Tiens donc, ironisa Sébastien. Tu as l'air d'aller subitement mieux, on dirait. Je suis à deux doigts de me demander si tu n'as pas joué la comédie.

Carine, les yeux exorbités face à cette agression gratuite, le pointa du doigt, et ouvrit la bouche, mais trop abasourdie par cette réplique, elle ne parvint pas à dire le moindre mot.

— Tu as raison, Carine, conclut Thomas en remontant dans la Jeep. Allons-y, c'est mieux pour tout le monde.

Sébastien la fusilla du regard avant de l'imiter. Une fois assis, il demanda :

— Alors ? On y va ?

Chapitre 13 - 100 litres d'air (6)

— Tu es sûre que ça va, Carine ? Je peux conduire, si tu veux, proposa Arnaud.
— C'est bon. Boire m'a fait du bien. Allons-y.
Elle s'installa et démarra le véhicule :
— Par contre, les réserves d'énergie de la Jeep commencent à être vraiment très basses. Je vais tenter de rouler un peu moins vite pour couvrir une plus longue distance, mais il va falloir songer à bientôt s'arrêter, et peut-être nettoyer les panneaux solaires sur le capot du véhicule pour optimiser le temps de recharge.
— Fais au mieux, répondit Sébastien.
Lentement, mais sûrement, ils continuèrent de rouler en suivant les traces de pneus par terre. Oubliant la tension omniprésente entre Thomas et Sébastien, Arnaud avait à nouveau les yeux perdus au loin, espérant apercevoir un quelconque signe de vie.
— Et l'on a une idée de ce qu'on va trouver au niveau du lieu indiqué sur la carte ? demanda-t-il.
— Tu as le même niveau d'informations que nous, répliqua Thomas. On avance avec le matériel qu'on a embarqué dans le module, et on croise les doigts pour survivre.
— Donc, probablement qu'il n'y aura rien… bougonna Arnaud.
— Ou peut-être qu'il y aura une porte de sortie, une fusée, un bouton pour se réveiller de ce foutu cauchemar, répondit Thomas.
— Ou des clopes, murmura Carine.
— Sincèrement, on est vraiment trop cons de continuer de rouler de la sorte sans savoir ce qu'il y a devant nous, finit par conclure Arnaud.
— Sauf que tu as pu constater que comme nous l'avait signalé la voix, il était préférable de quitter le module ANTARES si je ne m'abuse, le sermonna Sébastien. Donc, on va continuer à suivre ce que nous dit la

voix. Pour le reste, pour une fois, je suis d'accord avec Thomas : il faut avancer pour survivre. C'est une des choses que j'enseigne à l'armée.

— Alors, on est réellement sur la lune, selon vous ? On en est bien certains maintenant ? demanda Florence de sa petite voix timide.

— Pour moi, il n'y a plus réellement de doute à avoir, répondit Thomas. Et si ce n'est pas le cas, en tout cas, ça y ressemble sacrément. Je suis amnésique, ce qui fait que je ne peux pas l'affirmer, mais je ne pense pas qu'un simulateur aussi crédible niveau réalité ait déjà été conçu sur terre.

— Je confirme, annonça Arnaud. En tant qu'informaticien regardant de près les nouvelles technologies, je peux vous l'assurer, rien de ce genre n'existe. Il y a des projets qui en parlent, projets qui grâce à l'IA pourraient arriver bien plus vite que prévu, mais pour l'instant, un simulateur de gravité, un ciel étoilé comme celui-ci, bref, rien de tout cela ne serait techniquement possible. Donc oui, Florence, nous sommes sur la lune. C'est une certitude.

— Mais alors pourquoi ? Pourquoi vous ? Pourquoi moi ? reprit l'aveugle. Vous souvenez-vous ce que vous faisiez juste avant de vous retrouver dans ce module ?

— Attends, je crois que je me rappelle, murmura Arnaud. C'est ça, j'étais derrière mon bureau, préparant une mise en production d'un logiciel compliqué, en train de siroter un café. Et puis plus rien.

— Pour ma part, continua Sébastien, j'étais en pause aux W.-C., en train de former des bleus à l'art du combat ; c'est mon métier. Je me souviens de m'être dit que cette journée semblait sans fin. Par la suite, plus rien.

— Pour ma part… J'ai beau chercher… Ah si, je crois que j'ai peut-être quelque chose. Je crois qu'après avoir rangé mon plan de travail, de telle sorte à ce qu'il soit impeccable, je m'étais attaqué à une pièce cruciale du rotor, je pestais parce qu'elle avait été serrée trop fort. Je revois mon patron derrière moi en train de m'aboyer des ordres dessus.

Florence hocha la tête et reprit la parole :

— Moi… je n'ai aucun souvenir précis pour être honnête. Je crois que j'étais en train de me préparer à jouer une scène dans laquelle je découvrais qu'on m'avait trompée… Mais je serais incapable de savoir plus en détail ce que je faisais. Si, je crois qu'on me maquillait et que je discutais avec un collègue d'une opération chirurgicale, quelque chose de ce genre.

— Quant à moi, j'ai beau chercher… Étant donné que même mon prénom me paraît étrange. C'est comme si je ne m'appelais pas Thomas en réalité. Sans parler de tout ce dont mon cerveau se souvient…

— Sujet traité. Nous voilà bien avancés, conclut Sébastien.

Thomas soupira du fait qu'une énième tentative de briser la glace se termine de la sorte.

Les minutes finirent par devenir des heures. La batterie de la Jeep baissait lentement mais sûrement. Le décor défilait, tristement fantastique, comme s'il se répétait à l'infini. La terre, de la taille d'un ballon de foot, visible dans le ciel étoilé, donnait l'impression de surveiller le groupe s'aventurant dans l'inconnu avec toujours autant de questions auxquelles ils n'avaient aucune réponse.

Carine roulait de plus en plus doucement, en quête d'économie de batterie qu'elle peinait à obtenir, lorsqu'un nouveau problème fut soudain soulevé par Sébastien, surpris par un bruit strident dans son casque. Il pianota frénétiquement sur la tablette ornant son bras de gauche avant de soupirer :

— Eh merde… C'est quoi ce bordel ? Oh putain… Réserve d'air à 5 %. Bon. Je pense qu'on va faire un point pour refaire les niveaux. Je suppose que tout le monde a des données similaires ou presque ?

— J'ai un peu moins de 10 % pour ma part, répliqua Thomas.

— Dans ce cas… arrête la Jeep, Carine, et sors les panneaux solaires en attendant, ça permettra de recharger les batteries pendant qu'on refait le plein d'air.

Il descendit du véhicule et se dirigea à l'arrière, où il fouilla dans la caisse où Carine avait rangé entre autres les petites bouteilles contenant le précieux sésame qui leur permettait de respirer. Comme pour l'eau quelques heures plus tôt, à tour de rôle, chacun reçut une nouvelle réserve d'air.

— Cent pour cent, annonça Carine en regardant sur sa tablette. C'est bon pour moi. Je vais m'occuper de faire la manipulation pour toi, Thomas, afin de vérifier si j'ai bien compris comment tu faisais.

— Tu vas voir, ce n'est pas bien compliqué. Merci.

Une fois tout le monde remonté à bord et les panneaux solaires rétractés, la Jeep redémarra doucement.

— Je ne sais pas réellement ce vers quoi nous nous dirigeons, mais j'espère que nous le saurons rapidement. Je l'ai déjà dit tout à l'heure, mais les batteries ne vont pas tarder à être totalement vides, soupira Carine.

— Ça n'a pas rechargé tout à l'heure ? demanda Arnaud.

— Tu plaisantes ? On s'est arrêtés à peine dix minutes, ce n'était pas suffisant. D'autant plus que nous sommes plutôt lourds, ce qui ne doit pas être optimum pour un engin de ce type.

— À ton avis, combien de temps pourrons-nous encore rouler ? demanda Thomas.

— D'après mes calculs, je dirais entre dix et vingt minutes ? Je viens de passer sous les 5 %. On va voir s'il y a un mode économie d'énergie qui se met en marche une fois proche de la réserve.

— Je tenais à m'excuser pour mon comportement, ajouta soudain Sébastien.

Tout le monde l'observa, interloqué.

— Pardon ? demanda Thomas.

— Je sais que ce n'est sûrement pas le moment idéal, mais je ne savais pas comment l'annoncer, donc voilà : j'ai été un peu brutal depuis tout à l'heure, que ce soit avec Arnaud ou avec toi, Thomas. J'en suis désolé. Cela fait pourtant partie des principes que j'essaie de transmettre à mes gars quand je les forme, le contrôle de soi et surtout la confiance, qualité essentielle si l'on veut survivre. Alors voilà : tâchons dorénavant d'avancer main dans la main tout en nous faisant confiance.

Son regard croisa les yeux de Thomas, qui acquiesça en entendant cette phrase réconfortante.

— Tu as sans doute raison. Merci pour ta confession. À mon tour, je vais devoir vous annoncer quelque chose. J'hésitais depuis tout à l'heure, mais... je pense qu'il est nécessaire de le partager.

— Les empreintes ? demanda Sébastien.

— S'il n'y avait que cela... Non. Il y a autre chose.

— Attendez, attendez... De quoi vous parlez tous les deux ? s'interrogea soudain Arnaud. De quelles traces s'agit-il ?

Sans l'écouter, Thomas mit sa main dans l'une de ses poches, avant de reprendre :

— Vous vous souvenez de la carte des constellations ? Comme quoi je trouvais ça bizarre qu'on en déniche une seconde en chemin, étant persuadé que l'original était probablement toujours quelque part au pied du module ANTARES ?

— Ça va, je suis une fois de plus désolé de l'avoir oubliée, rajouta Arnaud, au cas où je n'aurais pas été assez explicite tout à l'heure.

— Ce n'est pas la seule étrangeté de ce genre, comme vous pouvez le constater.

Il sortit le scratch d'Isabelle, qu'il montra à toute l'équipe. Sébastien attrapa la chose et fit la moue en annonçant :

— C'est le morceau de combinaison sur lequel sont inscrits le prénom et le nom d'Isabelle. Je ne vois pas ce qu'il y a de bizarre à cela ? Pourquoi lui avoir volé ?

— C'est là toute la question. En réalité, ce n'est pas le sien. Je l'ai trouvé par terre, sous un peu de sable, pendant qu'avec Florence nous vous attendions tandis que vous étiez en train d'enquêter sur les traces de pas dans les collines.

— Oh, c'était donc pour ça que tu as changé de voix lorsque nous parlions tous les deux ? demanda Florence.

— Oui. Désolé de t'avoir menti… J'étais d'autant plus perturbé lorsqu'en vérifiant sur la combinaison d'Isabelle, je me suis rendu compte que cette pièce était toujours présente sur elle. Il y avait deux scratchs côte à côte. Même prénom. Même nom.

Arnaud s'empressa d'ouvrir le parachute entourant le macchabée, avant d'annoncer :

— Mais, c'est impossible. Regarde, elle ne l'a plus sur elle ! Tu tiens donc forcément l'original !

Thomas soupira en récupérant le scratch dans la main de Sébastien.

— C'est bien là tout le problème. Pendant un court instant, j'ai vu de mes yeux ces choses, deux objets totalement similaires, côte à côte. Florence pourra en témoigner. Enfin, elle pourra confirmer le fait que mon comportement a changé quelques minutes durant.

— Elle est très étrange ton histoire, répliqua le militaire. J'ai plutôt l'impression que tu l'as inventée de toutes pièces pour nous faire peur. Pourquoi ne lui as-tu pas dit, au moment de découvrir ça ?

— Car tout cela était trop étrange dans ma tête. Je ne voulais pas l'effrayer elle, ainsi que le reste du groupe. Je m'imaginais trouver une raison… disons « logique » à ce nouveau mystère, et j'espérais surtout pouvoir évoquer la chose durant un moment plus calme.

Il ponctua cette phrase d'un léger sourire, se rendant compte de l'incohérence de ses propos, avant de continuer :

— Moment plus calme qui n'arrivera sans doute jamais, étant donné les circonstances. Je l'admets, j'aurais probablement dû vous le signaler. Bref. Ce n'est pas tout ce que nous avons à partager. Lorsque nous nous sommes arrêtés après avoir perdu puis finalement retrouvé la carte, quand le Rover était embourbé… Sébastien ? Je préfère te laisser finir.

Le militaire défia du regard l'amnésique, hésitant visiblement à en dire plus. Il soupira avant d'annoncer :

— Eh bien, nous avons revu les traces de pas en forme de *Y*, tout autour du véhicule. Elles étaient toutes fraîches sans aucun doute possible.

Arnaud et Carine écarquillèrent les yeux de stupeur. L'informaticien bondit de son siège et se retourna pour exprimer son mécontentement, mais Thomas reprit aussitôt :

— Et au moment de repartir, tandis que je rattachais Florence, j'ai pu observer que le parachute entourant la combinaison d'Isabelle avait bougé. Lorsque j'ai voulu le remettre convenablement…

Il s'arrêta soudain, incapable de continuer.

Tout le monde le regardait, attendant le cœur battant le dénouement. Arnaud termina la phrase à sa place :

— C'est à ce moment-là que tu as constaté que le badge d'Isabelle avait disparu.

Thomas hocha de la tête.

— Ce qui signifierait que… la chose aux traces de pas en *Y* serait venue rôder autour de la Jeep pendant que vous étiez tous partis ? demanda Florence en tremblant.

— Et se serait évanouie dans la nature avec cet objet, probablement, oui, répliqua Thomas. Elle aurait subtilisé le scratch, le tout, sans produire la moindre vibration que tu aurais pu ressentir, et sans montrer une quelconque agressivité. Je suppose que tu ne serais plus là pour nous parler si cela avait été le cas.

— Je ne vois que deux choses pour conclure, annonça Arnaud. Soit tu es le traître, tu mens pour nous faire peur, et tu es de mèche avec tout ça… Soit…

Carine annonça soudain :

— Hey ! Regardez là-bas ! On dirait qu'il y a quelque chose !

Chapitre 14 – Arnaud

Un peu plus tôt dans l'histoire, quelque part sur terre.

Arnaud jeta un coup d'œil derrière lui et réajusta la capuche de son sweat noir. Personne ne l'avait suivi. D'ailleurs, est-ce que quelqu'un l'avait potentiellement pris en chasse ? Il l'ignorait. Mais dans le doute, il valait mieux être prudent.

Il regarda sa montre, indiquant 23 h 29. Il marchait d'un pas hâtif, agacé d'être en retard à ce rendez-vous dont il était pourtant le commanditaire. Son smartphone vibra :

— *Bien arrivé... J'espère que tu es bientôt là, car je ne me sens pas très en sécurité ici...*

C'était Daniel, la personne qu'il avait planifié de voir, qui était déjà sur place, lui.

— *Là dans 5 minutes,* répondit-il en augmentant son allure.

— *Bien noté. Tu as intérêt à avoir une bonne raison de m'avoir convié dans ce troquet sordide à une heure aussi tardive.*

— *Ne t'inquiète pas, tu ne risques pas d'être déçu.*

Message envoyé.

Arnaud se félicita du ton mystérieux qu'il avait employé. Il verrouilla et glissa son smartphone dans sa poche de jean. Il ne lui restait plus qu'une rue à avaler, avant d'arriver au bar Chez Cerbère.

Il se souvenait de l'ambiance du lieu, unique. L'écriteau lumineux clignotait de manière aléatoire. Dessus était dessiné un énorme molosse noir à trois têtes, animal qu'Hercule, dans la mythologie, avait capturé durant son douzième travail.

D'après les souvenirs d'Arnaud, s'il n'avait pas été remplacé depuis le temps, le videur se nommait Joe. Les muscles saillants, une armoire à glace auprès de qui l'on n'avait pas envie de plaisanter ; c'était lui qui décidait qui rentrait et surtout qui restait dehors. La plupart du temps, il se tenait assis à l'entrée, à côté d'une prostituée avec laquelle il discutait, toujours une bière à la main. Sur le chemin, il vit un mendiant, agenouillé sur des cartons, à qui il laissa généreusement le premier billet qu'il trouva dans sa poche.

— Pour mon karma, soupira-t-il.

Puis il continua sa route en destination du lieu de rencontre « sordide » qu'avait évoqué son collègue.

De nombreux souvenirs lui revinrent en tête : ceux de sa vie d'avant, durant laquelle il n'était qu'un simple hacker. Il en avait passé, à l'époque, du temps dans ce bar. D'inoubliables soirées, même si elles étaient souvent trop arrosées. C'est là qu'il avait trouvé les principaux clients de son business de l'époque : un piratage ciblé, une boîte e-mail à pénétrer, un site à hacker, un code à craquer, il était l'homme de la situation. La somme à régler en bitcoins et la procédure à effectuer pour les déplacer sur un compte anonyme, et c'était fait. Et puis il y avait eu ce coup de trop, bien trop ambitieux, qui lui avait fait tout perdre. Surveillé depuis un petit moment par une agence spécialisée dans ce genre de litiges, il avait fini par tomber dans un piège et être pris la main dans le sac.

Arnaud cracha par terre en se rappelant l'haleine fétide de l'inspecteur qui l'avait charcuté pendant des heures.

La police avait débarqué chez lui en fracassant la porte d'entrée à 6 heures du mat. Il avait été enchaîné tel un criminel, avant d'être embarqué dans un camion et d'être jeté au trou. Il s'était ensuite fait cuisiner des heures durant, cela lui avait semblé interminable. Combien de temps avait-il duré ? Plusieurs jours, plusieurs nuits… Privé de sommeil, de caféine, de ses drogues stimulantes habituelles et surtout un peu trop amoché par les interrogatoires musclés qu'il subissait, il avait fini par perdre la notion du temps et lâcher le morceau : oui, c'était bien lui le cerveau de cette énorme opération de détournement de fonds publics (plus de dix millions).

Le bar Chez Cerbère n'était plus qu'à une centaine de mètres maintenant, au tournant, au fond d'une ruelle. Il y était presque.

— Alors, maintenant que tu as plaidé coupable, avait vociféré l'inspecteur, ravi de l'avoir fait craquer, soit tu balances le nom de tes copains, après quoi tu bosseras pour nous, soit tu préfères te préparer à passer tes cinquante prochaines années sous les barreaux, à ce qu'un gros barbu te dilate le fion à chaque fois que tu auras la mauvaise idée d'aller laver ton corps recouvert de crasse. Que choisis-tu, tête de nœud ?

Tout avait été trop rapide. Il avait beaucoup pleuré en signant des aveux et en communiquant les coordonnées de ses complices. Ce n'était pas tant la peur de représailles qui le hantait, mais le fait de les avoir trahis.

Sa vie d'avant s'était terminée ce jour-là.

Et puis tout avait recommencé pour lui.

Une nouvelle identité, un nouveau départ, un avenir bien plus brillant et prometteur s'était ouvert à lui. Et enfin, un autre travail, dans lequel il s'éclatait bien plus. Après avoir collaboré du mieux qu'il pouvait dans la résolution de quelques enquêtes autour de délits informatiques, il s'était mis à travailler sur les prémices d'un projet colossal. Un dénommé Daniel était alors apparu dans sa vie, presque comme par magie, ou disons plutôt par hasard, un hasard qu'il était parvenu à provoquer.

— Alors, Arnaud… il paraît que tu es doué avec un clavier dans les mains ? lui avait-il demandé.

— C'est possible, oui.

Daniel était l'entrepreneur type, tel qu'Arnaud se l'était toujours imaginé. Grand, cheveux courts, forcément charismatique, la barbe de trois jours. Le tout dans un costume hors de prix, portant au poignet une montre à la valeur inestimable. Il avait tiré une bouffée de cigare tout en dévisageant son futur coéquipier.

— Je cherche des talents à sponsoriser, reprit-il, dans les technologies de demain. Je suppose que l'intelligence artificielle, l'IA pour les intimes, ça te parle ?

Arnaud sourit à la mémoire de ce tournant dans sa vie, si incroyable et pourtant si paradoxal.

— Si tu savais à quel point, s'amusa-t-il.

Oh que oui, ça lui parlait, et pas qu'un peu.

C'est à ce moment précis que tout s'était emballé, Daniel étant l'accélérateur permettant au programme d'Arnaud de gagner en vitesse, alors qu'il travaillait dessus depuis déjà un petit bout de temps. Il ne se doutait pas que ses découvertes allaient révolutionner le monde entier. Des jours, des semaines, des mois, des années durant, ils avaient bossé d'arrache-pied pour obtenir un prototype d'IA répondant au besoin initial, un projet bien évidemment à la limite de l'éthique et des frontières biologiques et humaines du moment. C'était ça qui plaisait à Arnaud, repousser les limites. Lui s'occupait de la programmation et de la recherche, tandis que Daniel, désormais son infatigable coéquipier, avait pour unique mission de lui trouver encore et toujours la plus grande puissance de calcul possible afin qu'il puisse faire tourner ses modèles. La machine était là, elle apprenait tous les jours, ne pouvant se rassasier de ce savoir qu'elle ingurgitait quotidiennement. Et après tout ce temps, le travail avait fini par payer.

L'écriteau Chez Cerbère apparut enfin. Daniel devait s'impatienter. S'était-il commandé une bière ? L'idée fit sourire Arnaud, étant donné que celui qui l'attendait était plus habitué aux cocktails des soirées mondaines de la capitale. Non, sûrement pas. Il devait plutôt se morfondre devant un Perrier tout en observant le décor presque postapocalyptique de ce bar. Durant les cinquante derniers mètres, il se remémora l'instant où tout avait bousculé, lorsque Daniel lui avait promis :

— Tu vas toucher un beau paquet de blé avec ce contrat.

Arnaud était tombé de sa chaise en entendant ça. L'argent, il s'en fichait, ce n'était pas pour ça qu'il travaillait comme un dératé, mais pour mener son projet à bien. Plus il le pousserait, et plus il irait vite, il le savait.

— Non, Daniel, lui avait-il répondu. Il est hors de question que je lègue mon bébé à qui que ce soit. Peu importe le prix, là n'est pas le sujet. Je crois surtout que tu n'as pas l'idée des dangers de son utilisation, si quelqu'un de malveillant tombait dessus.

Mais Daniel, en tant que bon commercial, n'avait rien voulu entendre.

— Écoute, Arnaud. Le rendez-vous a de doute façon déjà été pris, les notaires ont déjà le contrat en leur possession. La signature aura lieu dans une semaine. Que tu sois là, ou pas…

Arnaud grimaça en repensant à cette dernière phrase, avant de saluer Joe, toujours fidèle au poste, malgré toutes ces années.

— Hey, Arnaud ! Un revenant ! Comment ça va depuis le temps ?

— Ça va, ça va. Tu ne me présentes pas ? répondit-il en observant la compagne de la soirée du videur, revêtue d'une robe moulante trop courte, de bas résille noirs et de talons vertigineux.

— Hé hé, si tu veux. Voici Vélia. Une petite nouvelle. Une belle salope, si tu veux mon avis.

— Salut beau gosse, dit-elle en tendant la joue. On peut faire plus ample connaissance après si tu es partant ?

Mais Arnaud avait déjà repéré Daniel, attablé dans un coin. Sans prêter attention à l'excès de parfum de la prostituée d'origine vénézuélienne, il se contenta de répliquer :

— À plus tard.

Son collègue le vit, et lui fit un signe tout en rangeant son smartphone. Arnaud le rejoignit, après s'être commandé une pinte de bière brune. Une fois à son niveau, il l'embrassa chaleureusement, la main sur l'épaule, avant de s'asseoir.

— Dis donc, plaisanta Daniel, c'est un véritable coupe-gorge cet endroit... Tu m'as habitué à mieux.
— Moi, je trouve que ce bar a son charme. C'est ici que j'exerçais dans... ma vie d'avant.
— Ta vie d'avant ? s'étonna Daniel.
— Peu importe. Je ne t'ai pas demandé de venir pour te parler du passé. Écoute, je ne vais pas aller par quatre chemins. La signature de la vente de ma licence sur l'IA est planifiée demain. Annule-la, s'il te plaît.
— Ta licence ? *Notre* licence, tu veux dire.
— C'est toi qui supposes qu'elle est à nous. Mais en réalité, elle m'appartient. C'est moi qui ai pensé, construit, inventé, créé ce système tout entier.

Il dévisagea une nouvelle fois Daniel, vraisemblablement peu convaincu par ses arguments :
— Écoute, soupira-t-il. C'est moi et moi seul le géniteur de ce monstre de puissance, de ce que tu t'apprêtes à vendre à des gens qui n'ont pas la moindre idée de la manière avec laquelle cela pourrait transformer le monde.

Daniel le regarda longuement, avant d'inspirer une gorgée de son Perrier citron. Il se lança aussitôt après :
— Écoute, Arnaud. Tu as bien en tête le montant du chèque que tu vas toucher ? Tu te souviens du nombre de zéros qu'il y a derrière ? Merde, avec tout ce pognon, tu pourrais t'arrêter de bosser demain, t'acheter une île et y passer le restant de tes jours !
— Et qu'est-ce qui te laisse penser que c'est ce dont j'ai envie ? Sérieusement, Daniel... Tout ce temps à échanger, à construire, à apprendre à nous faire confiance... Tu n'as toujours pas intégré que je n'en avais strictement rien à carrer du fric ? Pourquoi m'as-tu trahi sur ce coup-là, mec ? Tu le savais que je serais contre, mais tu as quand même rédigé ce foutu contrat. Pourquoi ?

— Je me suis douté dès le début de notre collaboration que tu n'as jamais rien compris à la finance, au concept même d'investissement. C'est maintenant qu'il faut vendre, pas demain. MAINTENANT !
— Mais vendre ne m'intéresse pas, comment faut-il te le dire !
— Et moi alors ? Il compte mon avis ? Comment crois-tu que je t'ai donné les ressources nécessaires à la création de l'IA que tu as réalisée ? Et tous tes prototypes, en partie légaux, que je me suis procurés ? Je me suis endetté un max pour nous, pour ton équipe.
— Daniel… Putain… Ne me force pas…
— Ne me force pas à quoi ?
— Tu ne mesures pas la conséquence de ce que tu t'apprêtes à faire.
— Je suis désolé que tu le prennes de la sorte, répondit Daniel.
— Menteur ! Toi et tes congénères, tous ceux qui constituent mon équipe, vous n'avez pas la moindre idée de ce que mentir peut signifier. Tu en serais bien incapable.
— Ah oui ? Eh bien, tu te trompes.

Arnaud soupira et déverrouilla son smartphone, pendant que Daniel sirotait son Perrier jusqu'à ce qu'il n'aspire plus que de l'air.
— Écoute ; Arnaud, peu importe ce que tu en penses. Le rendez-vous aura lieu demain à 9 heures. Que tu sois là, ou pas. Salut.

Il se leva, et alors qu'il s'apprêtait à partir, Arnaud l'arrêta :
— Daniel… Je te le demande une dernière fois… ne fais pas ça. Pour toi… Pour nous…
— Sinon quoi ?

Arnaud, tout en tapotant sur son smartphone, lui répondit en soupirant :
— Tu n'as pas en tête la puissance potentielle de ce prototype d'IA, il pourrait devenir incroyablement dangereux s'il se rebellait contre un créateur qui l'utiliserait à de mauvaises fins. Tu es la preuve même que ce système est encore imparfait. Je t'en prie, ne me force pas à faire ça…

Daniel se leva, outré :

— Attends, Arnaud… Rassure-moi, tu ne serais pas en train de me menacer, j'espère ?

— On dirait bien que si, étant donné qu'il ne me reste plus que ça, visiblement, pour te convaincre.

Daniel réajusta son costume. Il regarda tout autour de lui, et fut tout à coup étonné en constatant que tout le monde autour de lui se tenait immobile, comme statufié, les yeux fixés sur lui. Il n'y avait plus que la musique en fond, le titre *Welcome to the Jungle* de Guns N'Roses criant dans les enceintes, et le ronronnement du ventilateur, agrémenté par le bruit d'une pale légèrement voilée qui grinçait.

— Arnaud… On peut savoir ce que c'est que cette petite mise en scène ?

— Toi qui n'as pas été programmé pour avoir peur, je suppose que cette situation doit être en effet un peu perturbante. Mais peu importe. Alors ? Que décides-tu ? Tu renonces, et l'on discute ? Ou tu prends le risque de mettre fin à la discussion et de ne pas sortir vivant de ce bar ?

— Au moins, s'il m'arrive quelque chose, j'aurai des témoins, répliqua-t-il. Désolé, mais je signerai ce contrat, avec ou sans toi.

Daniel écarquilla les sourcils, outré. Il récupéra l'addition de sa boisson et déposa quelques pièces sur la table, avant de conclure :

— Mon pauvre Arnaud, tu as complètement perdu la boule. Attends-toi à avoir un coup de fil de mes avocats sous peu, une fois que je serai devenu milliardaire à ta place. Salut.

— Connard, murmura Arnaud.

Daniel traversa le bar en essayant d'éviter les regards des différentes personnes, toujours immobiles, qui avaient toujours étrangement les yeux fixés sur lui. D'un pas sûr, il se faufila jusqu'à la sortie. Une fois dehors, il fit un imperceptible hochement de tête au videur qui était encore en train de conter fleurette à la prostituée, puis il se mit à marcher à grande allure.

— Adieu, murmura Arnaud en tapotant sur son smartphone.

— Foutu développeur complètement taré, marmonna de son côté Daniel, avant de s'effondrer sur le sol quelques mètres plus loin. Totalement inconscient. Sans la moindre pulsation cardiaque. Les yeux ouverts, fixant la voûte céleste, où la lune était ronde et particulièrement lumineuse ce soir-là.

Tandis que Joe courait vers lui pour lui porter secours, Arnaud reposa son smartphone sur la table tout en essuyant une larme roulant sur sa joue. Autour de lui, le brouhaha d'un bar animé avait repris, ponctué par les rires gras des pivots de comptoir et des tintements de verres remplis d'alcool bon marché.

— Adieu Daniel, murmura-t-il avant de se lever et de partir à son tour.

Chapitre 15 - Des aliments concentrés (7)

— Serait-ce trop demander de me décrire ce que vous avez vu ? demanda Florence.

— Bien sûr. D'ici, on dirait bien qu'il s'agit d'un module lunaire, annonça Thomas, qui ressemble à s'y méprendre à ANTARES qu'on a quitté tout à l'heure. Il y a fort à parier que ce soit « ORION » auquel cette Jeep est sûrement rattachée.

— Probablement, murmura Carine.

— On est sauvés, alors, vous croyez ? s'interrogea Arnaud.

— Rien n'est moins sûr, maugréa Sébastien. Mais on va peut-être avoir un peu de répit.

Carine accéléra, impatiente d'arriver, ce qui engendra de nombreuses secousses qui ne dérangèrent personne, étant donné l'espoir porté par cette soudaine apparition.

— Par contre… je ne vois pas de fusée mère, annonça Arnaud. C'est bien ça qu'on devait rejoindre, d'après ce qu'avait dit la voix, je ne me trompe pas ?

— Je doute qu'on ait parcouru autant de kilomètres, répondit Carine. À la rigueur, peu importe. J'espère juste qu'une fois dedans, on pourra se poser un peu…

— Moi aussi, soupira Thomas. Un peu de repos ne pourra pas nous faire de mal.

Au bout de trop longues minutes sans que personne n'ose prononcer le moindre mot, la Jeep lunaire finit par arriver à proximité du module. Carine éteignit le moteur.

— Bon. Ça a l'air désert, murmura Arnaud. C'est déjà ça.

— Je me demande si c'est un point positif ou non, répondit Sébastien. Restons sur nos gardes, on ne sait jamais.

Ils descendirent l'un après l'autre du véhicule. Carine déploya les panneaux solaires, et démarra le chargement du véhicule. Tout le monde s'avança jusqu'à l'entrée du module, jusqu'à ce qu'Arnaud s'écrie en montrant le sol :

— Oh, c'est pas vrai… Regardez, ici et là… Des traces de Y… Punaise, ça sent vraiment pas bon. Cette saloperie de chose ne nous laissera donc jamais tranquilles ?

Thomas s'accroupit et observa en touchant le sol, rapidement imité par Sébastien :

— Affirmatif, ce sont les mêmes, je confirme.

— La seule inconnue, c'est de savoir si elles ont été faites récemment ou non. Elles peuvent avoir dix minutes, dix jours ou peut-être bien dix semaines ou dix ans.

— C'est peut-être aussi la raison pour laquelle il n'y a personne dans ce module, murmura Arnaud. Peut-être qu'ils sont tous morts ? Bon… on fait quoi ? On rentre ou on se casse ? Personnellement, ça ne me dérange pas de passer mon chemin.

— Si l'on veut que la Jeep se recharge, j'ai bien peur qu'on n'ait pas trop le choix, argumenta Carine.

— On peut voter, si vous le souhaitez, proposa Thomas. Mais je pense qu'un peu de repos nous ferait du bien. Et pour ce qui est de la chose en question, à moins qu'elle se déplace aussi rapidement que nous, je doute qu'elle soit dans ce module. À mon avis, ces traces doivent dater. Et puis souvenez-vous qu'elle s'est potentiellement infiltrée tout près de Florence sans lui faire le moindre mal. Est-elle vraiment agressive ?

— Et s'il y en avait plusieurs ? s'inquiéta soudain Arnaud. Ou imaginez, elle est invisible ? Ce qui expliquerait pourquoi on ne l'aurait pas vue ?

— Que ceux qui sont pour qu'on s'arrête dans ce module lèvent la main, trancha Sébastien en étant le premier à voter pour.

Thomas, suivi d'une Florence timide, fit de même. Comprenant que la majorité avait été atteinte, Carine et Arnaud soupirèrent bruyamment.

— Bon, eh bien puisque vous êtes suicidaires, allez-y. Par contre, je vous laisse rentrer en premier, annonça Arnaud en se mettant à l'écart. On vous regarde vous faire bouffer par cette chose.

— Ne t'inquiète pas, répliqua Sébastien. Si ce qui est à l'origine de ces traces est à l'intérieur, et qu'elle a le malheur de montrer une once d'agressivité, crois-moi, il saura à qui il a affaire.

Mêlant l'acte à la parole, il sortit l'une de ses deux armes et se positionna devant le sas.

— J'y vais en éclaireur, rajouta-t-il.

— Excellente idée, conclut Arnaud.

Après avoir tapoté sur le tableau de commande à l'extérieur du module, des vibrations se répandirent petit à petit dans le sol, jusqu'à ce que la porte commence à pivoter. Sébastien tenait son bras tendu vers l'avant, pistolet à la main, prêt à tirer sur le moindre danger. Une fois à l'intérieur, il notifia :

— Rien à signaler dans le sas. Je continue ma progression.

— Bon courage, murmura Carine en se signant plusieurs fois.

Comme pour ANTARES, après avoir appuyé sur un gros bouton vert, une ampoule orange clignota, aussitôt suivie d'une voix métallique annonçant : « Pressurisation en cours », tandis que l'entrée du sas extérieur commençait doucement à se refermer. Le groupe vit le militaire, toujours le bras tendu, prêt à faire feu tout en fixant la porte intérieure du module, lentement disparaître de leur champ de vision. Les secondes devinrent soudain atrocement longues. Après une vibration un peu plus importante que les autres, mettant la fin au suspense, il annonça :

— Ça y est. Le sas a fini de se pressuriser. Je ne décèle pour l'instant pas d'activité. Je rentre dans le module… La lumière vient de s'allumer automatiquement.

— Oh putain, oh putain, oh putain, murmurait frénétiquement Arnaud dans son casque.
— Arnaud ? Tu veux bien la fermer, s'il te plaît ? En plus de m'énerver, ça m'empêche de me concentrer. Il y a un détecteur de présence, tout simplement.
— Je… Oui, désolé, répondit-il en cherchant du regard un soutien auprès de ses compagnons, qu'il ne parvint pas à trouver.

À nouveau, les secondes semblaient s'être déguisées en minutes tellement l'attente était longue. Le silence, parfois entrecoupé de la respiration appuyée de Sébastien, était quant à lui assourdissant. Enfin, le militaire annonça :
— OK. Secteur sous contrôle. Rien à signaler. Vous pouvez rentrer sans crainte, il n'y a pas de danger. N'oubliez pas de prendre avec vous les conteneurs.
— Pourquoi donc ? demanda Carine. Tu as peut-être peur que quelqu'un nous les vole ?
— Négatif. Mais étant donné que c'est en partie d'eux que notre survie dépend, je pense qu'il est préférable qu'on les garde avec nous. Mais tu peux laisser Isabelle ; elle, elle ne nous sera pas d'une grande utilité.

La mécanicienne acquiesça mollement. En quelques minutes à peine, tout avait été transféré dans le sas. Après avoir vérifié que les batteries de la Jeep étaient bien en train de recharger, Carine fut la dernière à les rejoindre dans le couloir, avant que Thomas ne lance le processus de pressurisation.

Après de longues secondes, ils purent enfin tous pénétrer dans le module :
— *Home sweet home*, annonça Sébastien qui avait déjà retiré son casque. Je n'ai jamais autant apprécié le fait d'être dans une maison qu'à ce moment précis.
— L'air est donc respirable ? demanda Arnaud.

— D'après ce qui est indiqué sur ma tablette, plus le fait que je sois toujours en vie après plusieurs minutes sans mon casque, j'aurais tendance à dire que, affirmatif, l'air est bel et bien respirable. Cependant, je te laisse te faire ta propre idée sur le sujet, je crois que tu aimes bien ce genre d'expérience.

Thomas, accompagné de Florence qui lui tenait le coude, observa le module.

— Il est semblable en tout point à ANTARES, non ?

— Négatif. Regarde, contrairement à l'autre, il y a six couchettes aux quatre coins de l'habitat, répliqua le militaire.

Thomas hocha la tête, et après avoir vérifié sur sa tablette que l'atmosphère était bel et bien respirable, il ôta son casque ainsi que celui de Florence, qu'il guida jusqu'à une chaise où elle s'installa.

— Bon, on dirait bien que le système de restauration d'air semble fonctionnel, ici, constata-t-il.

— Moi, je vous préviens, annonça Arnaud, je reste là jusqu'à ce qu'on vienne nous chercher. Et je prends ce lit, rajouta-t-il en se jetant sur l'une des six couchettes.

— Tu as probablement oublié que personne ne viendra nous chercher, répliqua Carine en s'asseyant à la grande table ornant le centre du module. Sauf erreur de ma part, les règles du jeu n'ont toujours pas changé, je suppose qu'on va encore devoir se démerder si l'on veut survivre. En plus, on n'a aucune idée de la durée pendant laquelle ce module tournera sans avaries... D'ailleurs, je ne sais pas pour vous, mais pour ma part, j'ai un mauvais pressentiment ici.

Sébastien, qui avait commencé à ouvrir les conteneurs, distribua des portions d'aliments concentrés à ses collègues.

— Je rejoins Carine sur un seul point, on ignore de combien de temps sera notre répit. Alors, tenez, profitez-en pour vous restaurer et pour vous reposer. L'ennemi peut frapper à notre porte à tout moment.

— Tu fais allusion à cette chose aux traces de pas étranges ? demanda Carine.

— Négatif. Je parle de tout ce qui pourrait mettre à mal notre mission consistant à nous rendre jusqu'au vaisseau mère.

— Une mission… Un jeu débile, tu veux dire, ouais, répliqua Arnaud.

— Sébastien n'a pas tort, ajouta Thomas. Profitons du temps qui nous est imparti pour nous poser et réfléchir sur la situation. Et dormir un peu, si vous y arrivez.

Il attrapa une portion de nourriture concentrée qu'il aspira avec une paille, avant de faire une grimace de surprise. Après avoir jeté un coup d'œil à l'emballage, il lut le contenu : « Poulet champignons pommes de terre ». Il haussa les épaules et goûta à nouveau, après quoi il continua :

— Je pense que c'est le moment ou jamais pour tenter de comprendre ce qui nous a poussés à atterrir ici. Gardons pour objectif d'atteindre cette fameuse fusée mère, tout en essayant de trouver la raison de notre présence dans ce module.

Il se rendit jusqu'à Florence, assise à table, et lui tendit une ration d'aliments liquides.

— Tu veux que je t'aide à retirer tes gants ? lui proposa-t-il.

— Si ce n'est pas trop te demander…

Il s'exécuta en faisant le plus attention possible.

— J'ai une idée, souffla Arnaud. Il s'agirait d'essayer de faire planter nos tablettes.

Tandis que l'informaticien était en train d'expliquer avec passion sa théorie pour tenter de pénétrer dans le système de son ordinateur de bord, et ce afin d'obtenir de plus amples informations sur leur environnement, Thomas, quant à lui, avait totalement déconnecté, se focalisant sur les mains si pâles et si fragiles de sa coéquipière aveugle. Elle ressentit la douceur avec laquelle il les effleurait, à en juger par ses joues qui commencèrent à rosir, avant de les retirer brutalement.

— Merci, annonça-t-elle, gênée. Je n'ai plus besoin de ton aide.
— As-tu faim ?
— Ah, oui. Un peu…
— Tiens, voici une ration de nourriture concentrée. Ce n'est pas très bon, mais ça semble être assez nutritif. Essaie de reprendre des forces, c'est important pour le moral d'avoir le ventre bien rempli. Et surtout, profite tant qu'on peut manger en paix.

Il lui en tendit une, tout en aluminium, d'où émergeait une paille. Seule l'étiquette permettait d'en identifier pleinement son contenu.

— Bœuf carottes. J'espère que tu aimes ?

Elle mit quelques secondes à la saisir, avant de l'attraper fermement. Elle le remercia par un sourire.

— Thomas ? Thomas, tu es avec nous ? demanda Arnaud.
— Je… Oui, pardon. J'étais ailleurs.
— Bon… Je recommence, soupira-t-il. Je me disais, en tant qu'informaticien, qu'il y a peut-être quelque chose à faire au niveau des tablettes que l'on a d'accrochées à nos avant-bras. Idéalement, il faudrait qu'on réussisse à faire… planter le programme.
— Planter ? Que veux-tu dire par là plus exactement ? demanda Thomas.
— Provoquer un bug, si tu préfères, aller chercher l'action qu'il n'a pas été conçu pour effectuer, qui obligera à automatiquement redémarrer le système d'exploitation sur lequel il tourne en tâche de fond. À ce moment-là, on pourra peut-être, je dis bien peut-être, obtenir des données qui pourraient nous être utiles.
— Quel genre ? s'interrogea le militaire.
— Qu'un novice en informatique ne pourrait pas comprendre, donc que je ne vais pas prendre le temps et l'énergie d'expliquer. Après, si quelqu'un a d'autres pistes, je suis tout ouïe.

Florence demanda alors :

— Pardon, mais… tu ne trouves pas ça un peu dangereux, de potentiellement tenter de pénétrer, voire de dégrader l'un des systèmes qui nous maintiennent en vie ?

— On ne fait pas d'omelette sans casser des œufs. Quand je hackais des chefs d'entreprise, il n'y avait pas un instant durant lequel je n'avais pas peur que la police vienne me chercher. Le risque me semble minime. Et si jamais on détériore l'une de nos combinaisons, je suppose qu'on pourra toujours utiliser celle d'Isabelle à la place.

— Sauf que si la police venait te chercher, cela ne t'aurait pas empêché de respirer, répliqua Carine.

— Eh bien, figure-toi que…

— Je n'aime pas beaucoup ça, le coupa Sébastien.

— Moi non plus. D'autres idées à proposer ? demanda Carine.

Thomas hocha la tête, avant de rajouter :

— Et… comment, selon toi, pourrait-on planter le système, comme tu l'as dit ?

Arnaud se leva et montra l'écran sur son avant-bras :

— Merci de ta confiance, Thomas. Ce n'est pas facile à réaliser, surtout si ça a bien été pensé. Mais l'idée serait de parvenir à faire faire quelque chose au programme, que les concepteurs n'avaient pas prévu qu'il soit en mesure de faire. Par exemple, taper plusieurs fois sur le même bouton virtuel, essayer d'appuyer dans des emplacements improbables, avec plusieurs doigts, ce genre de choses.

— OK, pourquoi pas. Mais… si cela ne fonctionne pas ? s'interrogea Carine.

— On n'en saura pas plus, répliqua Arnaud. Après, ce n'est pas le temps qui nous manque.

— Dans tous les cas, nous passerons la nuit ici, et nous repartirons demain, à l'aube, ponctua Sébastien.

Thomas observa l'horloge murale. 18 h 02. Il hocha la tête.

— D'accord. Et… vers où devrons-nous diriger ?

— C'est-à-dire ?
— La carte des constellations… J'ai vérifié avant de rentrer. La croix indiquait précisément l'emplacement où nous nous situons – notre destination, si tu préfères. Nous n'avons désormais pas d'autre piste sur l'orientation à prendre, étant donné que nous avons atteint l'unique l'endroit évoqué par la voix. Je me demandais donc, demain, quelle direction devrons-nous prendre ?

Le militaire haussa les épaules, visiblement agacé, avant d'annoncer :

— La nuit porte conseil.

Chapitre 16 - La boussole (8)

Deux petites heures s'étaient écoulées, sans plus d'avancée sur la recherche d'éventuels bugs sur la tablette.

— Ce système est beaucoup trop bien foutu… Il doit cependant y avoir une faille, il y en a toujours une, pesta Arnaud.

— J'aimerais tant pouvoir vous aider à trouver cette faille, souffla Florence.

— Bon. Moi, j'en ai marre, annonça Sébastien en allant s'équiper de son casque. Je vais faire une ronde autour du module avant l'extinction des feux.

Il enfila ses gants et pénétra dans le sas.

— Sois prudent, lui souhaita Florence.

Il se retourna et lui fit un clin d'œil qu'elle ne vit pas.

— Ne t'inquiète pas, mes anges gardiens veillent sur moi, dit-il en caressant ses deux armes accrochées de chaque côté de sa ceinture, tel un cow-boy.

Le bruit de la dépressurisation fit légèrement trembler la structure, puis le silence revint, parsemé des ronronnements réguliers du système de régénération de l'air. La pendule murale indiquait désormais 20 h 48.

Alors qu'Arnaud continuait de tapoter frénétiquement sur la tablette en s'agaçant de n'arriver à rien, Carine se leva en s'étirant :

— Bon. À défaut de se prendre la tête sur notre survie, moi je vais aller dormir. En espérant que quand je me réveillerai, je me rendrai compte que tout cela n'était en réalité qu'un vilain cauchemar.

— Bonne nuit, dit Thomas.

— C'est ça, on lui dira, répondit-elle en bâillant.

Elle se dirigea sur l'une des couchettes et se jeta dessus.

— Ça va ? Pas trop inconfortable d'être allongée en combinaison ? demanda Arnaud.

— On fera avec. Eh puis ce n'est pas comme si l'on avait le choix…

À peine quelques minutes plus tard, elle dormait dans un profond sommeil. Thomas, quant à lui, observait les lieux avec une grande attention. Un souci le chagrinait au plus haut point, sans être capable d'en identifier l'origine.

— Il y a quelque chose qui n'est pas normal, murmura-t-il.

— Et moi, c'est cette foutue tablette qui m'agace, rajouta Arnaud en jetant l'objet de son courroux sur la table. *C'est* pas possible, il doit forcément y avoir un moyen d'accéder à ce fichu système d'exploitation.

— Et sinon, pour demain… vous avez une idée de ce qu'on va faire ? demanda timidement Florence.

— Si l'on en croit Sébastien, la nuit porte conseil, maugréa Arnaud en s'étirant. Moi, je sens bien qu'il ne va rien se passer cette nuit…

— Et d'ailleurs, si c'était le cas ? Je veux dire, si rien ne se passe, on sera exactement au même point que maintenant, non ? conclut Florence.

Thomas posa l'un des conteneurs sur la table et annonça :

— Exactement. Fouillons dans les caisses. Il doit forcément y avoir un indice, quelque chose que l'on n'aurait pas vu… Personnellement, je ne pourrai pas réussir à dormir sans être fixé sur le sort qui nous attend demain.

— Tu as probablement raison. De toute façon, je n'en peux plus de triturer cette maudite tablette. Et je suis trop excité pour dormir. Allons-y.

Ils sortirent un à un tous les objets en les positionnant les uns à côté des autres sur la grande table ronde du module.

— À ce propos, quelqu'un a songé au fait que Sébastien pourrait s'enfuir avec le Rover ? suggéra soudain Florence.

Les deux hommes la fixèrent silencieusement, avant de reprendre leur ouvrage.

— C'est en effet une possibilité, je suppose, répondit Thomas. Mais, sans les réserves d'air et d'eau qu'il y a ici, je ne donne pas cher de sa peau.

— Tu es sûr ? Pourtant, il a ses armes avec lui, je suppose que ça le rend immortel, répliqua Arnaud en lançant un sourire malicieux à son coéquipier.

— Au moins, si c'était le cas, on serait fixés sur qui est le traître, conclut Thomas.

— Vous avez peut-être raison… Sans provisions, cela ne servirait pas à grand-chose de tenter de fuir. Je suis désolée, pour être honnête, j'ai même honte d'avoir eu cette idée. Enfin. Espérons que personne d'autre ici ne l'aura.

— La peur fait parfois ressortir d'étranges facettes de notre personnalité, conclut Arnaud.

Thomas examinait de nouveau la carte des constellations, pendant qu'Arnaud était en train de compter le nombre de rations d'air et d'eau restantes. Florence, qui ne pouvait pas les aider à inspecter visuellement les objets, s'interrogea de nouveau :

— Et sans vouloir insister trop lourdement, depuis combien de temps Sébastien est-il parti ? J'ai l'impression que cela fait une éternité maintenant…

— Dix minutes ? Peut-être 15 ? répondit Thomas.

— Ah, j'étais persuadée que c'était beaucoup plus long. La situation me fait vraiment perdre la notion du temps… Enfin.

— Ah, oui. C'est compréhensible.

— Espérons seulement que Sébastien ne s'égarera pas dans la nuit.

Thomas esquissa un sourire.

— Florence, tu ne pouvais pas le deviner… Mais la nuit ne tombe pas comme sur terre, ici. Nous sommes du côté éclairé de la lune, ce qui signifie que le jour, sous-entendu le moment où le soleil nous illumine, dure à peu près deux semaines.

— Donc... il ne fait pas nuit en ce moment ?
— J'ai cru voir encore de la lumière dehors, lorsque Sébastien est sorti, j'en conclus que non.
— Quels seraient les impacts concrets si nous étions de l'autre côté de la lune ? demanda Arnaud.
— Quand la nuit tombe, c'est que la lune n'est plus du tout éclairée par la lumière du soleil. L'obscurité est donc des plus totales. On y verrait pas à un mètre. Mais nos phares sur nos casques nous aideraient à nous repérer sans la lumière du soleil, ce qui nous ferait probablement consommer plus rapidement nos batteries. La température, quant à elle, avoisinerait les -170 °C. Ce qui fait qu'au lieu de nous refroidir comme maintenant, nos combinaisons devraient alors nous réchauffer.
— Sans mauvais jeu de mots, ça fait froid dans le dos, soupira Arnaud.
— Comme tu dis.
Florence enchaîna :
— Et toi, Thomas, malgré tout ce que tu sembles connaître sur la lune, tu n'as toujours aucune idée de qui tu es ?
— Toujours pas. Ce n'est pourtant pas faute d'essayer de chercher... Mais, je ne sais pas comment le décrire, c'est assez bizarre, c'est comme si quelque chose me bloquait certains éléments de ma mémoire.
Arnaud, lassé de compter le nombre de rations restantes, annonça :
— Bon. Tous les objets sont sur la table. On les a examinés sous toutes les coutures. Je ne vois pas quoi faire de plus.
— Essayons d'étudier ceux qui n'ont rien à faire là. Et d'ailleurs... Où est-elle ? ... Ah, la voilà. Une boussole.
Elle avait une forme circulaire, son diamètre ne dépassant pas les quelques centimètres. Le fond était orné de gravures qui indiquaient les quatre points cardinaux – N pour nord, E pour est, S pour sud, W pour ouest – en caractères majuscules d'un noir profond. Sur le dessus, un couvercle en verre transparent permettait de voir l'intérieur de l'outil.

L'aiguille, en acier bleuté, y dominait l'ensemble. Mais contrairement à un comportement terrien où elle aurait cherché inlassablement à pointer son pic aimanté vers le nord, elle semblait endormie, ne réagissant qu'aux secousses qu'elle recevait.

— Je suis persuadé que c'est une des clés qui nous aidera à avancer, ajouta-t-il en l'inspectant minutieusement.

— Et qu'est-ce qui te fait dire ça ? demanda Arnaud.

— Une intuition. Cela a été évoqué quand on a ouvert les conteneurs : il n'y a pas de véritables pôles magnétiques ici, contrairement à la terre. Sur la lune, cette boussole ne sert donc strictement à rien. Donc, pour quelle raison quelqu'un aurait-il trouvé judicieux d'en mettre une parmi des objets devant théoriquement nous permettre de survivre ? En quoi cela pourrait-il nous faire avancer ?

— Pour nous donner une fausse piste ? demanda Florence.

— Et dans ce cas… tu trouves qu'un pain de plastic aurait une utilité ici ?

Arnaud l'avait sorti et observait avec minutie l'objet parfaitement empaqueté dans une boîte totalement hermétique, où il était mentionné sur chaque côté « manipuler avec précaution ».

— Je l'avais oublié celui-ci. Quelle aberration d'avoir à transporter quelque chose d'aussi dangereux !

— Et on parle des allumettes ? rajouta Arnaud.

— Alors… oui et non… Avec le recul, au moment où nous sommes partis d'ANTARES, on aurait pu constater l'absence d'air en essayant d'en craquer une… ça aurait été impossible à cause du manque d'oxygène. Tu aurais ainsi évité de risquer ta vie pour vérifier ta théorie.

Arnaud hocha la tête en soupirant :

— Effectivement, maintenant que tu le dis…

— Mais elles permettraient également d'allumer un feu par exemple. Et encore, ici ce serait compliqué, car il n'y a aucun objet d'inflammable dans ce module.

— Attendez... Vous avez entendu ? demanda soudain Florence.
Tout le monde dressa l'oreille.
— Oui... On dirait le bruit d'une bête sauvage, ou... ça semble régulier...
Thomas se leva et fit quelques pas afin d'identifier l'origine du son. Il regarda au fond à droite, puis à gauche, avant de murmurer :
— OK. Donc on a une ronfleuse dans l'équipe. Merci, Carine.
Après avoir entendu son prénom, elle ouvrit brièvement les yeux, avant de se retourner sur le côté, de réajuster son oreiller et de continuer sa nuit. Les bruits de respiration cessèrent.
— Bon, reprenons nos investigations, annonça Thomas.
— Pardon d'insister, mais... dans combien de temps devrons-nous nous inquiéter du fait que la ronde de Sébastien semble durer une éternité ? demanda Florence.
De légères vibrations animèrent soudainement le module : quelqu'un était en train d'ouvrir le sas.
— Tiens, quand on parle du loup, murmura Thomas. Je crois bien que c'est lui.
— Vous en êtes certains ? demanda Florence.
— On ne va pas tarder à être fixés, répondit Thomas. De toute façon, si c'est cette chose, on n'aura aucun moyen de se défendre, c'est Sébastien qui a les deux armes.
Soudain pris d'un énorme doute, Arnaud se déplaça subtilement à côté de Thomas auprès duquel il s'assit, afin d'être face à l'ouverture du sas.
— Oui, tu as raison... C'est forcément lui, murmura-t-il.
La porte s'ouvrit et Sébastien apparut, mettant fin à cette appréhension passagère. Il retira immédiatement son casque et ses gants avant d'annoncer :
— Rien à signaler. J'ai été un peu long car je me suis permis d'effacer les traces de pas en forme de *Y* devant, mais aussi tout autour du

module. S'il y en a de nouvelles cette nuit, cela signifiera qu'elles ont été faites récemment.

— Bonne idée. Florence s'inquiétait de ne pas te voir revenir, murmura Thomas. Il n'y avait pas de quoi avoir peur. Si chose il y a, méchante ou non, elle n'est visiblement pas dans les alentours. Sébastien l'aurait vue si ça avait été le cas.

— Oui, enfin on ne sait toujours pas de quand datent ces traces, répliqua-t-elle.

— Et de votre côté ? demanda Sébastien. Quoi de neuf ?

— Pas grand-chose, répondit Thomas. Carine dort. Et nous, eh bien, on a cherché d'éventuels indices dans les différents objets des conteneurs. Rien de concret pour l'instant. Je continue, pour ma part, à croire qu'il y a un sujet autour de la boussole, la chose la plus improbable qu'on puisse trouver pour survivre sur la lune. Mais… Attendez… Je viens de penser à quelque chose. C'est vraiment bizarre, rajouta-t-il.

Il attrapa une ration d'eau, qu'il ouvrit et la vida d'un trait.

— Heureusement qu'on doit être raisonnables sur les réserves, maugréa Sébastien en prenant à peine deux gorgées.

— Oui. C'est bien ce que je pensais… Quelque chose ne tourne pas rond, reprit Thomas.

— Et quoi donc ? demanda Sébastien.

L'amnésique se leva, et inspira profondément, avant de commencer son argumentaire :

— Il y a quelque chose qui ne va pas. Vous vous souvenez de ce que nous a dit la voix dans le module ANTARES ? À propos de nos combinaisons ?

— Oui, répondit Florence. On nous a signalé que mis à part nos gants, il était primordial de ne pas les retirer, sans quoi nous serions dans l'incapacité de les remettre correctement.

— Bingo, répondit Thomas en la pointant du doigt. Et c'est bien là tout le problème. Enfin, je veux dire, regardez la technologie qu'on a tout autour de nous... Ces tablettes pouvant nous donner notre pulsation cardiaque, notre niveau de stress, ces casques futuristes, cette Jeep à énergie solaire, et rien que le fait qu'on évolue sur la lune sans la moindre connaissance du terrain... Et avec tout ça, il n'aurait pas été possible de nous mettre des combinaisons que des non-professionnels pourraient retirer ? Vraiment ? Même pour dormir ?

Les trois compagnons l'observaient d'un air plutôt sceptique. Thomas, sentant bien qu'il n'était visiblement pas parvenu à convaincre son auditoire, s'agaça soudainement en haussant la voix :

— Franchement, il n'y a vraiment que moi qui se demande comment ça se fait que j'ai probablement bu plus de 2 litres de flotte et que ça fait 24 heures, voire plus, que je n'ai pas pissé ? Je suis le seul, ici, à m'interroger sur la raison pour laquelle il n'y a pas de sanitaires dans ce module lunaire, pas plus qu'il n'y en avait dans le précédent ? C'est quoi l'idée ? On n'a plus le droit d'avoir de besoins naturels sur la...

Il n'eut pas le temps de finir sa phrase qu'il s'écroula soudainement sur le dos, et ne bougea plus.

Chapitre 17 - Une caisse de lait en poudre (9)

Thomas ouvrit les yeux et fixa le plafond. Il mit un certain temps avant de comprendre qu'il était allongé sur une des couchettes du module lunaire ORION. Il se releva doucement, et toucha immédiatement l'arrière de sa tête, où une petite bosse se dressait. Il grimaça en l'effleurant. Il mit plusieurs secondes à faire le point, incapable de se remémorer les moments précédant son endormissement.

— Putain… Qu'est-ce que je fous là ? murmura-t-il.

Il se leva et jeta un coup d'œil à l'horloge murale, qui indiquait 4 h 32. Il vit Sébastien dormir dans une couchette à côté de lui, et Arnaud dans une autre, comme probablement toutes les autres personnes dans le module.

Foutue insomnie, pensa-t-il en se grattant la tête. *Et pour une fois, la pleine lune ne doit pas y être pour grand-chose.*

Il se rendit jusqu'à la table où il alla étancher sa gorge étonnamment sèche. Après avoir bu, en ayant bien pris soin auparavant de vérifier que Sébastien n'était pas en train de le surveiller, il sursauta soudain en entendant derrière lui :

— J'espère que ce n'est pas moi qui t'ai réveillé…

Il se retourna : Carine se trouvait en face de lui, une clé de 12 à la main. Sentant un moment de gêne, elle lui fit un petit sourire, et rajouta :

— Si ? C'est moi ?

— Je… Non, pas de problème, ce n'est pas toi, ne t'inquiète pas.

Thomas s'essuya la bouche et reboucha le récipient d'eau. Il s'assit et rajouta :

— Je ne pourrais même pas dire que c'est un cauchemar qui m'a réveillé… C'est juste que… Je n'ai aucun souvenir de la soirée d'hier.

— Ah, pour ça, désolée, mais je ne vais pas pouvoir t'être d'une grande utilité, répondit-elle en se dirigeant vers la porte interne du sas, sa clé à la main. Vu que j'ai été la première à m'endormir, au cas où tu aurais oublié, bien sûr...

Il se gratta la nuque et réfléchit en fermant les yeux :

— La dernière sensation que j'ai d'hier soir est vraiment très étrange... C'est comme si quelqu'un m'avait soudainement éteint ou anesthésié. En plus, je pense m'être cogné la tête en tombant par terre, ce qui n'a pas dû aider... Ou alors, quelqu'un m'a assommé parce que je parlais trop ?

— Je ne sais pas ce qu'il s'est passé, mais je suppose que les autres ont dû conclure que tu étais mort de fatigue, et t'ont probablement déplacé dans une couchette.

Thomas regarda tout autour de lui, avant de murmurer :

— En tout cas, nous sommes toujours ici, ce qui sous-entend qu'on va devoir éliminer la théorie du mauvais rêve.

— Eh oui. Moi aussi, j'aurais bien voulu me réveiller de ce foutu cauchemar, mais la vérité semble bien plus cruelle. Et ta mémoire ?

— Pas d'amélioration, comme tu peux le constater. Et toi alors, qu'est-ce qui t'a poussée à te lever si tôt ?

Carine changea son outil en fouillant dans la boîte provenant de la Jeep. Tout en commençant à démonter dans son intégralité le boîtier de contrôle commandant l'ouverture du sas, elle répondit :

— J'ai la chance d'avoir besoin d'assez peu d'heures pour récupérer. Et j'ai également cette aptitude un peu particulière consistant à pouvoir entendre ce qui se dit autour de moi quand je dors. Souvent, ça me fait avoir des rêves un peu bizarres, d'ailleurs. Chez moi, la nuit porte véritablement conseil.

— Intéressant, surprenant même. Je ne savais pas qu'il était possible d'être en partie conscient de l'extérieur durant des phases de sommeil.

— Les mystères du cerveau humain...

— Et qu'as-tu entendu cette nuit ?

— Pas grand-chose, j'en ai peur.

Thomas fouilla sans réelle conviction les conteneurs, avant de soupirer :
— Je me damnerais pour un bon café.
— Pareil ici... Mais pour une clope. Sinon, tu as toujours du lait en poudre avec de l'eau, si tu veux.
— Ah, c'est vrai, pourquoi pas, répondit Thomas en s'improvisant un verre pour y préparer son mélange. Mais froid... je ne suis pas certain que ça soit bon. À ce propos, tu ne m'as pas dit ce que la nuit t'avait porté comme conseils, et ce que tu es en train de bricoler. Je suppose que c'est lié ?

— Eh bien, je ne suis encore sûre de rien, et pour éviter les mauvaises surprises, je préfère vérifier que mon idée tient la route avant de l'expliquer aux autres, sans quoi, ça gâcherait l'effet d'annonce.
— Ah oui, je comprends. En tout cas, j'ai hâte de voir ça.
Thomas hocha la tête en touillant avec son doigt son mélange lacté. Il trempa ses lèvres dedans, et fit la grimace :
— Je ne comprends toujours pas la raison pour laquelle on s'est tous retrouvés dans ce module lunaire, hier. Je veux dire, pourquoi nous avoir pris, nous ? Et pourquoi est-ce que malgré mes connaissances vraisemblables sur le terrain, je n'ai aucune mémoire de qui je suis ?
— Les mystères du cerveau humain, répondit Carine avec un sourire un peu crispé.
Un bruit de forte respiration nocturne commença lentement à se faire entendre. Thomas jeta un coup d'œil, avant d'affirmer :
— Eh bien, on a un deuxième ronfleur.
— Arnaud ?
— Non, c'est Sébastien, le super militaire.
— Ah... Et qui est l'autre ?
— C'était toi, répondit Thomas avant de prendre une nouvelle gorgée de lait froid.

— Ah, oui, désolée. Ça m'arrive quand je suis vraiment très fatiguée.

Thomas trempa ses lèvres dans le verre, et annonça :

— Vraiment pas terrible, ce mélange… Ça manque de sucre, de café, de chaud…

— À moi non plus, Sébastien ne m'inspire pas confiance. C'est lui qui devrait théoriquement être censé avoir le plus de self-contrôle, et malgré tout, il est toujours prêt à dégainer ses flingues pour un oui ou pour un non, continua Carine en semblant peiner à retirer une vis. C'est un miracle qu'il ne nous ait pas encore tous tués, ouais !

— Ah, d'ailleurs, c'est bien de me faire penser à ça… Pendant qu'il dort, je voudrais vérifier quelque chose… Je reviens tout de suite.

Sur la pointe des pieds, Thomas se rendit jusqu'à la couchette de Sébastien. Une fois devant lui, il tenta de lui subtiliser l'une des deux armes accrochées à sa ceinture. Celui-ci s'arrêta soudainement de ronfler, statufiant Thomas dans son délit. Après quelques secondes, avec un peu plus de précautions, il continua ce qu'il était en train de faire, tirant encore plus doucement. Il finit par l'extirper totalement. Sébastien se remit alors à ronfler bruyamment, ce qui permit au voleur en herbe de s'échapper avec le fruit de son larcin. Il se rassit alors à la table et commença à examiner le calibre 9 mm.

— Que voulais-tu voir ? demanda Carine, visiblement en train d'étudier le circuit électronique autour du clavier de l'ouverture du sas qu'elle venait de démonter intégralement.

— Je ne sais pas vraiment. Comme je l'ai déjà précisé, je n'ai pas une grande mémoire des choses… Je marche plus à coups d'intuition ces temps-ci. Et justement, il y a quelque chose que je trouve étrange sur cette arme. Mais, bien évidemment, il m'est totalement impossible de déterminer de quoi il s'agit.

Carine continuait inlassablement à bricoler. Espérant un avis sur la question, il se leva et lui tendit l'arme :

— Qu'en penses-tu ?

Elle soupira et examina le revolver en long en large et en travers.

— Je vais te faire une confidence : sans compter hier, lorsque Sébastien m'a menacée avec, c'est la première fois que j'en vois une d'aussi près. Et ça me fait froid dans le dos, de savoir que ça pourrait nous tuer...

— Et ce petit rectangle noir, ici, sous la crosse, c'est quoi à ton avis ? On dirait quelque chose de tactile.

— Je n'en ai pas la moindre idée. Après, j'imagine que s'il y avait eu quelque chose de louche, Sébastien l'aurait vu dès les premières minutes.

— Espérons que personne n'aura à les utiliser.

Carine fit la moue, avant de reprendre :

— En tout cas, ça ne s'arrange pas entre toi et Sébastien.

— Ah, on est d'accord.

— Je le trouve d'humeur changeante. Une chose est sûre, il n'apprécie pas trop que tu le contredises à quasiment chaque fois qu'il parle.

— J'entends bien, mais comment rester silencieux face à quelqu'un qui dit connerie sur connerie ?

— Je ne sais pas. Tu peux laisser courir, ou dire effectivement ce que tu penses. Pour ma part, je suis plutôt pour la première option, mais visiblement, tu as préféré la seconde avec lui.

— Et pourtant, je prends beaucoup sur moi, je peux te le certifier... D'autant plus que ce n'est pas comme si nos vies étaient en jeu, quoi...

Carine hocha la tête.

— Pour être franche avec toi, je n'ai pas, mais alors pas du tout aimé la manière avec laquelle il m'a mis la pression, au moment de réparer le moteur de la Jeep.

— Tu penses que c'est lui le traître ? demanda Thomas.

— Non. J'en doute. Mais qui sait, peut-être que c'est moi finalement ? plaisanta Carine en retour d'un air pince-sans-rire.

Thomas se leva et s'étira longuement.

— J'aime ton humour, répliqua-t-il en faisant quelques pas dans le module. En tout cas, grâce à tes talents, tu nous auras permis de gagner un temps fou. Je ne me serais pas imaginé faire tout ce chemin à pied en tirant ce canot pneumatique.

Carine changea immédiatement de comportement au moment où elle le vit se diriger vers sa couchette, la plus éloignée de la table.

— Heu… Où vas-tu ?

— Nulle part. Je marche. Il paraît que c'est bon pour réfléchir. Comme c'était attendu, la nuit porte conseil, mais étant donné que nous n'avons toujours pas de nouvelles consignes et encore moins de nouvelles indications sur la carte que je viens de vérifier, je suis en train de chercher ce que nous pourrions faire. Peut-être qu'il y a un indice de dissimulé quelque part.

Son regard s'attarda soudain sur une inscription sur le mur blanc du module lunaire.

— Oh, Carine… Viens vite voir ce que j'ai trouvé… C'est très étrange.

La mécanicienne soupira, et attrapa l'arme de Sébastien, posée sur la table, qu'elle cacha derrière son dos.

— J'arrive.

— Juste ici, reprit Thomas, écrit en lettres rouges : « L'union ne fait pas la force ». Probablement en rapport avec ce qu'a dit la voix dans le premier module lunaire ? Comme quoi il y avait peut-être un traître parmi nous ? Je suis certain que ce n'était pas là, tout à l'heure. Je serais curieux de savoir qui a écrit ça, en plus au-dessus de ta…

Il n'eut pas le temps de finir sa phrase.

Carine, qui s'était glissée derrière lui, l'assomma avec la crosse du revolver de Sébastien. Il tomba immédiatement à la renverse, et elle eut bien du mal à amortir sa chute. Après avoir réussi à l'allonger sur la couchette, elle soupira :

— Désolée. Mais tu n'étais pas censé voir ça avant le petit matin, et tu risquais de faire capoter nos plans... Enfin. Tant pis pour toi. Adieu, l'amnésique.

Rapidement, elle fit le tour du module, afin de vérifier qu'elle n'avait pas attiré l'attention. Par chance, Sébastien ronflait toujours avec vigueur, couvrant largement le ronronnement du régénérateur d'air et le bruit qu'elle venait de faire en assommant Thomas. Elle retourna alors jusqu'à la porte du sas et finalisa son bricolage, un tournevis dans la bouche. En jouant avec deux câbles électriques, elle parvint à faire s'allumer deux diodes vertes sur le pavé numérique. Elle murmura un « Yes » presque imperceptible. Satisfaite de ce qu'elle venait de réaliser, elle remit le boîtier de contrôle entourant le mécanisme de sortie, avant de se poser un instant.

Elle observa le verre où Thomas avait fait son petit mélange. Elle le sentit et après avoir fait la grimace, elle estima qu'il était plus raisonnable de boire une portion d'aliments concentrés. Elle leva sa portion, et annonça :

— Santé !

Une fois avalée, elle commença à ranger les différents objets traînant sur la table dans les conteneurs :

— En tout cas, sans ton aide, je n'y serais jamais arrivée, conclut-elle en jouant avec le calibre 9 de Sébastien. Allez, on y est presque.

Chapitre 18 - Un pain de plastic (10)

« Attention, anomalie dans le sas. Attention, anomalie dans le sas. » Réveillé par les haut-parleurs muraux dissimulés dans les quatre coins du module, Sébastien fut le premier à émerger, rapidement suivi d'Arnaud.

— Putain, mais c'est quoi encore ce bordel… bougonna le militaire en se frottant les yeux.

Les deux se levèrent en même temps, et virent immédiatement Florence, allongée par terre, près du sas d'entrée.

— Florence ? Florence ? s'inquiéta Arnaud en lui tapotant sur la joue. Ça va ?

Elle ne répondit pas. Aidé par Sébastien, Arnaud l'installa sur une couchette, et vérifia sa respiration en plaçant sa main devant sa bouche. Il chercha ensuite un pouls au niveau de son cou avant d'annoncer :

— Je pense qu'elle est encore en vie… Elle a dû tomber dans les vapes.

Elle rouvrit alors timidement ses yeux en grimaçant.

— Aïe, ma tête…

— Florence, ça va ? lui demanda Arnaud, inquiet.

— Carine… Elle… Je crois qu'elle m'a assommée.

Sébastien observa tout autour de lui, puis à travers la vitre la porte extérieure du sas. Une caisse, habilement placée en plein milieu du passage, en empêchait la fermeture.

— Eh merde… Cette salope nous a pris au piège. Elle a dû se tirer avec la Jeep. Probablement avec Thomas, j'imagine.

— Et tous les conteneurs ! rajouta Arnaud.

Le militaire secoua l'aveugle et l'interrogea brutalement :

— Que t'est-il arrivé ? Pourquoi étais-tu debout en pleine nuit ? Parle !

— Doucement ! l'arrêta Arnaud. Elle vient juste de revenir à elle.

— Je... Je ne sais pas ! se défendit Florence. Je crois que je dormais, et j'ai soudain entendu un bruit étrange, quelque chose de métallique qui tombait par terre. Alors je me suis levée, surprise que quelqu'un soit debout. À tâtons, j'ai fait quelques pas jusqu'à la table en demandant qui était là. C'est à ce moment qu'elle m'a répondu.

— Et ensuite ? répliqua Arnaud. Que s'est-il passé ? Elle t'a parlé ?

— Oui... Elle m'a juste expliqué qu'elle commençait à charger le Rover, qu'il était bientôt l'heure de partir. Je lui ai alors demandé pourquoi il n'y avait qu'elle qui était réveillée, pourquoi les autres dormaient toujours, et elle m'a dit...

Elle s'arrêta brusquement de parler en touchant l'arrière de sa tête, une grimace au visage.

— Aïe... murmura-t-elle. Elle ne m'a pas loupée...

Pendant ce temps-là, Arnaud avait rapidement fait le tour du module. Il aperçut Thomas sur la couchette où initialement se trouvait Carine.

— Et ensuite ? Que t'a-t-elle dit, Bon Dieu ? s'écria Sébastien.

— Je... Oui, c'est ça. J'ai rapidement compris qu'elle était en train de se faire la malle, j'ai alors tenté de la convaincre que ce n'était pas bien, que pour notre sécurité à tous, je devais obligatoirement vous prévenir. Elle ne m'a pas laissé le temps de vous alarmer, et m'a assommée.

— Je t'ai examinée, tu ne saignes pas, la rassura Arnaud. Je ne distingue pas de bosse non plus, cela ne doit pas être bien méchant. Tu veux un peu d'eau ?

— Elle... Elle est partie, n'est-ce pas ? demanda-t-elle.

— Affirmatif, répondit Sébastien en retournant observer à travers la vitre donnant sur le sas. Elle a placé un conteneur pour empêcher la porte extérieure du sas de se refermer, nous faisant prisonniers par la même occasion, comme tu peux le constater avec ce message qui passe en boucle depuis... Je ne sais pas depuis combien de temps... Et où est Thomas ? Ce traître l'a suivie, j'imagine ?

— Non, il dort toujours visiblement, répondit Arnaud.
— Avec ce boucan, ce n'est pas normal qu'il ne se soit pas réveillé ! Et pour quelle raison sa couchette est-elle vide ! s'écria Sébastien en la montrant du doigt.
— Oui, c'est vrai… Je l'ignore, je suppose qu'il a dû intervertir la sienne avec celle de Carine.
— Celle qui vient de se faire la malle, comme par hasard.

Le militaire se dirigea à grands pas vers Thomas, et s'écria soudain :

— Et… oh bordel… Qu'est-ce que c'est que ce délire...

Arnaud et Sébastien se figèrent en observant la phrase rouge sur le mur.

— « L'union ne fait pas la force », annonça Arnaud.

Thomas ouvrit soudain les yeux en faisant une grimace, et se redressa doucement en touchant l'arrière de son crâne.

— Oh putain, ma tête…
— Ah, te voilà enfin réveillé, ironisa Sébastien. Il serait temps.
— Que m'est-il arrivé ! Ah oui… Carine… Elle… Elle m'a assommé, probablement avec l'un de tes deux flingues.

Sébastien vérifia, et constata qu'il portait toujours les deux armes sur lui.

— Ah oui, vraiment ? Elle me l'aurait volé avant de me le remettre, le tout sans me réveiller ? Je n'y crois pas un seul instant.

Thomas, surpris par cette découverte, écarquilla les yeux, avant de grimacer à cause du bruit ambiant.

— Putain, mais c'est quoi cette foutue alarme ?
— C'est elle, répliqua Arnaud.
— Tu peux nous expliquer cette phrase ? demanda Sébastien à l'amnésique en pointant le mur.

Thomas le regarda et soupira. Il toucha de nouveau son crâne endolori et se leva avec précaution.

— Je l'ai découverte juste avant qu'elle ne m'assomme. Elle ne m'en a pas dit plus.
— Bien sûr. Et toi, tu te réveilles en pleine nuit… Comme ça.
— Sébastien… Est-ce vraiment le moment ? demanda Arnaud.
— Affirmatif, répliqua-t-il.

Thomas fit quelques pas jusqu'à la table en titubant. Il constata à son tour qu'il n'y avait plus qu'une seule caisse. Il jeta un coup d'œil à l'intérieur et soupira en découvrant le contenu.

— Sébastien… dit-il. Je sais que c'est peut-être compliqué pour toi de l'entendre, mais… tu ne crois pas que si j'étais un traître, je serais parti avec elle ?

— Sauf si vous aviez planifié de vous faire la malle tous les deux, et qu'au dernier moment elle a abusé de toi en t'assommant.

Thomas grogna pour toute réponse. Il finit par reprendre :

— Bon, on réglera ça plus tard. Et si l'on trouvait un moyen de sortir d'ici plutôt que de se chamailler pour rien ?

— Ah, tu admets alors ?
— De quoi ?
— Tu ne sais pas quoi dire par rapport à mon accusation, car tu n'as pas d'arguments. Pourquoi tu n'avoues pas que tu as voulu te faire la malle avec elle ! hurla Sébastien en prenant Thomas par la gorge.

Arnaud le sépara tant bien que mal, aidé par les gesticulations de l'amnésique.

— Oh… Calme-toi ! cria l'informaticien. Peut-être que ce n'est pas ton cas, mais moi j'ai confiance en lui. Il l'a dit lui-même hier : on doit être tous ensemble pour s'en sortir. Seule, elle n'a aucune chance.

— Sauf qu'elle est partie avec la plupart du matériel, incluant les rations d'air, d'eau, et les réserves en énergie, constata Thomas. Sans ça, on est condamnés à rester ici jusqu'à ce que mort s'ensuive.

Sébastien se dirigea vers la caisse et hurla :

— Quelle salope… Reste à savoir pourquoi elle a laissé cette caisse ici.

— Peut-être parce que je l'ai dérangée dans ses préparatifs ? proposa Florence. Et qu'elle a eu peur que tout le monde se réveille, donc elle a préféré laisser ça ici ?

— Ou alors elle n'a pris que ce dont elle estimait avoir besoin, argumenta Thomas. À en croire cette alarme qui a dû se déclencher une fois la porte extérieure bloquée, et qui nous a réveillés, j'en conclus qu'elle ne doit pas être loin. Si l'on parvient à sortir d'ici rapidement, on pourra peut-être la rattraper à temps.

— Et dans le cas contraire ? demanda Florence, inquiète.

— On crèvera de faim ou de soif. Si l'on ne s'est pas entretués avant.

L'aveugle frissonna à cette idée.

— Bon, réfléchissons… Il n'est pas possible de sortir de ce module par la porte à cause du système de sécurité du sas, qui bugge à cause de cette foutue caisse qui l'empêche de se refermer correctement. Et pourtant, il nous faut impérativement franchir cette porte, quoi qu'il en coûte. Arnaud, tu ne peux pas tenter de court-circuiter l'ouverture à partir du panneau de commande ?

Il jeta un coup d'œil rapide en haussant les épaules.

— Désolé, mec, mon truc à moi c'est l'informatique, pas l'électronique… En plus, on dirait bien qu'elle est déjà passée par là. Peut-être pour désactiver une sécurité quelconque ?

Sébastien, en train de recenser à son tour les objets dans le conteneur restant, annonça soudain, l'air triomphant :

— C'est bon, j'ai la solution à nos problèmes.

Il montra fièrement le pain de plastic, méticuleusement emballé dans sa boîte métallique transparente. Thomas fit immédiatement non de la tête :

— Il en est hors de question, sérieux, tu es un grand malade... On n'a aucune idée de la puissance de ce truc ! Surtout dans un environnement comme le nôtre. Et comment nous protégerons-nous ?

— On pourra toujours tirer la table au fond du module lunaire, répliqua Arnaud, et la mettre à la perpendiculaire et se cacher derrière. Elle nous servirait de bouclier. Cela fait quoi ? Une douzaine de mètres entre la porte et le fond du module ?

— Ça devrait être suffisant, rajouta Sébastien. Et pour ce qui est de l'impact, fais-moi confiance. Je sais que ce sera juste assez pour ce dont on a besoin. Allez. Commencez à vous préparer pendant que j'installe l'explosif.

— Mais... Je pense sincèrement que... on risque tous d'y passer...

— Écoute, Thomas, répliqua le militaire tout en sortant le pain de plastic de sa protection. Si tu as une meilleure solution que la mienne, c'est le moment ou jamais de nous la dire. Je te rappelle que plus on attend, et plus nos chances de rattraper Carine s'amenuisent.

Thomas hésita face à cet argumentaire imparable.

— Tu es fou. On n'a aucune idée du souffle, et de l'effet d'une dépressurisation aussi brutale du module... On va tous y passer si...

— Ce n'est pas toi qui as dit que si nous ne sortions pas, on mourrait tous très rapidement ? À choisir, je préfère encore prendre un risque important, s'il me permet de survivre en contrepartie. Et là, je pense que c'est le cas.

— Mais... on ne sait pas depuis quand elle est partie ; si ça se trouve...

— Thomas, le coupa Arnaud en lui posant la main sur l'épaule. Si tu n'as pas de meilleure idée, laissons Sébastien poser le pain de plastic et faire son job. S'il y a un militaire dans l'équipe, c'est peut-être pour faire ce genre de tâche, non ? Viens plutôt m'aider, on ne sera pas trop de deux pour tirer la table jusqu'au fond du module.

— Je suis d'accord, rajouta Florence. C'est risqué, mais je préfère encore ça que d'attendre la mort en sombrant dans la folie.

Thomas se résigna et hocha la tête.

— Bien, si la majorité est pour cette solution... je m'incline.

Après l'avoir déplacée dans l'emplacement du module le plus éloigné de la porte, Arnaud et Thomas firent basculer vers l'avant la lourde table. Florence, équipée de son casque, s'y accroupit derrière avec le dernier conteneur.

— Le pain de plastic est positionné, annonça Sébastien. Je suis en train de régler le minuteur. Vous êtes prêts de votre côté ? Gants et casques ?

— Oui, on est bon, répondit Arnaud en ajustant ses gants.

— Je dois admettre qu'avec le recul, je ne suis plus certaine d'avoir fait le meilleur choix, murmura Florence.

Thomas lui prit la main et tenta de la rassurer :

— Ça me fait mal de le dire, mais Sébastien avait probablement raison...

— Je t'ai entendu, l'amnésique.

— La seule solution si nous voulons survivre, c'est de retrouver le Rover, et donc de sortir d'ici.

— Mais... et si l'explosion était trop violente et détruisait la totalité du module, et nous avec ? répliqua-t-elle.

Thomas observa Sébastien en lui faisant un signe du pouce.

— Dis-toi que tout va bien se passer. J'en suis certain, mentit-il pour toute réponse.

— C'est bon ?... J'ai paramétré le décompte à trente secondes.

Sébastien remit ses gants et son casque, et après avoir vérifié sur l'ordinateur de bord que tous les indicateurs étaient OK, il demanda une dernière fois :

— Tout le monde est prêt ?

Chacun répondit à tour de rôle. La main de Florence serra un peu plus fort celle de Thomas.

— À la grâce de Dieu, murmura-t-il en appuyant sur le lancement du minuteur.

Une fois le décompte enclenché, il courut jusqu'à la table derrière laquelle il se protégea. Chaque seconde qui passait rendait l'atmosphère encore plus tendue.

— Baissez-vous bien au moment de la détonation, rappela Thomas, il se peut que des objets soient éjectés partout dans le module. Nos casques sont solides, mais la moindre fissure pourrait nous être fatale.

— Et l'on ne sait pas ce que vaut cette table en guise de bouclier, rajouta Arnaud.

— Vu son poids, elle devrait malgré tout faire l'affaire, répliqua Thomas.

— Quinze secondes, annonça froidement Sébastien.

— Il n'y a plus qu'à espérer que nous ayons fait le bon choix, murmura Arnaud.

— Affirmatif.

Ils étaient tous assis derrière la table, se faisant le plus petits possible pour faire en sorte qu'aucune partie de leur corps ne dépasse. À environ une dizaine de mètres d'eux, la porte une fois explosée ferait subitement changer la pression du module, une température excessivement haute investirait les lieux, et personne, pas même Thomas, n'était capable de prévoir quelles en seraient les conséquences.

— Dix secondes.

— En tout cas, je serais ravi de ne plus entendre cette foutue alarme, tenta de plaisanter Arnaud, en vain.

Thomas regarda une dernière fois le visage crispé de Florence, qui avait fermé les yeux. Il remarqua une larme couler sur sa joue.

— Cinq secondes.

— Non, annonça soudain Thomas.

— Trois.
— Il doit y avoir une autre solution, rajouta-t-il, ce n'est pas possible…
— Deux.
— La boussole, ce devait être ça la clé qui…
— Un.

Chapitre 19 - Sébastien

Un peu plus tôt dans l'histoire, quelque part sur terre.

La porte grinçante s'ouvrit, et Sébastien apparut, menottes aux poignets. Le gardien de prison le fit s'asseoir sur la chaise, avant de les lui retirer. Ce faisant, le grand gaillard observa tout autour de lui, et constata que la pièce était à peine plus grande que sa cellule, à savoir trois mètres carrés. En face de lui, un avocat, revêtu d'un costume noir impeccable, soupira en refermant l'archive à son nom qu'il jeta avec négligence sur la table.

— Merci, Jack, dit-il au gardien, qui sortit sans répondre le moindre mot. Alors, Monsieur Sébastien Conrad. Je vais être le plus direct possible avec toi : j'ai une bonne et une mauvaise nouvelle pour toi. Je commence par laquelle ?

— Jonathan Banks. J'espérais bien que ce serait toi qui serais en charge mon dossier, annonça Sébastien. Il n'y aura sans doute pas meilleur que toi pour me défendre et…

— Faux.

— Quoi ? Je pensais que…

— Tu pensais mal. Tu as été condamné sans jugement.

Le prisonnier s'agaça aussitôt :

— Mais putain… J'ai pourtant plaidé la légitime défense et…

— Sébastien, répliqua l'avocat. Je te l'avais déjà dit, au moment de rentrer dans ce foutu centre de réhabilitation pour les gars de ton genre. Tu devais absolument te tenir tranquille. Tu savais que c'était ta dernière chance et…

— Heu… avant toute chose, tu n'aurais pas une cigarette ? le coupa le prisonnier.

Cette remarque fit esquisser un sourire à l'homme en complet noir. Il fouilla sa poche et en sortit un paquet qu'il balança sur la table, sur lequel Sébastien se jeta. Il s'en alluma une et tira plusieurs lattes, avant de regarder le plafond, semblant apaisé et concentré sur les cercles de fumée qu'il s'amusait à faire.

— Ce ne sont pas mes clopes préférées, mais ça fera l'affaire.

— Pour être honnête, ton cas était indéfendable. Je suppose que tu devais bien t'en douter, non ?

Sébastien continua à fumer avec délectation sa cigarette, avant de répondre :

— La justice est une pute, c'est bien connu.

— Sérieux, Sébastien... Tu as tué trois hommes. Trois. Tu crois sincèrement que c'est une injustice ? Tu as buté un bleu comme toi, ton formateur, et un de ceux qui ont essayé de te capturer. Tu t'attendais à quoi ? Tu pensais peut-être qu'on serait clément vis-à-vis de toi ?

— Légitime défense. Ils m'avaient insulté.

— Et donc, toi, tu butes obligatoirement quelqu'un qui t'insulte ?

— Ça s'appelle le respect.

— Non, ça s'appelle la connerie. Tu n'as visiblement pas pris assez de coups de pied au cul dans ce centre, pour que justement tu n'aies plus à avoir ce genre de réaction. Je me demande toujours pourquoi les mauvaises herbes de ton espèce ont le droit à une seconde chance. Et je ne parle pas des militaires qui ont pensé que c'était une bonne idée de te mettre une arme entre les mains. Je suis cependant étonné que tu y sois resté... Combien de temps, d'ailleurs ?

— Six mois.

— Tout ce temps, avant de péter un câble. Ça, ça force le respect.

Sébastien le fixait, incapable de dire le moindre mot, à court d'arguments. Il hésita avant d'essayer un timide :

— Le formateur, là... Il m'a traité de petit con quand je lui ai annoncé que j'envisageais un jour de diriger mon propre escadron. Un bleu à côté de moi s'est marré en entendant ça. Alors, j'ai pris mon arme, et je l'ai buté. Tout de suite, il la ramenait moins. Et puis j'ai vu que le sergent-

major qui avait la garnison sous son commandement a essayé de me maîtriser, je n'ai pas non plus hésité une seule seconde. Point. Pour le troisième… Je m'en souviens pas, à vrai dire.
— Mais putain… Tu n'es qu'une sombre merde. Enfin. Je ne sais pas pourquoi je tente de te faire comprendre quoi que ce soit, étant donné que ton cas est déjà réglé…
— Alors ? J'ai pris combien ? Cinq ans ?
— Plus.
— Dix ?
— Plus.
— Non… Pas vingt ans, quand même ?

Sébastien commença à se liquéfier.
— Plus ?

L'avocat attrapa à son tour une cigarette dans le paquet, et l'alluma.
— Plus. Tu veux vraiment continuer à jouer ?
— Mais putain ! J'ai 32 piges, si je prends rien que vingt ans, je ressortirai à 52 ans !
— Non.
— Non ?
— Non. Tu ne seras pas libre à 52 ans et des brouettes.
— Heu… C'est-à-dire, je ne suis pas sûr de comprendre…

L'avocat souffla longuement de la fumée tout en plongeant au plus profond du regard de son client. Il prit un air grave avant de lui annoncer :
— Tu as pris perpétuité.

Sous le choc, Sébastien se leva, outré.
— Mais sérieux, c'est pas possible ! On n'a pas le droit de condamner la vie des gens comme ça ! Merde, c'était de la putain de légitime défense !
— Pas du tout, c'était un triple meurtre de sang-froid. Maintenant, assieds-toi.

— Non, il en est hors de question et…

— Assieds-toi ! lui ordonna l'avocat en se levant. Il va falloir que t'apprennes à obéir, petit con.

Sébastien hésita, puis s'exécuta, tout en se prenant la tête dans les mains. Il s'essuya un œil et renifla silencieusement.

— Le gars de la police militaire, reprit l'avocat… C'était le neveu du procureur. Ça n'a pas aidé, je suppose.

— Eh merde, soupira le prisonnier en tirant une dernière latte sur la cigarette. Perpétuité, sérieux…

— Disons plutôt que la mauvaise nouvelle, c'est que tu ne ressortiras pas de ton vivant. Car la bonne nouvelle….

— Quoi, quelle bonne nouvelle, maugréa Sébastien. Ma putain de vie est foutue. Je préfère autant la mort par injection que de vieillir ici…

— Des injections ? À notre époque ? Tu n'es plus dans le coup, mec. Ça fait des années que cela ne se fait plus. Tu devrais vivre avec ton temps.

— Vraiment ?

— Tu n'as jamais eu de copains taulards qui ont disparu sous les barreaux ?

— Bien sûr que si… Ils n'ont jamais donné de nouvelles… Putain, je ne veux pas mourir ici, pas dans ce putain de trou à rat…

— Justement, tu vas peut-être pouvoir les rejoindre. Si on s'arrange, toi et moi.

L'avocat sortit de son sac une tablette, qu'il alluma avant de lui montrer.

— Regarde.

Sébastien observa brièvement le site internet affiché. Il fit quelques grimaces, et surfa un peu plus loin.

— Attends… C'est bien ce que je crois ? demanda-t-il.

— Ça dépend. Qu'as-tu en tête ?

— Comme… un genre de vie après la mort, c'est ça ?

— Ce n'est pas exactement cela, mais… on s'en rapproche.

— OK, je vois, un putain de cobaye de laboratoire, ouais, c'est tout ce que je vais devenir. Non merci.

L'avocat se leva et fit quelques pas dans l'étroite pièce. Il fit un petit signe au gardien pour lui confirmer que tout allait bien.

— Je ne suis pas sûr que tu auras conscience de tout cela, continua-t-il. Non, franchement, je serais à ta place, j'apprécierais cette opportunité qui t'est proposée. Une nouvelle vie… Que dis-je, des nouvelles vies.

— Tu n'es pas à ma place.

— Laisse-moi terminer. Si tu acceptes, tu n'auras pas à te soucier de la vieillesse qui, si tu refuses cette proposition, viendra bouffer tes articulations dans ta cellule moisie. Fini également ces deux gros barbus, tatoués sur tout le corps, qui chercheront à te sodomiser à chaque fois que tu seras le dernier dans la douche. Même la notion du temps te sera étrangère.

— Je…

Sébastien hésita, et continua à surfer sur le site, avant de s'allumer une nouvelle cigarette.

— Ce que je t'offre, c'est tout simplement la vie éternelle ! conclut Jonathan.

— Oui, enfin… De ce que je lis, le programme est encore au stade de projet. Rien ne prouve que tout ce qui est indiqué ici soit bel et bien réalisable.

— Raison de plus ! Un précurseur. Que demander de plus ?

Le détenu réfléchit brièvement, et secoua la tête en signe de désaccord.

— Non. Je n'aime pas vraiment ces histoires d'IA qui te bouffent le cerveau pour en faire… je sais pas trop quoi. On voit bien trop de choses néfastes sur le sujet, ces derniers temps. Je crois que je préfère encore la perpétuité.

— Vraiment ?

— Oui. Vraiment.
— Dans ce cas, je n'insiste pas, répondit Jonathan, résigné.
Il se leva et annonça :
— Tu n'auras qu'à apposer ton empreinte digitale sur le contrat que voici, répliqua l'avocat après avoir téléchargé un document, et ce afin d'attester que tu as bien eu accès à cette proposition, et que tu l'as refusée. Tiens.
Sébastien récupéra la tablette et tenta de faire défiler les pages arrière.
— Signe, je t'ai dit ! l'arrêta immédiatement Jonathan.
— Heu... Attends ! J'aimerais lire ce qu'il y a avant !
— Mais non... Fais-moi confiance, ce n'est que du bla-bla, des termes juridiques ennuyeux... Crois-moi, c'est sans intérêt. C'est purement administratif, pour l'un de mes employeurs.
Le prisonnier hésita, avant de signer numériquement le document avec l'empreinte de ses deux pouces.
— La perpétuité... Putain.
L'avocat récupéra la tablette et la verrouilla avant de la ranger dans son attaché-case.
— Ou pas, répliqua-t-il.
— Hein ? Que veux-tu dire par là ?
— Tu sais, continua Jonathan en sortant un masque à gaz format miniature de son sac, depuis que je te suis dans tes premières affaires, je peux t'assurer que j'ai fait le bon choix pour toi.
— Hein ? Comment ? Mais... qu'est-ce que c'est que ce bordel ? Et pourquoi ce masque ? répondit Sébastien en se dressant de sa chaise.
De la fumée blanche envahit soudain la cellule, provoquant une forte toux chez Sébastien, qui s'écroula peu de temps après, incapable de respirer. Son visage devint rouge vif. Derrière son masque, Jonathan reprit :
— J'aurais préféré que ça se passe autrement, que tu y ailles de ton plein gré. Mais tu n'as rien voulu savoir. Crois-moi, ce sera probablement

plus sympathique que la perpétuité. Grâce à moi, tu viens de gagner la vie éternelle.

Le prisonnier ne l'entendait plus. À terre, il avait commencé à cracher du sang. Il attrapa le pied de l'avocat, qui se laissa faire. Quelques secondes plus tard, Sébastien ne bougeait plus. Son cœur avait cessé de battre.

Deux personnes en blouses blanches équipées d'un masque à gaz entrèrent pour récupérer le corps inerte qu'ils installèrent sur un brancard. Jonathan sortit de la pièce, fit quelques pas dans le couloir. Une fois assez éloigné de la pièce, il ôta son masque et regarda son smartphone. Après avoir lancé l'application lui permettant d'accéder à son compte en banque, il eut un léger sourire en découvrant que la somme promise lui avait bel et bien été versée.

— Un de plus, murmura-t-il, avant de quitter les lieux en sifflotant. Passons au suivant… Pardon, à la suivante.

Chapitre 20 - Les seringues hypodermiques (11)

Tout s'était passé en une poignée de secondes à peine. À la fin du décompte, le détonateur placé sur le pain de plastic s'était déclenché. La porte du sas intérieure avait littéralement été pulvérisée, se disséminant en mille morceaux un peu partout dans le module. Malgré la protection de la table qui s'était retrouvée pliée en deux, le souffle avait été ressenti à travers leurs combinaisons par les quatre compagnons, recroquevillés les uns sur les autres, les déséquilibrant.

Sébastien rouvrit les yeux, et après quelques secondes, il osa timidement passer la tête par-dessus ce qui leur avait servi de bouclier, et qui par miracle tenait encore debout :

— Objectif atteint. Tout le monde va bien ? demanda-t-il.

Chacun répondit de sa petite phrase, avant de se lever. L'intérieur du module était méconnaissable, les murs étaient noircis par le souffle de l'explosion, les couchettes carbonisées. Le dernier conteneur, resté à proximité de la porte, n'était plus qu'un vaste souvenir.

— Vite, il n'y a pas un instant à perdre, reprit le militaire. Peut-être qu'il n'est pas trop tard.

Tandis qu'ils enjambaient les débris afin de sortir le plus rapidement possible, Arnaud demanda :

— Mais au fait, quel est ton plan ?

— Trouver ses traces, et les suivre.

— Tu es bien conscient qu'elle a probablement cinq, dix minutes, voire peut-être deux heures d'avance sur nous, qui sommes à pied ?

— Affirmatif.

Alors que Florence était accrochée au bras de Thomas, ils franchirent tous ensemble ce qu'il restait du sas. Une fois à l'extérieur, Thomas continua le débat :

— C'est du suicide. Quelles sont les probabilités de la retrouver ? Et sans air, ni vivre, ni eau, je veux dire, à moins que... à moins que... Hey, attendez ! Regardez, tout là-bas ! Le Rover !
— Si on fonce, on a peut-être une chance, annonça Arnaud.
— Elle est loin ? demanda Florence.
— Environ 400 à 500 mètres. Vite, il n'y a pas un instant à perdre ! rajouta Sébastien.
— Minute ! J'ai un problème avec ma combinaison, annonça Arnaud.
— Ça va aller ? dit Thomas.
— Oui, rien de grave.
— Dans ce cas, Florence, reste avec lui. Dépêchons-nous, on se rejoint là-bas.

Sébastien et Thomas s'élancèrent, et après avoir vainement tenté de courir, ils se mirent à faire de petits sauts, bien plus pratiques au vu de la faible gravité. Ils n'étaient plus qu'à 300 mètres lorsque Thomas remarqua soudain :
— J'ai bien l'impression qu'il est arrêté !
— Affirmatif. Et... je ne vois pas de Carine à l'horizon.

Tout à coup, ils aperçurent quelque chose de brillant, reflétant la lumière, se dresser derrière la Jeep lunaire.
— Merde... Tu as vu ça ?
— Affirmatif.
— Qu'est-ce que c'est, à ton avis ?
— Je ne sais pas, mais, ça ne me dit rien qui vaille... Attends... Et si c'était la chose aux traces de pas en Y ?
— Dans ce cas, répliqua Thomas, dépêchons-nous, Carine est en danger, je le sens...
— On parle quand même de celle qui s'est fait la malle sans nous...
— Raison de plus, j'aimerais bien qu'elle s'explique sur son geste. Carine, Carine, tu nous reçois ? Carine ?

Sébastien, ayant mal négocié un de ses sauts, glissa soudain, avant de se rétamer à plat ventre. Thomas l'entendit pester, il se retourna et constata qu'il peinait à se relever.
— Carine, Carine ? On arrive. Tiens bon ! continua-t-il en accélérant la cadence.
— Attends-moi, hurla Sébastien. En plus, tu n'es pas armé !
— Je sais, mais je compte sur l'effet de surprise. Peut-être que si cette chose nous voit en surnombre, elle décidera de fuir.
— C'est trop dangereux. Attends-moi, je te dis !
Thomas n'était plus qu'à environ une centaine de mètres lorsqu'il put enfin un peu mieux discerner la chose.
— J'ai la chose en visuel ! On dirait... un immense humanoïde ! Son corps semble recouvert d'une armure métallique à en juger par les reflets... Sa tête... Cette chose a un bec !
À son buste étaient rattachés quatre longs bras d'où partait un étrange plumage métallique, vraisemblablement bien trop épars pour lui permettre de voler. Au bout de ses longs membres, des serres tranchantes. Une vision cauchemardesque.
Thomas accéléra sa course en continuant :
— Je ne suis pas sûr de... oui, on dirait qu'il semble se débattre avec quelque chose au sol !
Leur ennemi se dressa soudain, détectant leur présence, et se tourna vers Thomas, qui était désormais à moins d'une centaine de mètres de là. D'un bond, il sauta sur le Rover et se mit en position défensive, les quatre bras arqués, penché vers l'avant, mettant bien en évidence ses serres, le bec grand ouvert.
— Oh, mon Dieu... Je l'entends hurler à travers le micro de Carine...
Thomas fut surpris d'entendre ce bruit, le son ne se répandant pas sur la lune. L'adrénaline de la situation le ramena immédiatement au

moment présent, et face à ce spectacle effrayant, il se mit à ralentir, hésitant.

— Affirmatif, répondit Sébastien, qui peinait à le rattraper en sautillant. Je l'ai entendu. J'arrive !

— Je crois que… je préfère qu'on soit deux finalement, annonça-t-il.

Contre toute attente, le monstre métallique s'éloigna après avoir repéré le militaire. Il prit la direction de petites collines sur le côté en faisant de grands bonds avec une incroyable dextérité.

— Regarde, elle s'en va… Tu veux la suivre ? demanda Thomas.

— Négatif. Pas maintenant que je sais à quoi cette chose ressemble. Tu as pu localiser Carine ?

— Pas encore, j'arrive au Rover, là. Et… oh, mon Dieu…

Carine était étendue par terre, sa visière de casque intégralement détruite. Mais malgré l'horreur de la scène, ce fut immédiatement un autre détail qui attira l'attention de Thomas. Sa combinaison était éventrée, et il y avait de profondes lacérations au niveau de son buste.

— Alors ? demanda Sébastien. Tu la vois ?

Thomas sourcilla, un instant hésitant. Il se retourna pour s'assurer que Sébastien se trouvait toujours à bonne distance et entrouvrit délicatement l'une de ces déchirures. Ébahi, il constata qu'il n'y avait pas la moindre trace de peau, de chair ou de sang, seule une étrange couche de métal malléable, parsemée de quelques câbles électroniques. Il vérifia à d'autres emplacements où les lacérations avaient été faites, et releva exactement les mêmes choses.

— Oui, finit-il par répondre. Carine est morte. La chose l'a tuée, répondit Thomas en faisant preuve d'un incroyable sang-froid pour ne pas céder à la panique.

Toujours bouche bée, le cerveau assailli de mille questions, son premier réflexe fut d'essayer de cacher le corps à l'aide du drap recouvrant

Isabelle. Mais en regardant dans le Rover, il s'aperçut qu'Isabelle, elle non plus, n'était plus là.
— Aïe, répondit Sébastien. J'arrive.

Le drap était toujours dans la Jeep, et il se dépêcha de momifier le plus vite possible cette nouvelle dépouille afin qu'il ne persiste aucune trace visible de ce qu'il venait de découvrir. De nombreuses interrogations résonnèrent dans sa tête, assez pour qu'il peine à se concentrer. Devait-il en parler aux autres, ou bien le garder pour lui ? Après tout, ne s'étaient-ils pas juré de ne plus faire de cachotteries ?

Sébastien arriva quelques instants plus tard sur les lieux, ce qui l'arracha à ses pensées. Légèrement essoufflé, il lui demanda :
— Ah... Je vois que tu l'as déjà recouverte... C'était moche à ce point ? Remarque, étant donné l'étrangeté de cette chose qu'elle a combattue, je ne suis pas plus étonné que ça. Si tu crois toujours qu'elle est pacifique...
— Oui, tu as raison, j'en doute maintenant.
— Et... tu as pu comprendre ce qu'il s'était passé ?
— Non, pas vraiment. La seule chose que je puisse te certifier, c'est que son corps et sa tête ont été violemment éventrés. Je... Ce n'est pas beau à voir, c'est pour ça que... enfin. Cette chose semble avoir des griffes ou des serres vraisemblablement affûtées comme des lames de rasoir, pour pouvoir venir à bout de ces combinaisons.

Sébastien s'accroupit et observa ce qu'il restait du casque :
— Cette chose voulait la tuer, il n'y a aucun doute possible sur le sujet. Et elle savait comment faire. On dirait le même genre de résultat que pour le morceau de visière qu'on avait retrouvé hier.
— Après, on ne saura sans doute jamais lequel des deux a provoqué l'autre, mais en tout cas, c'est ce monstre qui a gagné, oui, je confirme.
— Thomas... Tu imagines sincèrement Carine aller chercher des noises à un monstre que même moi, j'hésiterais à affronter ?

Leur radio grésilla, et Arnaud se fit entendre dans leur casque :

— Allô, vous me recevez ?
— Affirmatif.
— Ah… Enfin. On arrive. Je ne peux pas courir avec Florence… Que s'est-il passé ? Pourquoi je ne vois pas Carine ? Elle s'est enfuie ou quoi ?
— Alors, la bonne nouvelle, annonça Sébastien, c'est qu'on va pouvoir continuer avec le Rover. La mauvaise, c'est que nous avons aperçu la chose de loin. Elle a tué Carine pendant qu'elle tentait de s'enfuir. Reste à savoir pourquoi.
Tout le monde finit par arriver à proximité du Rover. Le militaire scrutait en direction des collines vers lesquelles avait fui la monstruosité, prêt à dégainer.
— Alors ? Que fait-on ? demanda Arnaud. J'imagine que tu veux la traquer ?
— Négatif. J'ai pu voir à quoi elle ressemblait. Je préfère ne pas avoir à l'affronter, je ne suis pas sûr qu'on s'en sortirait vainqueurs.
— Comment ça ? Vous avez vu à quoi elle ressemblait ?
Thomas s'accroupit de nouveau pour parfaire son embaumement de fortune, lorsqu'il remarqua un objet glissé dans la main de Carine.
— Qu'as-tu vu, Thomas ? demanda Sébastien.
— Attendez… murmura-t-il.
Il écarta ses doigts et parvint sans trop de difficultés à récupérer…
— Une nouvelle carte des constellations, répondit Thomas.
Florence écarquilla les yeux, vraisemblablement choquée par cette révélation.
— Comment sais-tu qu'il s'agit d'une nouvelle ?
— De mémoire, la précédente était dans le conteneur métallique du module… avec le lait concentré.
— Et les seringues hypodermiques, rajouta Arnaud. Je les ai vues fracassées par terre au moment de sortir. Elles ne semblaient pas conçues pour résister à une explosion de la sorte. Inutile de préciser que vu leur

état, je les ai laissées sur place. On aurait probablement dû mettre ce conteneur à l'écart…

Thomas déplia la carte, et fut tout à coup totalement stupéfait. Il observa brièvement la voûte céleste, avant de confirmer :

— Je n'en crois pas mes yeux. Ancienne ou nouvelle carte, c'est bel et bien une nouvelle destination qui est indiquée. Mais j'ai l'impression qu'on va devoir rouler un peu plus longtemps, ce coup-ci.

— La véritable question, c'est comment Carine l'a-t-elle eue en sa possession, précisa Arnaud.

— Écoutez, annonça Sébastien, il faut avancer. On a désormais un nouveau cap, suivons-le.

— Et Carine ? demanda Thomas. On en fait quoi ?

— De ce que tu m'as dit, sa combinaison est HS, non ? Alors récupère ce qui l'est, éventuellement sa réserve d'eau et d'énergie, et laissons-la ici. Après tout, elle envisageait de nous abandonner. Contrairement à… Attends, elle n'est plus là ?

— Oui, répondit Thomas, j'ai vu ça aussi. Pour gagner du poids, je suppose que Carine s'est débarrassée du corps d'Isabelle avant de partir, probablement au moment de charger les conteneurs.

— À moins que la chose s'en soit emparée pendant la nuit, murmura Florence.

— Il est trop tard pour tergiverser, allez, accélérons, annonça Sébastien.

Avec une improbable expertise, Thomas retourna Carine et retira les différents éléments utilisables de sa combinaison.

— Vous voulez l'abandonner, vraiment ? demanda Florence, qui tremblait comme une feuille.

— Je suis plutôt d'accord pour ma part, répondit Arnaud. Elle nous a tous trahis en tentant de filer en solo. Je ne vois pas pourquoi on s'embarrasserait de son cadavre.

— À supposer qu'elle ait agi seule, bien sûr, rajouta Sébastien en regardant Thomas.

L'amnésique fit une légère grimace en entendant cette petite phrase dont il se serait bien passé. Il rajouta :

— Je dois bien admettre que sur ce coup-ci, moi aussi je suis plutôt d'accord. Il vaut mieux ne pas nous embarrasser d'un poids inutile. Nous avons récupéré ce qui pouvait être réutilisable. Allons-y.

— OK, murmura Florence.

— Cela te pose un souci visiblement ? rajouta l'amnésique.

— Un peu.

— En même temps, elle nous a abandonnés, argumenta Arnaud.

— Oui, mais avec pour unique objectif de sauver sa peau. Est-ce répressible que de vouloir survivre ?

Sébastien regarda Florence avec insistance.

— Non, mais attends, tu montres de la compassion pour elle ?

— Pas exactement, mais je dis juste qu'on a tous envie de se tirer de cette situation. Elle n'a pas utilisé la meilleure manière, c'est indéniable. Ma tête s'en souvient, d'ailleurs… Mais je ne peux pas dire que je ne la comprends pas. Enfin. Peu importe ce que je pense. Laissez-la ici si vous préférez.

Le militaire ne la lâcha pas du regard, tandis que Thomas l'aida à grimper dans le Rover. Arnaud s'installa à l'arrière avec Florence.

— Qui conduit ? demanda Thomas.

Sébastien ne répondit pas, il se contenta de monter à la place du pilote. Thomas haussa les épaules, et murmura :

— Bon, j'en conclus que ce sera toi.

Chapitre 21 - Désobéir

Sébastien conduisait désormais le Rover depuis une petite dizaine de minutes. Contrairement aux fois précédentes, il n'y avait plus aucune piste à suivre, ils fonçaient désormais droit vers l'inconnu. Seules les indications de Thomas, les yeux constamment rivés vers la voûte céleste, leur permettaient de correctement s'orienter.

Tout autour d'eux, le paysage s'était aplani, les collines s'étaient raréfiées. La beauté mortelle des lieux, quant à elle, était toujours aussi éclatante.

— Il y a quelque chose qui cloche, annonça soudain Florence.

— Quoi donc ? demanda Thomas.

— Eh bien, cette phrase que vous avez évoquée, laissée par Carine avant de quitter le module : « L'union ne fait pas la force ». C'est bien cela ?

— Au mot près, répliqua Arnaud.

— Ce n'est pas normal.

Un ange passa suite à cette déclaration, avant que l'aveugle ne reprenne :

— Je veux dire, vous envisagez de fuir un lieu en vous faisant le plus discrets possible. Vous allez réellement perdre de précieuses secondes et risquer de vous faire attraper, juste pour… disons, signer votre action ? Il n'y a que dans les films ou dans les romans que l'on voit ça. Pas dans la vraie vie. Enfin… ce n'est que mon avis.

Arnaud hocha la tête.

— Je suis d'accord, c'est effectivement bizarre. Personnellement, cela ne me serait pas venu à l'idée.

— Je suis du même avis, répondit Thomas. Mais pour ma part, c'est surtout cette carte qui m'intrigue. Où diable l'a-t-elle récupérée ? Peu de temps avant qu'elle ne m'assomme, pendant qu'elle était en train de trifouiller le pavé numérique d'accès au sas, je me…

— Attends, je t'arrête, s'interrogea Sébastien. Tu veux dire qu'elle bricolait le seul moyen d'entrer ou de sortir de ce module, et qu'à aucun moment cela ne t'a mis la puce à l'oreille ?

— Pas plus que cela, non. Au début, j'ai supposé qu'elle cherchait à récupérer des vis ou des éléments pour faire disjoncter je ne sais quoi qui aurait pu nous permettre d'avancer. Et puis j'avais aussi un violent mal de crâne, j'étais pas super bien réveillé, donc forcément, je n'étais pas au max de mes capacités… Bref, comme je le disais avant que tu ne me coupes, si à ce moment, elle avait eu une nouvelle carte en sa possession, je suppose que je l'aurais forcément remarqué. Ou alors, elle l'avait planquée à un endroit que je n'ai pas vu. J'avais vérifié l'ancienne, et je peux certifier que la nouvelle indication n'y était pas.

— Et la précédente carte, d'ailleurs ? demanda Arnaud. Où était-elle ?

— Je l'avais remise dans le dernier conteneur, celui avec les seringues, répliqua Thomas. Quand tu vois l'état des seringues, il est certain que la carte a été intégralement réduite en fumée.

— Affirmatif, répondit Sébastien. De mon côté, dans le Rover, durant ma dernière ronde, je peux certifier qu'il n'y avait rien, à part le corps d'Isabelle enveloppé dans son drap, qui lui était toujours là.

— J'ai peut-être une idée, annonça Thomas. Elle vaut ce qu'elle vaut, mais… je remarque qu'à aucun moment nous n'avons vu deux cartes côte à côte. Alors, je me suis dit que peut-être que depuis le début, il s'agissait toujours de la même carte, mais que l'indication variait en fonction de notre position géographique ou de la temporalité.

Il s'amusa de ses propres mots :

— Je suis désolé, c'est probablement impossible et fantaisiste comme théorie…

— Affirmatif, répondit Sébastien. Au moins, tu le reconnais.

— Merci pour ton soutien, ironisa Thomas.

Arnaud demanda :

— Tu peux me la remontrer ?
— Oui, bien sûr. Tant que tu ne la fais pas tomber, précisa Thomas.
— Arnaud la récupéra et l'observa sous toutes les coutures, avant de la redonner.
— Le plus curieux, c'est la matière avec laquelle elle est faite. Étant donné la température externe, on oublie direct le simple papier ; en plus, ça semble un peu plus épais. On dirait presque que ça ressemble à un écran opaque. D'ailleurs… Oui, il est possible de voir à travers le soleil.
— Peut-être est-ce aussi lié au rayonnement bien plus puissant que sur terre ? suggéra Thomas.
— Ah, bien sûr… Je… Je ne sais pas. J'ai souvenir d'un article dans lequel il était évoqué le fait d'envisager de stocker dans le futur de la data – ou des informations, si vous préférez – dans de nouvelles matières totalement transparentes. Mais la technologie n'était que balbutiante et les prototypes encore en train d'être testés.
— Selon toi, y a-t-il une infime chance pour que ce soit techniquement faisable ? interrogea Sébastien.
— Disons que même si c'est peu probable, ça ne me paraît pas impossible.
— Intéressant.
— Je précise mes pensées, continua Arnaud, si cette technologie est celle qui est utilisée, il serait probablement envisageable que la carte soit mise à jour via l'extérieur. Mais par qui ? Par quoi ? C'est un autre débat. Pour le reste, sur le fait que celle-ci évolue en fonction de notre emplacement, ça, c'est tout bonnement irréalisable, faute de positions GPS. Arrête-moi si je me trompe, Thomas, ou Sébastien, mais je n'ai pas souvenir qu'il y ait ou qu'il soit prévu de déployer des satellites tout autour de la lune pour avoir ce genre de services de géolocalisation.
— Pas à ma connaissance, non.
— Négatif.
— Dans ce cas… je ne sais pas.

Thomas récupéra la carte et fit un autre repérage en observant une fois de plus le panorama étoilé de la voûte céleste s'offrant à lui.
— Va légèrement sur ta droite, Sébastien. Prends pour azimut ces petites collines qu'on voit devant nous.
— Reçu.
Le véhicule dévia de sa trajectoire, s'enfonçant vers une direction qui semblait un peu moins éclairée qu'auparavant.
— Et si c'était un piège ? reprit Florence.
Thomas se retourna, étonné :
— Pardon ?
— Je ne sais pas dans quoi nous sommes exactement, mais je trouve beaucoup de choses très étranges.
— Sans blague, ironisa Arnaud. Toi aussi ?
— Déjà cette carte qui disparaît, avant de réapparaître, et qui a maintenant une nouvelle indication. Avez-vous pensé qu'elle puisse nous indiquer un mauvais chemin ?
— Pourquoi serait-ce le cas ? répondit Thomas.
— Pour la même raison que nous étions six, tous inconnus, il y a plusieurs heures de ça, à nous réveiller dans ce module lunaire sans avoir le moindre souvenir expliquant notre présence ici : pour tester nos limites en matière de survie, de psychologie, et dans ce cas précis... d'obéissance.
L'amnésique hésita, avant de répondre :
— Tu sembles oublier que la voix a bien dit...
— Non, le coupa-t-elle. Je peux te certifier qu'elle n'a pas expressément spécifié qu'il était impérativement nécessaire de la suivre pour atteindre la fusée mère. Elle a juste évoqué le fait qu'il y avait une carte. C'est tout.
— Oui, mais c'est pourtant grâce à ses indications que nous avons pu arriver jusqu'à ORION, argumenta Thomas.
Florence hésita un instant, avant de reprendre :

— En est-on vraiment sûrs ?

— C'est vrai que jusque-là, nous avons la plupart du temps suivi des traces au sol... pensa tout haut Arnaud. C'est grâce à ça qu'on a trouvé le bon chemin.

— D'accord, mais l'emplacement correspondait à la position exacte cochée sur la carte, insista Thomas. Non ?

— Négatif. Il correspondait à l'endroit que « tu » avais mentionné, rajouta Sébastien.

— Bien entendu ! Étant donné que je suis vraisemblablement le seul à être capable de reconnaître les différentes constellations ! s'agaça Thomas. Après, si mes services ne vous conviennent plus, je vous invite cordialement à tous aller vous faire foutre.

— Du calme, souffla Arnaud. Ne nous énervons pas.

Thomas fusilla du regard Florence, avant de se retourner en croisant les bras.

— L'idée de Florence est intéressante malgré tout, reprit Sébastien. Nous pouvons soit continuer à avancer vers la destination indiquée sur la carte, sans savoir ce vers quoi nous arriverons... Ou essayer de déjouer les projets de ceux qui se trament derrière cette aventure en partant dans un chemin totalement opposé.

Thomas soupira alors :

— Sauf que nos réserves d'air sont comptées, au cas où vous l'auriez oublié. Pour le reste, la voix a surtout précisé que nous devions impérativement faire les bons choix, ça, j'en suis certain.

Sébastien ne répondit pas. Son regard se perdait au loin, tentant d'apercevoir une vision rassurante, qui n'apparaissait toujours pas. Il avait pris position, tout le monde l'avait compris. Seul Arnaud ne s'était pas réellement exprimé sur le sujet. Thomas lui demanda alors en se retournant :

— Et toi alors, Arnaud ? Qu'en penses-tu ? Devrait-on suivre la carte ou non ?

L'informaticien soupira, avant de répondre :
— Pour être honnête, je n'ai vraiment d'avis. Mais je suis étonné qu'un militaire comme toi, Sébastien, soit enclin à désobéir aux ordres.
— Des ordres ? répliqua Sébastien. Quels ordres ? D'une part, je n'ai entendu que des consignes, voire de fumeux conseils. D'autre part, je ne suis pas en service.
— Je vois ça. Après, ne peut-on pas au moins admettre que jusqu'à présent, le fait de suivre cette ou ces cartes de constellations aura eu le mérite de nous conduire vers un nouveau module, et quelque part, aura prolongé notre durée de vie dans cet étrange environnement ?
— Je crois que tu as parfaitement résumé la situation : prolonger notre durée de vie, répliqua Sébastien. Mais j'aimerais que tous ensemble, nous posions une question plus globale, une fois de plus : pourquoi nous ? Pourquoi ici ? « Qui » nous a transféré de la terre à la lune ? Et je n'aborderai pas le sujet autour de cette créature extraterrestre qui a zigouillé Carine. Ça, ça dépasse encore plus l'entendement.

Le silence régna durant un court instant, personne n'osa le contredire, pas même Thomas.
— Alors ? reprit Sébastien. Selon vous, pourquoi devrions-nous suivre les règles d'un pseudo-jeu auquel nous n'avons pas demandé à participer ?
— Isabelle a tenté de tricher, tu as vu ce que ça a donné, répliqua Thomas.
— Affirmatif. Je ne peux pas le nier, soupira le militaire. C'est ça qui me laisse à penser que nous sommes bel et bien sur la lune. Mais… je veux dire… même toi, Thomas… tu es amnésique, et pourtant tu es parmi nous la seule personne qui a des notions de survie dans ce genre de milieu. Vous croyez vraiment au hasard ? À ce type de hasards ?… Pas moi, en tout cas.

— Je suis assez d'accord avec ta vision des choses, rajouta Arnaud. Cela ne veut pas pour autant dire que je partage l'idée d'avoir à nous écarter de la destination qu'il y a derrière cette carte.

— Et si l'on fait comme tu proposes, continua Thomas, à savoir qu'on dévie de notre trajectoire et qu'on s'aventure au milieu de nulle part… Que fait-on si l'on ne découvre rien ? Au bout de combien de temps devrons-nous faire demi-tour ?

— Posons la question autrement, répondit le militaire. Crois-tu réellement qu'on trouvera quelque chose, là où tu nous guides ?

— Tu ne réponds pas à ma question. Mais de ce que j'ai compris de ce que tu désignes comme un jeu, le seul moyen de nous en sortir, c'est d'arriver jusqu'à la fusée mère.

— Affirmatif.

— Et pour cela, nous devons impérativement faire les bons choix en espérant qu'une fois qu'on en sera assez proches, cet émetteur-récepteur finira par biper. Il est bien branché, Arnaud ?

— J'ai les yeux dessus. Le contact m'a l'air d'être OK, mais pour l'instant, je n'ai rien vu qui ressemblerait à un quelconque signal.

— Parfait. Donc, pour en revenir au sujet de base… continua Thomas. Est-ce que ne pas suivre la seule et unique indication qu'on a, à savoir cette carte, est judicieux ? Personnellement, je ne crois pas que ce soit ce que j'appellerais un bon choix.

— Et si l'on ne trouve rien ? demanda d'une petite voix Florence.

— Que veux-tu dire par là ?

— Si l'endroit où tu nous mènes, symbolisé par cette croix, est désert ? Qu'il n'y a rien de rien ?

— Hey, attendez, qu'on soit bien d'accord… Vous vous êtes tous ligués contre moi ou quoi ?

— Non, répondit Arnaud. Pour ma part, j'aurais plutôt tendance à être de ton côté.

— Ah, merci. Je me suis senti bien seul, l'espace d'un moment…

Il fusilla Florence du regard, avant de se replonger dans l'observation des constellations de la voûte céleste.

— Dans ce cas, c'est entendu, répliqua Thomas. Si, et seulement si nous ne trouvons rien au point de rendez-vous indiqué par la position de ces constellations, alors nous ferons sans.

— Et selon toi, nous en sommes encore loin ? demanda Sébastien. Elle en dit quoi ta carte ?

— Aucune idée... Peut-être cinq minutes, une heure ou trois heures ?

— Ça, c'est de la précision, ironisa Sébastien. Quelle perte de temps...

— Tu sais, répondit Thomas, légèrement agacé. Le module ORION est arrivé un peu par hasard, alors que nous suivions les précédentes traces du Rover. Après, si mes services ne te conviennent pas, comme je l'ai dit à l'instant, tu peux toujours te charger toi-même d'identifier où nous sommes et vers où nous allons.

Il la lui balança sur les genoux, puis rajouta :

— Tiens, amuse-toi. Étant donné que tu sembles visiblement douter de mes capacités.

Sébastien esquissa un sourire et jeta la carte en dehors du véhicule, laissant Thomas et Arnaud totalement cois.

Chapitre 22 - La face cachée de la lune

— Mais tu es taré ! s'exclama Thomas.
— Tu veux la carte ? Tu n'as qu'à sauter. Tu as le choix, comme tu peux le constater, annonça Sébastien. Tu n'auras qu'à suivre la trace laissée par les pneus. Nous, par contre, on va prendre une autre direction. Probablement la bonne.

Il mêla l'acte à la parole et vira de bord à 90 degrés avant d'accélérer.

Thomas maugréa dans son casque, les yeux exorbités, incapable de sortir le moindre mot. Il croisa les bras, imitant Arnaud, acceptant bien malgré lui cette nouvelle tournure des choses.

— Je… Je suppose qu'on ne suit plus la carte ? demanda soudain Florence.

— On ne peut rien te cacher, répondit Thomas.

— Notre destin est donc lié à la décision unilatéralement collective que vient de prendre Sébastien, rajouta Arnaud.

— Affirmatif, répliqua le militaire. Je suis persuadé qu'en rusant, nous allons bien finir par avoir le dessus sur l'ennemi.

— Ennemi ? Mais… Sérieux… De quoi tu parles ? l'interrogea Arnaud.

— De ceux qui nous ont fait arriver là.

— Tu penses vraiment que… Bref, soupira Thomas. De toute façon, peu importe. Ma réserve d'air et d'eau est sur sa fin. Il y en a d'autres qui sont dans ce cas également ?

— Affirmatif. On roule encore cinq minutes, après quoi on fera une pause.

Tour à tour, chacun récupéra dans les conteneurs ce dont ils avaient besoin pour remettre à 100 % les indicateurs nécessaires à la survie dans leur combinaison. Une fois rééquipés, ils reprirent la route.

Cela faisait une dizaine de minutes qu'ils avançaient lorsque Thomas proposa :
— Arnaud, te serait-il possible de faire un point sur les réserves qu'il nous reste ?
— C'est parti, ça m'occupera. Je trouve le trajet bien long, surtout depuis qu'on a perdu toute destination et qu'on ne sait pas si l'on va arriver quelque part...
Une tension régnait dans la Jeep, que tout le monde pouvait ressentir. Après un petit quart d'heure de route, Sébastien demanda à Thomas :
— Tu n'as pas confiance en ma décision, on dirait ?
— Ce n'est pas ça, c'est surtout que selon moi, c'est totalement suicidaire, c'est différent. Et venant d'un militaire, je trouve ça très étrange.
Agacé par cette remarque, Sébastien accéléra de nouveau, comme pour calmer sa colère. Il évita de justesse la crête d'un petit cratère, lorsqu'il pila soudainement.
— Oh, bordel... jura-t-il.
Derrière le Rover, le panorama de la partie éclairée de la lune s'étendait à perte de vue. Mais devant eux, c'était le noir le plus total. Ils venaient de franchir la limite entre les deux zones.
Thomas alluma les phares de la Jeep en annonçant :
— Soyez les bienvenus du côté de la face cachée de la lune. Température moyenne, aux alentours de -120 °C. J'espère pour vous que vos unités d'énergie sont chargées, car le chauffage va être nécessaire sous peu.
— Je... Commence à me demander si rouler dans le noir le plus complet est véritablement une bonne idée, s'inquiéta soudain Sébastien.
— On finit par s'habituer à vivre dans le noir, ironisa Florence.
Peu amusé par ce trait d'esprit, Thomas répondit :
— Il y a une chose à prendre en compte qui nous empêchera probablement de nous enfoncer plus profondément dans cette zone.

Il pointa du doigt le niveau de batterie du véhicule, avant de reprendre :

— La batterie est à 8 %. Si l'on continue, le moteur risque de consommer encore plus pour conserver une température optimale. Une fois qu'on sera à sec, il faudra déployer les panneaux solaires pour le recharger. Sauf que, si l'on continue par là, étant donné que nous serons passés du côté de la lune où il n'y aura pas de soleil avant une quinzaine de jours, ça va rapidement devenir compliqué d'avancer. Enfin, c'est toi qui vois, c'est toi le chef, et visiblement, c'était ton plan, de justement faire sans.

Sébastien, indécis, murmura :

— Ce qui signifie que…

— Tu as tout compris. Si l'on s'aventure un peu plus loin, conclut Arnaud, une fois le Rover en rade de batterie, il nous sera impossible de la recharger avant… pas mal de temps. Et là, accroche-toi pour pousser la Jeep jusqu'à la partie ensoleillée.

— Et… si nous longions cette partie en restant du côté où il y a de la lumière ?

— Dans quel intérêt ? Enfin, pour répondre à ta question, cette ligne évolue sans cesse. Sans parler du fait qu'à un moment où un autre, la nuit finira aussi à tomber du côté de la zone éclairée. Je ne sais pas dans combien de temps… Mais j'espère sincèrement que d'ici là, on aura trouvé la fusée mère. D'ailleurs, Arnaud, toujours rien ?

Il observa l'émetteur-récepteur, et secoua la tête en soupirant :

— Toujours rien.

Sébastien descendit du véhicule après l'avoir éteint, et fit quelques pas. Il alluma le phare au niveau de son casque pour avancer dans le noir le plus total. Le panorama était bien plus effrayant. Impossible de voir quoi que ce soit en dehors du faisceau lumineux projeté par les différents moyens d'éclairage.

Rapidement rejoint par Thomas, celui-ci s'accroupit et murmura :

— Ce panorama est terrifiant, je trouve.

— Cela me rappelle une plongée sous-marine que j'avais faite de nuit. C'était à peu près le même ressenti, nos phares étaient nos yeux. Le plus impressionnant est sans doute que c'était l'heure à laquelle sortaient les prédateurs sous l'eau.
— C'est une bonne idée, soupira Sébastien.
— De quoi donc ? répliqua Arnaud.
— Cette frontière naturelle. Si l'on avance, on sait que tôt ou tard, on sera bloqués à cause de la Jeep. Et sans celle-ci, je ne donne pas cher de notre peau. S'il y avait un endroit où une sortie serait possible, ce serait bien ici.
— Une sortie ? Tu veux dire que tu ne penses pas qu'on soit sur la lune ? s'étonna Thomas.
— Plus j'avance et plus je doute.
L'amnésique écarquilla les yeux.
— Je... Je ne sais pas ce qu'il te faut. Sérieusement, la gravité, le paysage, le détail des constellations...
— Le son. On a entendu la chose hurler, tout à l'heure. De mémoire, le son ne se transmet pas sur la lune, car il n'y a aucune atmosphère.
Thomas hocha la tête, surpris de ne pas être le seul à savoir cela.
— Je te l'accorde. Mais peut-être était-ce le micro à travers le casque brisé de Carine ?
— Ou peut-être pas ? Sans parler de la manière avec laquelle nous serions arrivés ici. Bordel, ça ne se fait pas par un claquement de doigts un voyage de la terre à la lune... Et même si l'on avait été endormis plusieurs jours, les secousses d'un décollage nous auraient forcément réveillés...
Arnaud se leva du Rover et s'agaça :
— Bon, les tourtereaux. Ce n'est pas que je m'ennuie, mais je vous rappelle que notre air, notre eau et notre énergie ne sont pas illimités. D'autre part, loin de moi l'idée de penser qu'il serait encore plus suicidaire de s'aventurer plus en avant, mais... c'est un peu ce que je ressens.

Je vous propose donc de faire demi-tour, et de potentiellement revenir sur nos pas, jusqu'à remettre la main sur la carte.

Thomas se releva, jeta sa poignée de poussière, et rajouta :
— Je suis plutôt pour. Qu'en dis-tu, Sébastien ?
— D'accord. On fait marche arrière. En espérant qu'on réussisse à retrouver le plan des constellations d'ici là.

Sébastien redémarra la Jeep et recula. En deux temps trois mouvements, ils étaient à nouveau du côté éclairé de la lune.

— Je pensais que ce serait une bonne idée, tenta de se justifier le militaire, qui suivait les traces de son propre véhicule. Il s'avère que ce n'était pas le cas, et…
— Heu… Attends, il y a un truc de pas normal, annonça Arnaud.
— Quoi donc ? demanda Thomas.
— L'ombre de la face cachée… Là…
— Oui, eh bien ?
— Elle… Elle nous suit… On dirait qu'elle veut nous avaler !

Au même moment, la jauge d'énergie du véhicule clignota.

— Oh merde… murmura Sébastien. Si l'on ne se sort pas au plus vite de ce guêpier, on va se faire bouffer par la nuit… Accrochez-vous !

Le militaire accéléra soudainement, évitant parfois de justesse de petits cratères.

— Alors ? demanda-t-il.
— Tu la distances d'à peine plus d'une trentaine de mètres… Elle est sacrément rapide.
— Vu la taille du soleil passant devant la terre, ce n'est pas étonnant… répliqua Thomas, qui peinait à rester assis avec toutes les secousses. Je suis d'ailleurs surpris qu'elle ne nous ait toujours pas rattrapés.

La Jeep heurta soudain la crête d'un cratère un peu plus haut que les autres. En retombant, un conteneur glissa du véhicule, et termina sa course sur le sol après un long vol plané.

— Merde ! On vient de perdre une caisse ! hurla Arnaud.
— Il y avait quoi dedans ? demanda Thomas.
— Un peu de tout : air, eau, énergie… J'avais réparti dans deux caisses différentes pour faire mon décompte.
— On fonce ! répliqua Sébastien. On reviendra la chercher après. Je ne sais pas combien de temps je vais pouvoir tenir à cette vitesse avant que les réserves du véhicule flanchent…
— Tu es à fond, là ?
— Bien sûr !
— Regardez, c'est l'endroit où l'on a quitté la direction initiale qu'indiquait le plan… On ne devrait plus tarder à voir la carte.

Il négocia un virage à 90 degrés en prenant garde de ne pas faire tomber la dernière caisse sur laquelle était agrippé Arnaud à l'arrière. Quelques centaines de mètres plus loin, Sébastien pila.

— Là ! La carte, vite !

Thomas fonça et récupéra le précieux sésame, avant de bondir dans la Jeep.

Le militaire mit le pied au plancher et démarra en dérapant. Après d'interminables minutes, Arnaud se retourna et finit par annoncer :

— C'est bon, je crois qu'on l'a semé…
— Depuis le changement de direction, probablement, rajouta Thomas en tapotant sur la carte afin de la rendre lisible.
— J'ose… à peine, imaginer à quoi l'on vient d'échapper, murmura le militaire.

Mais tandis qu'ils se pensaient hors de danger, le Rover se mit subitement à ralentir.

— Sébastien ? C'est toi qui fais ça ? demanda Arnaud.
— Négatif. J'ai le pied au plancher…
— OK. Donc… on a visiblement bousillé les réserves d'énergie de la Jeep… On va pas avoir le choix de déployer les panneaux solaires le temps qu'il se recharge complètement.

Thomas, qui ne cessait d'écarquiller les yeux sur la carte, répliqua alors :

— On aurait surtout dû pousser la Jeep sur une plus grande distance du côté non éclairé, en espérant trouver quelque chose. Le tout en nous rationnant un peu plus et en maudissant Sébastien d'avoir pris cette décision.

— Ça va. C'est humain de se tromper, tu ne crois pas ? répliqua le militaire.

— On finit par s'habituer, à vivre dans le noir, murmura Florence.

Sébastien se leva, et donna un coup de pied dans l'un des énormes pneus de la Jeep. Thomas descendit à son tour, et tout en regardant l'horizon, il annonça :

— Je crois bien que moi aussi, j'ai une mauvaise nouvelle.

— Laquelle ? demanda Arnaud.

— Le nouvel emplacement qui était sur la carte, tout à l'heure. Eh bien, il n'y est plus.

Chapitre 23 - Le conteneur perdu

Sébastien se dirigea d'un pas agacé vers lui, et lui arracha la carte des mains.

— Montre-moi ça !

Il grogna en constatant la même chose, avant de lui redonner.

— Ravi de voir que tu avais besoin de vérifier mes dires.

— Mais... ce n'est pas possible ! s'interrogea Arnaud.

— Et pourtant...

Arnaud descendit à son tour.

— Tu te souviens d'où était l'emplacement indiqué, avant que celui-ci ne disparaisse ? À défaut de résoudre ce mystère, si l'on a déjà ça...

Thomas hocha la tête.

— Oui, c'était ici, juste là, répondit-il en lui montrant l'endroit. Mais de toute façon, tant que les batteries du Rover ne sont pas remplies – à bloc, de préférence –, on va devoir attendre.

— Et combien de temps cela va-t-il prendre ? demanda Sébastien.

— Déjà, ça ira plus vite si l'on fait la manipulation pour les recharger, répliqua Arnaud en montant rapidement dans la Jeep lunaire. Il appuya sur un bouton, ce qui fit sortir plusieurs panneaux de l'arrière du véhicule. Une fois totalement déployés, ils s'orientèrent automatiquement, tels des tournesols, vers le soleil.

— Alors, d'après ce que ça indique, il y en aurait pour 5 heures et 22 minutes pour une recharge totale.

— Quelle galère, maugréa Sébastien en tapant de nouveau dans le pneu du Rover. Tout ce temps de perdu...

Thomas alla ranger la carte dans une des caisses, avant d'annoncer :

— Étant donné qu'on n'est pas près de repartir, je propose d'aller chercher le conteneur qui est tombé de la Jeep tout à l'heure. Enfin... si cela te semble être une bonne idée, Sébastien.

— Arrête un peu avec ça. Je ne suis le chef de personne. D'ailleurs, je vais peut-être te surprendre, mais je trouve également que c'est une bonne idée.
— Dans ce cas... Arnaud, tu viens avec moi ? Je ne pourrai pas le porter tout seul, et il faut quelqu'un pour rester surveiller le Rover et... Florence. À moins que tu veuilles m'accompagner ?
— Non, ça va aller, je pense que je vous retarderai plus qu'autre chose. C'est bien si Arnaud va avec toi. Et puis Sébastien saura quoi faire en cas de danger.
— Et moi alors, j'ai sûrement mon mot à dire ? demanda Arnaud.
— En effet, répondit Thomas, étonné. Est-ce que cela te dérange de m'accompagner ?
— Bon, c'était juste comme ça. Bien sûr que je suis partant. Je préfère ça que de rester ici à me morfondre en attendant inutilement.
— Dans ce cas, allons-y.

Tandis que Thomas et Arnaud commençaient déjà à suivre les traces de pneus laissées derrière eux, le militaire leur demanda :
— Vous avez une idée de combien de temps cela va prendre ?
— Je ne sais pas... Une petite heure, peut-être deux ? Je n'ai pas vraiment la notion de la distance qui a été parcourue pour fuir l'ombre. Mais je dirais dans ces eaux-là. On tâchera de marcher le plus rapidement possible.
— Attends...

Le militaire fit quelques pas vers Thomas et lui tendit l'un de ses deux pistolets.
— Tiens. Mieux vaut prévenir que guérir.

Thomas récupéra l'arme et bredouilla :
— Heu... Je ne sais pas comment ça s'utilise, mais merci quand même.
— Rien de plus simple : il est déjà armé. Donc tu vises, et tu appuies sur la queue de détente. Tu ressentiras un petit clic, il faudra y aller à fond

si tu veux que le coup parte. C'est un semi-automatique, donc tu devras recommencer à chaque fois que tu voudras que le coup parte.

L'amnésique observa longuement le 9 mm, avant de lui demander :
— Et ça, ce petit rectangle, sur la crosse, à quoi cela sert-il ?
— Aucune idée, c'est la première fois que je vois ça. Je suppose qu'il doit s'agir d'une marque ou d'un défaut de fabrication. Il y a le même sur l'autre. Allez, ne perdez pas plus de temps. Bon courage et à tout à l'heure, conclut le militaire en remontant sur le Rover.
— Bonne chance ! rajouta Florence.

Thomas répondit d'un signe de la main.

Ils marchèrent à vive allure tout en suivant les traces qui zigzaguaient. Cela faisait désormais une quinzaine de minutes qu'ils avaient quitté le Rover sans que personne n'ait prononcé le moindre mot. L'informaticien se retourna et annonça :
— Ça y est, on ne voit plus la Jeep.
— Allô, allô, Sébastien, vous nous recevez ?

Personne ne répondit au message.

— En même temps, à cette distance, argumenta Arnaud, je ne suis pas étonné qu'ils ne nous entendent pas.
— Je voulais être en être sûr.
— Tu te méfies toujours autant de lui ? demanda Arnaud.
— Je ne sais pas. Il m'a filé l'une des deux armes, je suppose que je dois prendre ça pour un gage de confiance de sa part. Mais il est très bizarre, il peut être un connard fini, ou quelqu'un d'à peu près normal. C'est comme s'il avait deux personnalités en lui. Et il y a un truc avec ses yeux, je ne saurais définir quoi…
— Ouais, enfin, il a quand même essayé de nous emmener sans notre accord au fin fond de la face cachée de la lune… D'ailleurs, tu n'as pas trouvé cela étrange, cette obscurité qui semblait vouloir nous avaler ?

Thomas sourit dans son casque, avant de répondre :

— Je suppose que je suis le seul à avoir compris ce qui était en train de se passer ?
— Quoi donc ?
— Une éclipse solaire terrestre.
— Hein ?
— Il s'agit du moment précis où la lune s'aligne parfaitement entre la terre et le soleil, à un certain degré. J'imagine que tu n'as pas regardé le soleil à ce moment-là ?
— Non, j'avoue que j'avais les yeux rivés sur la route, et je surveillais l'ombre…
— Il apparaissait juste derrière la terre. On pouvait distinguer une aura, c'était juste incroyable, je pensais pas vivre ça un jour. Bref, c'est la raison pour laquelle cela n'a pas duré bien longtemps et nous a permis de nous éloigner de la face cachée de la lune, qui elle, est bien réelle. Mais c'est aussi la raison pour laquelle ça allait si vite.
— Vu comme ça… On peut dire qu'elle nous a porté chance.
— Comme tu dis.

Ils continuèrent à marcher une vingtaine de minutes sans échanger un mot, jusqu'à ce qu'Arnaud reprenne la discussion :
— Et pourquoi ne l'as-tu pas annoncé aux autres ?
— De quoi ?
— L'éclipse ?
— Je ne voulais pas que Sébastien l'apprenne.
— Pourquoi donc ?
— J'en sais rien, je suppose qu'il aurait probablement à nouveau évoqué une espèce de jeu, de simulation ou je ne sais quoi dans lequel il est persuadé de se trouver.
— J'en conclus que tu ne penses pas que cela soit le cas ?
— Sérieux, tu ne vas pas t'y mettre, Arnaud, pas toi… Bien sûr que non, je n'y crois pas un seul instant… Je veux dire, je ne vois pas comment cela serait techniquement faisable. Dans vingt ou trente ans peut-

être, et encore, mais avec la technologie actuelle, c'est tout bonnement impossible d'avoir quelque chose d'aussi similaire autrement que sur la lune.

Thomas hésita, avant de reprendre :
— Je suppose donc que, toi non plus, tu n'es pas convaincu ?
— Non. Enfin, pour ainsi dire, je dois bien admettre que je suis un peu paumé. Je confirme ce que tu dis sur le fait que l'IA de demain est prometteuse, étant donné que c'est mon domaine de prédilection. Pour le reste, n'étant pas réellement conscient de tout ce qui nous arrive depuis deux jours... Je n'ai pas de théorie. J'ai plutôt l'impression de vivre un genre de mauvais rêve éveillé. Parsemé de ces étranges impressions de déjà-vu.
— Et moi donc, répondit Thomas.
— Ah ? Toi aussi, tu penses être déjà venu ici ?
— Non ! Bien sûr que non ! Je faisais allusion au véritable cauchemar.
— Ah, oui...

Thomas réfléchit quelques minutes, avant de poser une question qui le taraudait :
— Tu as souvent, ces impressions de déjà-vu ? Je veux dire, sur terre ?
— Non, pas plus que ça.
— Tu ressens quoi exactement ?
— Un peu comme si le moment que je vivais s'était déjà produit, que je l'avais déjà vécu. Ça ne t'arrive jamais ?
— Non. D'où ma curiosité.

Arnaud annonça le plus sérieusement possible :
— Il y avait un vieux film, *Matrix*. Un classique de la SF. Tu connais ?
— Non, désolé.

— Dedans, ils étaient prisonniers d'un système informatique. Enfin, c'est un peu plus compliqué que ça, mais en gros, dès qu'il y avait quelqu'un qui évoquait l'impression de « déjà-vu », c'était en réalité un programme extérieur qui hackait la matrice.

— Houlà, tu m'as perdu, j'en ai bien peur, répliqua Thomas.

— Oui... Beaucoup de ceux qui ont vu ce film ne l'ont pas vraiment compris.

Thomas appuya sur le bouton orné d'une petite goutte d'eau et aspira quelques rasades dans la paille qui venait d'apparaître dans son casque.

— J'ai vraiment un mal de crâne de chien, reprit l'amnésique. Carine ne m'a pas raté.

— Entre ça, et ta chute...

— Ma chute ? À quoi tu fais référence ?

— Eh bien... la veille ! Tu ne te rappelles pas ?

— Pas vraiment non.

Arnaud écarquilla les yeux.

— Alors, tu étais en train de parler – je ne me souviens plus de quoi, d'ailleurs –, lorsque subitement, tu t'es effondré par terre. Comme une masse. On a mis ça sur le compte de la fatigue et nous t'avons couché. Je suppose que tu as déjà dû te cogner la tête à ce moment-là.

Thomas fit la moue avant de rajouter :

— Ceci expliquerait d'autant plus pourquoi la douleur est si intense. Merci pour ces détails.

— Et tu dis que tu ne te souviens absolument de rien ?

— Sincèrement, non. Juste que quand j'ai repris connaissance, je me sentais vraiment pataud, comme après... une anesthésie générale ? Tu as déjà subi ça ?

— Un jour, oui, pour des dents de sagesse.

— Le ressenti était le même, en salle de réveil. Mon sommeil m'a semblé un peu artificiel, je me suis réveillé sans pour autant me sentir reposé. Et j'ai un souvenir amer du goût étrange que j'avais dans la bouche au réveil, lorsque j'ai rejoint Carine qui était en train de préparer son mauvais coup.

— Ah oui, c'est bizarre, je te confirme.

— Et c'est aussi totalement improbable, nous sommes bien d'accord. Je veux dire, à moins qu'on m'ait anesthésié pendant que je dormais, mais j'en doute. Je suppose que cela doit sûrement être un effet secondaire de l'air qu'on respire dans nos combinaisons.

— Si tu le dis, répliqua Arnaud, visiblement peu convaincu.

Cela faisait maintenant une heure qu'ils marchaient, tout en suivant les traces de pneus qui zigzaguaient toujours. Les crêtes de petits cratères se multipliaient, au fur et à mesure qu'ils se rapprochaient de la frontière séparant la face ensoleillée de l'ombragée.

— Regarde au loin, on commence à distinguer la zone cachée, annonça Thomas. Enfin, c'est surtout qu'on dirait que la ligne d'horizon a disparu.

— Une heure et deux minutes, dit Arnaud en regardant sa tablette. On est dans les temps. Je suppose qu'on ne devrait plus être bien loin maintenant.

— Je… Ce n'est d'ailleurs pas logique, on devrait déjà voir le conteneur.

Le cœur battant, ils continuèrent jusqu'à apercevoir une crête, partiellement détruite, par laquelle se faufilait la trace d'un des pneus de la Jeep lunaire.

Thomas s'accroupit et remarqua en pointant du doigt :

— C'est ici que le véhicule a tapé. Donc le conteneur devrait forcément être dans les parages…

— Sauf qu'il n'y est pas…

— Regardons dans les environs. Il ne devrait pas être bien loin.

Ils inspectèrent les environs et très rapidement, Arnaud s'écria en montrant par terre :

— Là ! Oh punaise…

Thomas accourut et s'exclama :
— Oh merde…
Il s'accroupit et toucha le sol.
— On peut clairement voir que le conteneur était tombé juste là. Mais…
— Les empreintes de Y. Regarde, elles arrivent d'ici, et s'éloignent vers l'obscurité… Tu crois que ?
Thomas hocha la tête.
— Il n'y a aucun doute possible. Cette chose est venue, et a ramassé la caisse, indéniablement, avant de repartir avec. Toute seule, visiblement. Mais pour quoi faire ?
Arnaud se leva, et conclut en regardant les traces :
— À croire qu'elle se cache du côté de la zone cachée de la lune. Bon. On fait quoi ? Perso, je suis moyennement chaud pour la suivre.
— Tu n'as pas vu à quoi elle ressemblait ; moi, si. Et crois-moi, je n'ai pas envie de la rencontrer une fois de plus. Dépêchons-nous de rentrer à la Jeep – en espérant qu'elle ne nous suive pas jusque-là.
Ils firent demi-tour en se hâtant.
— Ça me va. Mais Sébastien risque de ne pas être content qu'on revienne bredouilles…
— Tu sais quoi ? Je me fous pas mal du fait qu'il apprécie ou pas. On n'avait pas le choix, il était nécessaire de tenter le coup de venir chercher ce conteneur. Et puis on avait du temps à perdre, de toute façon.
— Ça va, ne t'énerve pas…
— Désolé, je me suis emporté. C'est le stress qui monte. Sans cette foutue chose, on aurait pu revenir avec du rabe d'air, d'eau et d'énergie. Maintenant, il ne nous reste désormais plus que ce qu'il y a dans le dernier conteneur.
— C'est-à-dire pas grand-chose.
— Espérons qu'il y aura assez pour tenir jusqu'au prochain point qui était inscrit sur la carte, avant qu'il ne disparaisse.

— Ça aussi, c'est bizarre, non ?
— Rentrons. Et pour économiser notre air, je propose de ne pas parler sur le chemin, si tu le permets.

Arnaud n'eut pas le temps de répondre, son coéquipier avait déjà commencé à marcher en suivant les traces de pas dans le sens inverse. Il haussa les épaules et conclut :

— Bien… Comme tu voudras.

Chapitre 24 - Choisir c'est renoncer

Après une longue marche silencieuse, surtout pour Arnaud, qui peinait à comprendre la soudaine saute d'humeur de Thomas, ils finirent par apercevoir le Rover.

— Nous y sommes presque, murmura Thomas.
— Je te laisse leur annoncer la nouvelle.
— Poltron, va.

Sébastien était en train de faire les cent pas autour de la Jeep. Son visage, heureux, devint rapidement plus courroucé lorsqu'il constata qu'ils étaient les mains vides.

— Vous en avez mis du temps. Mais surtout, on peut savoir pour quelle raison vous n'avez pas le conteneur ?
— C'est simple. Il n'y était plus, répliqua Thomas.
— Tu veux plutôt dire que vous ne l'avez pas trouvé ?
— Pas tout à fait. Nous avons identifié l'endroit précis où il était tombé. Mais… il n'était plus là.
— Mais… c'est impossible !
— Ah, j'ai oublié de préciser qu'il y avait de nombreuses traces de pas en Y tout autour de l'empreinte du conteneur enfoncé dans le sable.

Florence eut un sursaut en entendant cela.

— Vous… Vous l'avez vu ? demanda-t-elle en tremblant.
— Non, répliqua Thomas. Ni de loin ni de près. La seule chose que l'on peut certifier, c'est que cette chose a suivi nos traces, j'ignore comment, et qu'elle a subtilisé le conteneur avant qu'on ait le temps de le récupérer. Pour en faire quoi ? Ça, on l'ignore.
— Et… les traces ? reprit Sébastien. Vers où partaient-elles ?
— Vers la face cachée de la lune.

Le militaire ramassa une petite roche, qu'il lança le plus loin possible.

— Et je suppose que vous n'avez pas tenté de suivre sa piste ?

— Non, répliqua Thomas. Pour avoir observé cette chose en action, je crois qu'on est tous les deux en phase sur ce sujet, je n'ai pas vraiment envie de la voir à nouveau. Moins je la vois, et mieux je me porte.

— Donc si l'on résume le bilan de l'opération, pas mal d'air et d'énergie de gaspillés pour rien, c'est bien dommage.

— Ce n'est pas de bol, surtout, rajouta Arnaud. Franchement, c'était une bonne idée. Mais cette chose…

— Oui ?

— Attendez, j'ai tout à coup une idée. Peut-être qu'elles sont plusieurs, ce qui expliquerait comment elle a pu nous retrouver aussi rapidement.

Thomas jeta un coup d'œil au cadran surplombant le volant, et demanda :

— Il reste encore trois heures dix de charge. Les batteries sont à 52 %. Que voulez-vous qu'on fasse ? On patiente un peu, ou l'on trace ?

Sébastien soupira, avant de répondre :

— Je suppose qu'on n'a pas vraiment le choix. On aurait récupéré le conteneur supplémentaire, on aurait pu prendre un peu de temps pour que le Rover soit à bloc. Mais maintenant… c'est une autre histoire.

Arnaud monta à l'arrière du véhicule, et annonça :

— Je vais vous dire précisément ce qui nous reste.

Aidé par Thomas, tandis que Sébastien continuait à surveiller les alentours, Arnaud donna rapidement un état des lieux alarmant des ressources :

— Alors, il n'y a plus que l'équivalent de 12 litres d'air, 8 litres d'eau, et six piles énergétiques pour les combinaisons.

— Ce qui signifie ? demanda naïvement Florence.

Thomas hésita, avant d'annoncer :

— De ce que j'ai pu voir au niveau de l'équipe, je dirais que ça fait environ 3 à 5 heures d'autonomie pour chacun d'entre nous. Dépendant bien évidemment de l'activité et des prédispositions de chacun à plus ou moins consommer.

Sébastien soupira, avant de rajouter :
— Et je suppose que dans ta simulation, tu partais sur un calcul dans lequel tu comptes bel et bien quatre personnes ?

Thomas l'observa d'un air étonné.
— Écoute, sauf si tu as prévu de te débarrasser de l'un d'entre nous, oui, j'avais bien estimé sur une base de quatre personnes.
— Donc, si pour une raison X ou Y nous ne serions plus que trois…
— Mathématiquement, cela nous donnerait effectivement un peu plus d'autonomie. Mais je ne vois pas où…

Sébastien se mit immédiatement au volant, concluant avec brutalité le débat :
— Assez parlé. On ne peut plus se permettre d'attendre, il faut partir dès maintenant.

Il appuya sur un bouton, qui fit se rétracter les panneaux solaires à l'arrière du véhicule.
— Et… je suppose qu'on n'a pas notre mot à dire ? demanda Arnaud en s'attachant à l'arrière du véhicule à côté de Florence.
— Négatif.

Thomas eut juste le temps de monter à l'avant de la Jeep, que Sébastien démarra en trombe :
— Heu… Tu es certain que c'est la bonne manière de gérer l'autonomie de la batterie ?
— Il va falloir. Je préfère me rapprocher le plus possible du prochain point de destination, plutôt que de mourir d'étouffement dans un véhicule qui sera encore à plus de 75 % de ses capacités.
— C'est un point de vue qui se défend, répliqua Florence. Tant qu'on arrive tous à la fusée mère…
— À ce propos, vers où nous devons nous orienter ? s'interrogea Sébastien.

Thomas soupira en ouvrant le plan :

— Je veux bien regarder, mais la carte ne nous sera plus d'une grande utilité, étant donné que la dernière fois que j'ai relevé l'indication, je... Non ! Ce n'est pas possible...

— Qu'y a-t-il ? demanda Arnaud.

— La croix que j'avais vue... Elle avait disparu tout à l'heure ? Et là... elle est revenue.

Sébastien tourna la tête, et observa l'emplacement que pointait Thomas du doigt.

— Affirmatif, elle est bien là.

— C'est quand même incroyable, soupira Arnaud.

— Mais le plus étrange... Et ça, c'est véritablement inquiétant...

— Quoi donc ? répliqua le militaire.

— Pour être honnête, j'ai un souvenir très précis de l'endroit où se situait la croix avant qu'on ne fasse un tour dans la zone non éclairée de la lune. C'est la direction que nous sommes en train de prendre.

— Donc, quel est le problème ?

— La nouvelle indication, elle n'est plus du tout à cet endroit-là... Et comme vous pouvez le constater, c'est même à l'opposé.

Sébastien roulait droit devant lui, perplexe.

— J'imagine que tu es certain de toi ? s'interrogea Sébastien.

Thomas soupira, agacé que sa bonne foi soit perpétuellement mise en doute :

— Je ne te redonne pas la carte, tu risques de la balancer, comme tu l'as déjà fait. Mais, oui, je suis sûr de moi.

— Et je suppose que tu peux le prouver ?

— Bien sûr que non, car, sauf erreur de ma part, je suis toujours le seul, parmi nous, à être capable de me diriger à partir de cette carte.

Il en rajouta une couche :

— Sauf bien évidemment si maintenant tu sais le faire ?

— Négatif.

— Et toi, Arnaud ? Est-ce qu'ont poussé en toi des talents d'explorateur lunaire, depuis ton réveil ?

— J'ai bien peur que ma réponse soit la même que celle de Sébastien, répliqua son coéquipier.

Après de longues minutes, Thomas finit par demander :

— Bon alors... que fait-on ? On suit l'ancienne indication, gravée dans ma mémoire ? Ou la nouvelle, qui vient de mystérieusement apparaître ?

— On dirait bien qu'on est perdus, soupira Florence.

— Sans blague... répliqua Sébastien. Tu as d'autres informations inutiles du genre à nous communiquer ?

— Non, répondit Thomas. Nous devons juste choisir entre deux points.

— Choisir c'est renoncer, maugréa Arnaud.

Thomas eut soudain une terrible illumination.

— Attends... Arrête le véhicule.

— Quoi ?

— Je te demande d'arrêter le véhicule ! lui ordonna-t-il sèchement. Maintenant !

Sébastien soupira, avant de piler. Il coupa le moteur et se tourna sur l'amnésique.

— J'ai bien réfléchi, reprit Thomas. J'ai désormais deux nouvelles hypothèses, qui pourraient expliquer l'indication sur le plan des constellations.

— Eh bien, je crois que nous t'écoutons, annonça ironiquement Sébastien.

— Cette chose qui s'est attaquée à Carine. On a pu constater que visiblement, nos ressources l'intéressent.

— C'est une éventualité. Et ?

— Je me demande si ce ne serait pas elle qui aurait inscrit cette indication sur la carte. Je n'ai aucune idée de quand ni comment ce serait possible, mais... je suppose que technologiquement, ça l'est.

Arnaud eut soudain un frisson.

— Waouh. Foncer droit dans un piège tendu par un extraterrestre, ça me dit moyen. Au-delà de comment cette chose aurait pu faire ça, j'espère que ta seconde réflexion sera un peu plus joyeuse.

— Je ne crois pas, répliqua Thomas. Je suis même persuadé qu'elle va semer la zizanie plus qu'autre chose.

— Dans ce cas, tu es sûr que tu veux bel et bien nous l'exposer ? s'inquiéta Sébastien.

— Dans mes souvenirs, il avait été évoqué le fait que nous devions nous faire confiance et tout nous dire, n'est-ce pas ? rajouta Florence.

Thomas tiqua en repensant au torse probablement métallique de Carine, et dont il n'avait parlé à personne. Il leur avait menti, dès le début, et malgré ses promesses, il continuait à le faire.

— Affirmatif, c'est ce que nous nous sommes dit.

— Dans ce cas...

Thomas inspira longuement, avant d'annoncer :

— Nous devons considérer la possibilité que ce soit l'un d'entre vous qui ait tracé cette indication sur la carte.

— Pardon ? s'exclama Sébastien.

— Je vais tâcher d'être plus clair. Il se peut que toi ou Florence soyez le traître évoqué par la voix.

Chapitre 25 - Florence

Un peu plus tôt dans l'histoire... quelque part sur terre.

— OK, Florence. Donc, petit rappel de la scène à venir. Tu as appris via ta meilleure amie que ton mari t'avait trompée sans que tu l'aies vu. Tu l'as ?

— Tu dis ça parce que mon personnage est aveugle, c'est ça ? répondit l'actrice, qu'on était en train de maquiller.

— Exactement.

— C'était une blague, parfois, ton sens de l'humour est désopilant...

— Les metteurs en scène le sont souvent. Et donc, au niveau de la scène, tu le sermonnes, avant de le menacer de ton pistolet que tu as réussi à trouver dans ses affaires. N'oublie pas, tu es autant en colère que tu es triste.

— J'ai toujours du mal à m'imaginer pouvoir viser quelqu'un avec une arme alors que je suis aveugle...

— Base-toi sur tes quatre sens restants ! Je sais que c'est l'une de tes premières scènes que tu fais dans la peau d'un personnage qui n'y voit rien, mais il faut que tu réussisses à sentir sa présence, à travers le son, le frémissement de l'air...

Florence balança devant elle la tablette sur laquelle son script était écrit et soupira :

— J'ai déjà demandé à des aveugles comment ils pouvaient faire pour vivre, se déplacer, interagir sans rien voir. Je leur ai aussi décrit la scène, ils m'ont tous ri au nez quand j'ai dit que j'avais un rôle dans lequel je devais tuer quelqu'un en le visant avec une arme.

— Je comprends. Après, n'oublie pas que c'est du cinéma, hein. Tout n'est pas obligatoirement vrai, lorsque tu fais un film, de surcroît de science-fiction.

— D'accord, mais bon... un minimum de crédibilité c'est quand même la moindre des choses...

— Rassure-toi. Je sais que tu es nouvelle dans le milieu, mais en post-prod, on insistera sur le son, le bruit du parquet qui grince. La caméra se focalisera sur tes oreilles et surtout ton regard et tes yeux fixant le vide. À ce propos, n'oublie pas de mettre tes lentilles. Pour le texte, c'est bon, tu es au point ?

— Cette question, j'ai tout enregistré en mémoire, répondit Florence en montrant l'arrière de son crâne.

— Ah, ton fameux gadget... répliqua le metteur en scène.

— C'est un peu plus que ça... En plus, il m'a coûté un bras, donc soit respectueux envers lui, s'il te plaît, répondit Florence.

— Je te rappelle qu'il n'est légalement pas autorisé.

— Ce modèle-ci, débridé, et indétectable, non. Je le sais bien... Après, il y a un flou juridique sur le sujet. Mais tu es en effet prié de garder le silence à ce sujet.

— Tu me prends vraiment pour une balance ? dit-il en jetant un rapide coup d'œil à la maquilleuse. Enfin, je note que pour quelqu'un qui veut se la jouer discret, tu t'en vantes quand même assez régulièrement en public.

— En attendant, ce « gadget », comme tu l'appelles, est très efficace. D'autant plus lorsqu'il est nécessaire d'apprendre beaucoup de texte en très peu de temps. Là, tu vois, j'ai déjà en tête celui d'un rôle d'espionne informaticienne machiavélique pour mon prochain tournage qui commencera dans un mois. Et je n'ai eu à le lire qu'une fois, il était totalement mémorisé, dans les moindres détails.

— Pratique, en effet, soupira le metteur en scène en sirotant un café.

— Sans parler du jeu d'émotion que ça m'a permis de gagner.

— C'est ton point de vue. Après, je ne vais pas te mentir, je sais que d'autres acteurs ont passé le pas, comme toi. Preuve que c'est attirant, je n'en doute pas. Mais personnellement, je trouve cela un peu déconcertant, de laisser ma mémoire et mon jeu d'émotions gérés par un super-processeur dans mon crâne. Je suppose que tu as entendu ce cas du type qui en avait un et que ça a rendu complètement fou ? Combien de gens a-t-il butés autour de lui suite à ce qui n'était censé être qu'un bug d'après le fabricant ?

— Je sais surtout que l'enquête est en cours, et qu'on n'est sûrs de rien pour l'instant... À mon avis, c'est surtout un coup monté des détracteurs du programme. Quand bien même ce serait vrai, c'est un cas sur combien de personnes ? Dix millions ? Peut-être vingt ?

— Mouais... Je n'ai pas les chiffres. En même temps, vu les prix, pour l'instant seule l'élite a les moyens d'investir là-dedans.

— Pour en revenir aux avantages, grâce à cette IA, le QI peut grimper aux alentours de 350 s'il est débridé comme le mien l'est. Et que dire de l'augmentation notable de la concentration ? Juste incroyable, pour être honnête. Tu admettras quand même que de ne tourner la séquence qu'une fois au lieu de parfois une dizaine, voire une vingtaine de fois, ça fait gagner du temps à tout le monde.

— Ça pour le coup, je ne peux pas le nier. Mais bon, ton collègue n'est pas équipé, lui. Il faudra donc probablement faire plusieurs prises.

Le metteur en scène sirota à nouveau son café, avant de demander timidement :

— Ça te dérange si je... regarde ?
— De quoi ?
Il montra sa tête.
— Eh bien, la cicatrice de ton implant.
— Ah, si tu veux, répondit-elle en disposant sa chevelure blonde sur le côté. Mais tu ne verras rien, c'est totalement indétectable de l'extérieur. Même au toucher ou en me faisant une IRM, on ne le verra pas, c'est conçu exprès pour être entièrement invisible. D'où le fait qu'il soit en partie illégal. Il faudrait vraiment me découper le cerveau pour découvrir ce petit boîtier d'un centimètre sur deux.

L'homme l'inspecta, et fut rapidement interpellé par la maquilleuse :

— Désolée, mais… Si vous pouviez éviter de faire ça…
— Pardon, répondit le metteur en scène. Invisible, en effet. Mais… je reste un peu sceptique par rapport à ce genre de modifications bioniques.
— Il faut vivre avec son temps.
— Tu disais que ça t'avait coûté cher ?
— Beaucoup trop. Mais pour l'instant, je ne regrette pas.
— Le problème est toujours le même avec ces nouvelles technologies. Tout a l'air bien beau comme ça, mais sur la durée, on ne sait pas quels pourraient être les débordements potentiels.
— Du genre ?
— Par exemple, le cas de la personne qui est devenue complètement folle dont je viens de te parler à l'instant, et tous les futurs cas qui n'ont pas encore eu lieu, auxquels on n'a pas pensé, et qui peupleront probablement les faits divers de demain.
— Ah ah… Tu me rappelles ces gens qui critiquaient l'arrivée du chemin de fer, de l'électricité, du téléphone, d'Internet et même lorsque l'IA et tout ce qui en a découlé a fait son apparition. Des milliers de métiers ont disparu et autant d'autres sont nés.
— Oui, en même temps, n'oublie pas que ta maquilleuse…

Florence haussa les épaules, avant d'annoncer :

— … Est une humanoïde ? Je sais. Et alors ? Tu n'en serais pas conscient, avoues que tu ne pourrais pas t'en douter tellement l'imitation est bien faite ? Et souviens-toi, pas forcément dans ce cas, mais ça a également permis de libérer pas mal de personnes d'un travail qui était souvent pas très bien payé. Sans parler du fait que ces prototypes peuvent en plus être multitâches. Une personne infatigable qui maquille, puis fait à manger, le ménage, démonte le matériel… Que demander de plus ? Et le meilleur dans tout ça, c'est qu'ils ne sont pas susceptibles, et ne ressentent pas les émotions d'une manière générale. N'est-ce pas ?

— En effet, c'est un défaut que nous n'avons pas, répondit-elle sans la moindre expression.

— On en reparlera quand ils auront remplacé les acteurs comme toi ou les metteurs en scène comme moi.

— Alors là, j'aimerais bien voir ça. Rappelle-toi que toute technologie a ses limites. L'émotion reste quelque chose que l'IA ne sait toujours pas gérer ; or, c'est la base même de notre job. J'en déduis que nous ne craignons rien pour l'instant. Ce n'est pas demain qu'on manipulera mon cerveau pour lui faire faire des trucs sans que j'en sois consciente, je peux te le dire.

— Ce n'est pas tout à fait juste... Regarde, ces auteurs célèbres qui ont tous plus ou moins fait appel à l'IA, les uns après les autres, pour les aider à retravailler leur texte ou leur donner de l'inspiration.

— Et alors ? On ne te l'aurait pas dit, l'aurais-tu vraiment détecté ? C'est parce qu'ils l'ont signalé qu'on s'en est rendu compte. Sans quoi...

L'homme hocha la tête, acceptant le fait qu'elle venait de marquer un point.

— Début du tournage dans trois minutes. Merci de vous préparer, annonça le coordinateur.

La maquilleuse fit une dernière retouche, avant d'estimer :

— C'est bon, vous pouvez y aller. N'oubliez pas vos lentilles.

— Merci, répondit Florence tout en s'équipant, avant de se rendre sur le plateau où son partenaire l'attendait.

Après avoir été placée convenablement, une rapide vérification avec les cadreurs eut lieu ; tout était prêt. Les caméras furent positionnées, les acteurs placés, le preneur de son leva sa perche. Derrière son écran tactile, le réalisateur, accompagné du metteur en scène, fit un signe de la main.

— Silence dans la salle. Trois, deux, un, et action.

Le clap retentit.
Florence se tenait debout, faisant face à l'entrée d'un appartement moderne. Les yeux soudainement plongés dans le vague. La porte s'ouvrit. Son partenaire apparut dans l'encart. Les mains dans le dos, elle annonça sur un ton mélancolique :
— Te voilà, espèce de salopard.
Le comédien répondit d'un air surpris :
— Eh bien, quel accueil ! Je peux savoir ce qui me vaut une telle réception ?
— Marie. Elle m'a tout raconté.
— Tout raconté ? Mais encore ?
— Je connais le nom de la petite pute que tu baises tous les lundis soir. Camille.
Le visage de l'acteur se figea soudain.
— Allons... pourquoi dis-tu cela ? Tu sais très bien que je ne te trompe pas, chérie, je t'aime, et...
— Tais-toi ! répliqua Florence en pointant soudain l'arme qu'elle tenait dans son dos en direction de son partenaire. Tais-toi ! commença-t-elle à sangloter. Tu n'es qu'un menteur. Qu'un sale menteur. N'aggrave pas ton cas, ton compte est bon.
— Oh là, chérie... Que fais-tu avec ce revolver ? Qui te l'a donné ?
Il se déplaça furtivement sur le côté, espérant échapper à l'attention de sa femme. Mais une lame de parquet craqua subitement, ce qui fit immédiatement changer l'angle de tir de Florence, qui le visa de nouveau.
— Tais-toi ! Mais tais-toi donc, espèce d'ordure... Et d'ailleurs, pour ta gouverne, ce n'est pas un revolver, mais un pistolet, un 9 mm pour être précise. Dire que je t'ai fait confiance tout ce temps... Toutes ces soirées tardives avec les prétendus collègues de ta boîte...
— Allons, tu sais très bien que c'est faux, répliqua son partenaire. Marie a inventé tout ça, elle est jalouse de nous, voilà tout. Il n'y a rien

entre Camille et moi. C'est juste qu'elle a des problèmes en ce moment. Allez, pose cette arme, bébé, et discutons.

Florence tira en arrière la glissière de son pistolet en tremblant, afin de faire monter la première cartouche de son chargeur dans le canon, tout en continuant de viser son mari, qui se déplaçait pourtant à pas de chat, prenant garde de rester à bonne distance.

— Je te hais ! hurla-t-elle en sanglotant. Tu as foutu ma vie en l'air. Tu le sais, ça ?

— Allons, chérie, lâche cette arme. Tu ne penses pas faire feu ? Quand même pas ?

Florence déglutit et posa son doigt sur la queue de détente. Le comédien avait fait quelques pas sur le côté, échappant à l'attention de l'actrice, qui fixait désormais le vide.

— Pourquoi ? Pourquoi ne m'as-tu rien dit ? Réponds-moi ! s'agaça Florence. Pourquoi ne m'as-tu pas avoué que tu ne voulais plus de moi et que tu préférais te taper cette petite pute ?

Une nouvelle fois, le plancher craqua, ce qui fit instinctivement viser Florence dans la direction de son partenaire, qui avait saisi une bouteille de bière par le goulot, prêt à l'assommer.

— Détends-toi, chérie... Je vais tout t'expliquer...

— Je t'écoute...

— Ce... Ce n'est pas ce que tu crois... Je ne l'aime pas, c'est... purement physique.

— Tu avoues, sale monstre, sanglota de plus belle Florence. Tu avoues donc que tu es une espèce de pervers, obsédé par la baise. C'est tout ce que tu es...

— Non, pas du tout... C'est... une erreur de parcours tout au plus...

— C'est la dernière fois que tu la commets avec moi.

— Chérie... Tu ne penses pas sérieusement faire feu ?

— Tu ne m'en crois pas capable ?

— Allons... réfléchis... Si tu tires, ce que tu ne me feras pas, quelles sont tes chances de me viser ? Elles sont nulles. Tu es aveugle, au cas où tu l'aurais oublié. Par contre, c'est la prison qui t'attend, pour tentative d'homicide involontaire... Tout ça pour quoi ? Une petite partie de sexe ?

Les larmes coulaient sur les joues de Florence, dont les bras tendus vers l'acteur tremblaient de plus en plus.

— Adieu, annonça-t-elle.

— Non, tu ne feras rien du tout !

Il lui sauta dessus en tenant sa bouteille, mais trop tard. Florence tira, avant d'être aspergée de sang. Le corps du comédien fut projeté en arrière sous la puissance du coup de feu qu'elle venait de faire à bout portant. À terre, Florence distingua un trou dans la tête de son partenaire, qui commençait à se vider. Elle lâcha immédiatement son pistolet et posa sa main sur sa bouche pour se retenir de hurler. Tout autour d'elle, les cris s'étaient multipliés, portés par des rumeurs de plus en plus fortes.

— Coupez, coupez ! scanda le metteur en scène. Appelez une ambulance ! Et le responsable des armes à feu !

Florence, tremblante, s'écroula à genoux, avant de murmurer :

— À quoi bon ? Je l'ai tué. Il est mort.

Chapitre 26 – Un stock de réserve d'énergie (12)

— Arnaud… Aide-moi à descendre, murmura Florence.

Mais Arnaud n'entendait pas, trop abasourdi par la déclaration inattendue autant qu'improbable que venait de faire Thomas.

— Arnaud ! hurla tout à coup l'aveugle.

— Je… Oui ? répondit son coéquipier, assez étonné de ce soudain changement de ton.

— Tu peux m'aider à descendre de la Jeep, s'il te plaît.

— Mais… pourquoi ça ?

— Aide-moi, c'est tout ce que je te demande.

Sébastien observait Thomas, son copilote, qui avait le regard perdu au loin, conscient du pavé dans la mare qu'il venait de lancer.

— C'est une idée intéressante, annonça calmement le militaire. Elle va beaucoup nous aider.

L'aveugle, assistée par Arnaud, descendit du véhicule et s'en éloigna prudemment, avant de déclarer :

— Puisque Thomas pense que je suis une traîtresse, sans parler du fait que les ressources sont désormais comptées, je préfère partir de mon côté. En espérant que mon sacrifice vous fasse comprendre que je n'avais pas pour vocation de vous trahir de quelque manière que ce soit. Adieu.

Thomas soupira, avant d'être surpris par le démarrage en trombe de Sébastien.

— Hey ! Mais ! Que fais-tu ?

— Je nous sauve les miches ! Elle nous retardait depuis le début, sans parler du fait que nous sommes dorénavant plus que limités au niveau des ressources. Bien joué, le coup de la traîtrise !

Thomas hésita, tandis qu'Arnaud s'était retourné et observait Florence disparaître au loin :

— Tu es sûr de toi ? demanda-t-il

— Demi-tour, ordonna Thomas.
— Pardon ?
— Fais demi-tour ! Tout de suite ! Tu es sourd ou quoi ?
— Négatif ! Et je n'aime pas le ton que tu prends pour me parler.

Thomas, qui n'avait pas vu le noir de la pupille du militaire grignoter petit à petit l'iris marron de son hôte, dégaina son calibre 9 mm et le lui colla sur le casque.

— Tu vas retourner chercher Florence. Immédiatement. C'est plus clair comme ça ? répondit-il avec fermeté.

Sébastien, toujours pied au plancher, observa brièvement Thomas et lui demanda :
— Sinon quoi ? Tu vas me buter, c'est ça ?
— C'est possible.
— Je pense que tu n'en seras pas capable. Il faut des couilles pour tuer quelqu'un. Ce n'est pas à la portée de tout le monde.
— Dernière sommation, après quoi…

Le militaire accéléra pour toute réponse. Thomas, agacé par ce comportement, hésita, avant de lever son bras pour tirer en l'air. Sébastien l'observa, mais au moment d'appuyer sur la queue de détente, rien ne se produisit. Étonné, l'amnésique essaya une deuxième fois sans plus de résultat.

— On dirait que tu as besoin d'un mode d'emploi, dit Sébastien, un rictus au coin de la lèvre.

Ce comportement hautain fit hurler de rage Thomas, qui lui sauta dessus. Surpris par cette attaque soudaine, Sébastien ne put résister, et après avoir vainement tenté de lutter, il finit par tomber de la Jeep. Thomas s'improvisa alors pilote et fit demi-tour en prenant soin à cause de la grande vitesse de ne pas faire basculer le véhicule sur le côté.

— Mais bordel, tu fais quoi là ? demanda Arnaud, stupéfait par cette altercation.
— Je sauve une innocente.

À son tour, il mit le pied au plancher et rattrapa rapidement la piste par laquelle ils étaient venus.

— Je n'y comprends rien… Tu n'avais pas dit qu'il y avait potentiellement un traître, et que cela pouvait être…

— Si. Mais la seule chose dont je sois à peu près sûr, le coupa Thomas, c'est que son comportement n'a rien de celui d'une personne qui chercherait à nous trahir. S'il y a encore un traître parmi nous, ce n'est très clairement pas elle.

— Va te faire foutre, répliqua par radio interposée Sébastien, qu'il venait de dépasser.

— Que comptes-tu faire dans ce cas ?

— Déjà, je vais tenter de rattraper la connerie que je viens de commettre. Florence, Florence, tu nous reçois ? On arrive.

Rapidement, ils virent la silhouette de la jeune femme. Elle n'avait pas cherché à s'aventurer plus loin vers l'inconnu, et se tenait là où elle était descendue de la Jeep, assise, en train de pleurer dans son casque.

Thomas arrêta le véhicule à quelques mètres d'elle et sauta par terre. Florence leva les yeux dans sa direction, ce qui l'étonna.

— Je suis désolé, Florence, lui dit-il, tout penaud.

— Pourquoi es-tu revenu ? Je ne suis plus une traîtresse selon toi ?

— On dirait bien que non.

— Tu changes rapidement d'avis, je trouve…

Thomas haussa les épaules :

— Je… Je voulais vous tester, toi et Sébastien. Afin d'être sûr. Nous ne sommes plus que quatre, et cette histoire de carte qui change et de traître potentiel me rend nerveux.

— S'il n'y avait que ça, soupira Arnaud.

— Dans ce cas, si ce n'est pas moi, c'est donc qu'il s'agit de Sébastien ?

— Ou de personne. Je ne sais pas, je n'ai aucune certitude le concernant. C'était peut-être Carine ou Isabelle.

— Mais c'est bien lui qui a cherché à m'abandonner ici, non ?

Thomas regarda dans la direction de Sébastien, qui faisait de petits bonds pour rejoindre la Jeep à l'arrêt. Il était encore trop loin pour entendre la conversation.

— C'est une hypothèse. Après, Sébastien a un cerveau très reptilien, son côté militaire le pousse à penser à la survie avant tout, bien plus que nous. Je suppose que c'est la raison pour laquelle il a fait ça.

— Mais... tu as bien vu qu'il est parti dès que j'ai posé le pied par terre, non ?

— Peu de temps après, c'est vrai.

— Mais lui par contre... tu ne le considères pas comme un traître ?

Thomas hésita, se sentant pris au piège à son propre jeu :

— Écoute, Florence, il fallait que je fasse ce test. J'ai peut-être eu tort, ou pas. Dans tous les cas, il est fait. À travers vos comportements, j'ai eu les réponses à mes questions. Tournons la page, si tu le veux bien, d'accord ?

— Ah non ! C'est un peu trop facile, s'offusqua soudain l'aveugle en faisant un pas de recul. Parce que moi aussi, j'ai le droit d'avoir des doutes. Et si c'était justement toi, le traître ?

— Pardon ?

— Toi qui nous as raconté tout ignorer de ton passé, mais qui sais tout de la survie dans l'espace, toi qui es le seul à avoir les capacités pour lire cette satanée carte des constellations ? Et si... Et si depuis le début, c'était tout simplement toi qui nous menais en bateau ? Ton comportement laisse à penser que... c'est toi le traître.

Thomas l'observa, surpris par ce soudain retournement de situation.

— Dis-nous qui tu es, Thomas, je sens bien que tu es différent de nous, et ce, dès le premier instant où tu m'as adressé la parole.

— Je... Non, enfin, je veux dire, je vous ai conduits au second module lunaire... Et...

— C'est faux, j'ai cru comprendre que nous n'avions fait que suivre des traces de pneus par terre, je me trompe ?

Arnaud descendit de la Jeep et s'avança vers le duo.

— Écoute, Florence, pour moi, il n'y a pas de traître dans l'équipe. Ni toi, ni Thomas, ni Sébastien, ni personne. Si, et je dis bien *s'il* y en avait eu un, ça devait être Carine. Elle a eu ce qu'elle méritait. Maintenant, nous allons tous calmement remonter dans le véhicule, et nous serrer les coudes. Et sans trop tarder, car le temps nous est compté.

— Je... Je ne sais pas, répliqua Florence.

Thomas s'avança doucement vers elle et lui tendit la main avant d'être projeté au sol par Sébastien qu'il n'avait pas vu arriver derrière lui.

— Tu apprendras qu'on ne se débarrasse pas aussi facilement de moi.

Le militaire tambourinait avec un énorme morceau de roche sur le casque de Thomas, qui peinait à le repousser.

— Arrête ! Tu es fou !

— C'est ce qu'on va voir ! cria Sébastien, avant qu'Arnaud ne l'attrape par-derrière et parvienne à les séparer.

Thomas se releva aussitôt et tout en se tenant à bonne distance, il chercha à parlementer.

— Écoute-moi, répliqua Thomas. Calme-toi, je t'aurais récupéré au retour. Je te l'assure.

— Ah oui ? Et qu'est-ce qui me le prouve ?

— Tu sais bien que je ne peux pas répondre à cette question...

— Après tout, tu crois que je suis un traître, c'est bien ce que tu as dit ? Alors pourquoi n'aurais-tu pas voulu te débarrasser de moi comme je l'ai fait pour Florence ?

— Stop ! C'est bon ! J'ai eu une intuition, celle-ci était mauvaise ! Cela arrive à tout le monde de se tromper, non ?

Florence rajouta :

— C'est facile de dire ça lorsque c'est toi qui lances les accusations.
— De toute façon, c'en est fini de toi. Je vais te tuer. Comme ça, tu ne nous trahiras plus. Et d'ailleurs...

Le militaire chercha son arme à sa ceinture et se rendit compte qu'il ne l'avait plus. Il regarda par terre, avant de se retourner et de lever les mains.

— Eh merde, jura-t-il.

Arnaud le tenait en joue avec les deux 9 mm qui étaient tombés durant l'altercation.

— OK. Maintenant que j'ai votre attention, on va tous se calmer, après quoi on va tous remonter dans cette Jeep et se tirer d'ici.

— Que se passe-t-il ? demanda Florence.

— Arnaud a ramassé les deux pistolets, répondit Thomas en retirant la poussière sur sa combinaison. Et il nous tient en joue. Ou alors, il vise Sébastien, je ne suis pas sûr...

— Ce serait donc lui le traître ?

— Mais non... Arrêtez un peu avec ça, soupira Arnaud.

Le militaire demanda alors :

— OK. Et maintenant, on fait quoi ?

— Vous deux, vous allez faire la paix. Pas forcément une trêve définitive, mais au moins provisoire, le temps qu'on soit hors de danger. Vous vous entretuerez dès lors qu'on sera tous en sécurité.

— Sinon quoi ? répliqua Sébastien.

— Je vous abandonne tous les deux, et je pars avec Florence.

Tandis que Sébastien hésitait, Thomas vint vers lui, la main tendue, en le regardant droit dans les yeux :

— Je comprends ton comportement. Tu m'en voulais, il y avait de quoi. Passons à la suite, OK ?

Le militaire grogna en la lui serrant en retour.

— Bon, voilà qui est mieux, s'exclama Arnaud, qui rengaina. On va pouvoir continuer à essayer de survivre, entre gens bien élevés. Florence, on va t'aider à remonter. C'est moi qui prends le volant ce coup-ci. Thomas sera mon copilote.

Quelques minutes passèrent, le temps que tout le monde se réinstalle. Après avoir fait une ultime vérification des niveaux de réserves, nécessitant d'utiliser les dernières piles permettant d'avoir une température acceptable à l'intérieur des combinaisons, Arnaud alluma le moteur.

— Encore cette impression de déjà-vu, murmura-t-il. Bref. C'est par où ?

— Il y a toujours deux possibilités. La croix actuellement dessinée sur la carte, ou celle qui l'était avant que nous allions chercher le conteneur.

— On est d'accord qu'ils sont totalement opposés, demanda Arnaud.

— Effectivement.

Arnaud sortit sa boussole de sa poche et ironisa :

— Et dire qu'on ne peut même pas utiliser ça pour se guider…

— Ah ! C'est toi qui l'avais ? s'exclama Thomas. Je pensais qu'on l'avait laissée dans le précédent module !

— Oui, je l'avais récupérée. Pourquoi ça ?

— Je… Pour rien. En fait, j'ai l'intuition qu'une partie de la solution à notre situation est dans cet objet.

Sébastien répliqua :

— En même temps, niveau intuition, ce n'est pas vraiment un domaine dans lequel tu excelles…

Arnaud reprit :

— Et donc, par rapport aux constellations, visuellement, vers où devrions-nous nous aller dans les deux cas ?

Thomas observa le ciel, avant de montrer du doigt un endroit sur la gauche du véhicule :

— Pour la direction la plus récente, il faudrait rouler par là, à 11 heures environ.
— OK. Et pour le précédent point dont tu te souviens ?
L'amnésique fit le même exercice, et hésita plusieurs fois avant d'indiquer :
— Initialement, nous devions nous rendre à 3 heures. Soit légèrement sur la droite.
— Heu... Tu es sûr de toi ? s'interrogea Arnaud.
— Certain. Malheureusement.
Un ange passa soudain. Florence, agacée de ne pas saisir la raison de ce silence, demanda :
— Quel est le problème avec cette direction ?
— La zone qu'indique Thomas, celle dont il a le souvenir. C'est l'endroit qu'on a cherché à fuir tout à l'heure.
— Ah, la zone non éclairée de la lune, c'est bien ça ?
— Exactement.
— Je comprends mieux pourquoi cela prête à la réflexion.
— De toute façon, rajouta Thomas, vu le niveau de recharge de la Jeep, on risque de ne plus avoir d'air avant de tomber en rade. Ce qui nous permettrait, contrairement à tout à l'heure, de nous avancer plus profondément dans l'ombre. Où l'on trouvera peut-être quelque chose.
Thomas soupira, se sentant aussi perplexe que ses trois autres coéquipiers.
— Alors ? Que fait-on ? insista-t-il.
Florence proposa :
— Cette zone est la plus dangereuse de ce que vous avez dit. Je suppose donc que c'est celle-ci qu'on ne devrait pas choisir. Si l'on suit le raisonnement de Sébastien, et que nous sommes dans une espèce de jeu ou je ne sais quoi, c'est là qu'il faudrait se diriger, ce qui était initialement le cas, si je ne m'abuse, non ?

— Mais dans ce cas... pourquoi l'indication aurait-elle changé ? s'interrogea Arnaud.
— Et si c'était la chose qui était derrière ça, pour nous faire tomber dans un piège ?
— Je n'ai pas la réponse à tout, malheureusement, annonça Thomas.
— Le temps presse, répliqua Sébastien. Que ceux qui sont OK pour qu'on prenne le chemin vers la zone non éclairée du soleil lèvent la main.

Florence fut la première à s'exécuter, rapidement suivie par Thomas. Arnaud hésita avant d'imiter ses coéquipiers. Sans dire un mot, il démarra et se dirigea légèrement sur la droite, comme l'avait initialement indiqué Thomas.

Peu confiant de leur décision, ils continuèrent ainsi leur route, sans se douter qu'au loin, l'étrange chose aux pieds en Y, qui les observait depuis quelques minutes, s'était aussitôt mise à leur poursuite.

Chapitre 27 - L'émetteur-récepteur (13)

Cela faisait maintenant un peu plus de trois heures qu'ils roulaient, lorsqu'ils arrivèrent au centre d'un énorme cratère s'étendant à perte de vue.

— Arrête-toi, dit Thomas.

— C'est ici ? demanda Arnaud.

Le copilote hocha la tête.

— Par rapport au positionnement des étoiles, et le souvenir que j'ai de l'indication qu'il y avait sur la carte, alors oui, on ne doit pas être loin.

Le pilote coupa le véhicule et pesta en constatant que la jauge d'énergie n'était plus qu'à 8 %.

— On a beaucoup consommé pour venir jusqu'ici… Tu es vraiment certain que c'était bel et bien ici même ?

— Je le répète, c'est compliqué d'être précis lorsque tu te bases uniquement sur les emplacements des constellations. La fois précédente c'était différent, car il y avait des traces qu'on avait pu suivre, et ORION est apparu presque par miracle. Donc, ça doit être entre ici et… peut-être cinq kilomètres à la ronde.

Sébastien descendit et regarda aux alentours.

— Dans tous les cas, je ne sais pas vous, mais moi en tout cas, je ne vois aucun module ou la moindre fusée mère…

— Merci pour ton analyse, Sébastien, répliqua Thomas. On n'avait pas remarqué que c'était totalement désert.

Le militaire jeta un coup d'œil à sa tablette et éteignit une alarme qui venait soudainement de s'allumer :

— Eh merde. Moins de 10 % de réserve énergétique, et je ne parle pas de l'eau et de l'air. En gros, il doit me rester pas loin de trente minutes avant de bouillir dans ma combinaison tout en étouffant. Sachant qu'on a plus du tout de réserves… Alors, Einstein, on fait quoi ?

Thomas regarda son niveau, avant de soupirer à son tour :
— Je ne sais pas. On continue d'espérer.
— On continue d'espérer… Super. Tu penses que ça va nous permettre de survivre de faire ça ? Dire qu'on aurait pu suivre l'autre indication, la plus récente, et qu'on serait sûrement déjà dans la fusée mère…
— Ça va, Sébastien, il fallait faire un choix. Je ne l'ai imposé à personne, on a tous voté pour prendre cette direction, non ?
— Peu importe ce qu'on a fait. Garde en tête que si je meurs dans la prochaine demi-heure, je ne partirai pas tout seul, répondit-il en montrant ses deux armes, qu'il avait récupérées.
— Ce n'est pas toi qui les avais ? demanda Thomas.
— Eh merde… soupira Arnaud. Il me les a volées…
— J'ai des talents cachés, répliqua Sébastien. Enfin, peu importe. Vous avez un peu moins de trente minutes pour trouver une solution. Sinon, je vous bute tous, avant de me donner la mort.

Thomas repensa à la séquence durant laquelle il avait tenté de tirer en l'air, sans y parvenir. Personne n'ayant en tête ce moment, il préféra ne pas remettre ce sujet sur le tapis.
— On va bien trouver quelque chose.
— Où sommes-nous ? demanda Florence.

Thomas descendit, et fit quelques pas.
— Au beau milieu d'un cratère, qui doit faire une dizaine de kilomètres de large. Il doit être là depuis longtemps, car lorsque nous avons franchi sa crête, la pente était relativement faible. Et à perte de vue, pas grand-chose. Il y a bien quelques collines que l'on distingue, en face de nous. Et c'est à peu près tout.
— Donc… aucun signe de vie ?
— Non, répliqua l'amnésique en prenant une poignée de sable lunaire, qu'il s'amusa à filtrer entre ses doigts. Si la mort devait se résumer à un panorama à la fois beau et terrifiant, ce serait précisément ici.

— J'en conclus… que nos chances de survie sont plutôt minces ?
— C'est l'idée, en effet, bougonna Sébastien. *Inexistantes* serait le terme plus exact, selon moi.
— Quelqu'un pourrait-il me donner le niveau de mes réserves ?
Arnaud s'y attela avant de lui annoncer :
— Tu as encore environ une petite heure d'autonomie, énergie, eau et air confondus.
— Et… ce qu'il restait dans le conteneur ?
— Comme l'a dit Sébastien, on l'a totalement vidé il y a trois heures de cela, répondit Arnaud. Suite à l'altercation, quand j'ai repris le volant.
Florence hocha la tête.
— Et… n'aviez-vous pas parlé de la face cachée de la lune ?
Thomas se releva et chercha au loin quelque chose, qu'il ne tarda pas à identifier.
— La frontière est juste ici, montra-t-il du doigt. Elle coupe une partie du cratère et sépare les collines que l'on voit là-bas.
— Est-elle loin ?
— Un à deux kilomètres environ.
Florence réfléchit un instant, avant de reprendre :
— N'avais-tu pas dit que l'emplacement que nous indiquait la carte se situait du côté non éclairé de la lune ?
— Je crois me souvenir d'avoir précisé qu'on devrait sûrement s'en rapprocher, ou se diriger vers cette frontière, en effet.
— Il est d'ailleurs plus prudent de ne pas franchir ce point, d'autant plus si l'on veut continuer à rouler, rajouta Arnaud.
Sébastien observa un instant cette ligne de démarcation entre la zone éclairée et sombre de la lune qu'il n'avait initialement pas remarquée.
— Combien de pourcentage reste-t-il à la Jeep ?
Arnaud répondit :
— 8 %.

— Donc techniquement... on sera morts avant que la voiture tombe en panne.

— C'est statistiquement probable, oui.

Thomas soupira.

— Je sais qu'il est important de garder espoir, mais là... J'avoue que je n'ai aucune idée de ce qu'il faudrait dire ou faire.

Sébastien regarda le groupe, et s'éloigna de la Jeep.

— Trente minutes. Trente minutes à continuer à vous entendre vous plaindre, avant d'avoir vidé mes réserves, annonça Sébastien. Je crois qu'en réalité, c'est le pire supplice qu'il soit. Tout bien réfléchi, je crois que je préfère mourir en paix. Loin de la bande d'idiots que vous êtes. Adieu.

Lentement mais sûrement, il se dirigea vers les petites collines séparées par la frontière lumineuse du soleil.

Thomas le regarda partir, sans dire le moindre mot.

— Peux-tu me redonner la boussole, Arnaud ?

— Tu crois encore qu'il y a la réponse à nos questions dedans ? Tiens, la voilà.

— Je ne sais pas... Mais au point où l'on en est...

Florence demanda soudain :

— Donc, personne ne cherche à convaincre Sébastien ?

— À quoi bon... répliqua Arnaud.

— Sur le principe, reprit Thomas, l'utilisation d'une de ses armes nous aurait probablement permis d'éviter une trop longue agonie. Mais avant d'en arriver là, je doute qu'on ait réussi à trouver les mots justes pour le persuader de rester.

— Il peut encore nous entendre à cette distance ? continua l'aveugle.

Thomas vit Sébastien faire un doigt d'honneur pour toute réponse.

— Non, je ne crois pas.

— Ah... Bon. C'est triste que ça se termine comme ça... Pour lui et pour nous. Combien de temps nous reste-t-il avant d'être à court ?

Arnaud observa la tablette à l'avant-bras de Florence, avant de reprendre :

— Je viens de découvrir qu'il y avait un mode économie d'énergie sur ta combinaison, il est enclenché. De ce que j'en crois, tu vas perdre quelques fonctionnalités, mais rien d'essentiel. Et niveau air... il te reste environ 10 %. Une petite heure, peut-être moins.

— Au moins, je ne mourrai pas de chaud avant d'étouffer, c'est déjà ça.

— Bien vu, l'économie d'énergie, dit Thomas en faisant la manipulation sur sa tablette. Tout ce qui pourrait nous permettre de gagner du temps est bon à prendre.

Les minutes passaient, de plus en plus rapidement. Tout le monde semblant résigné et prêt à accepter le sordide destin qui les attendait. Au loin, Sébastien avait quasiment fini son ascension sur les collines à l'horizon.

— C'est étrange que personne ne se soit posé la question sur cette chose, commença Thomas.

— Laquelle ? demanda Arnaud.

— Est-elle un être biologique ou non ?

— Ce serait quoi si elle ne l'était pas ?

— Robotisée ? J'ai bien vu une armure, mais pas de masque ou un quelconque artifice lui permettant de respirer, ce qui est tout à fait impossible pour un organisme vivant. Sauf s'il s'agit d'une chose mécanique. Et si c'est le cas...

— Il faudrait se demander qui le commande, c'est ça ?

— Exactement. Peut-être ceux qui nous ont fait venir dans ANTARES ?

Il soupira, avant de reprendre :

— J'ai bien peur qu'on n'ait jamais la réponse à cette question.

— Je peine à croire qu'on va vraiment rester là, sans rien faire, reprit Arnaud. Ne subsiste-t-il réellement aucun espoir ?

— Je suis un peu comme toi, confirma Thomas, qui observait la boussole sous toutes ses coutures. Mais pour être honnête... tout de suite... je dois bien admettre que je n'ai plus d'idée.

— Il y a encore un peu d'énergie dans la Jeep... Ne pourrait-on pas explorer les alentours, pour tenter de trouver quelque chose ? proposa Florence.

— Oui, je suis d'accord, valida Arnaud.

— Pourquoi pas, abdiqua Thomas. On commence par où ?

Personne ne répondit à sa demande.

— OK. Je vois qu'on a tous le même niveau de désespoir ? ironisa-t-il.

— Et ce foutu émetteur qui ne bipe pas, répliqua Arnaud en jetant un coup d'œil au gros boîtier électronique à côté de Florence. Mais... Mais !

Il appuya sur un bouton en annonçant, étonné :

— Attendez... quelqu'un d'entre vous aurait-il éteint l'émetteur-récepteur ?

— Non, pas moi, répondit Thomas.

— Et moi... Je... J'en aurais bien été incapable.

Thomas observa Sébastien au loin qui s'était hissé par-delà les petites collines. Il avait atteint le sommet et faisait de grands signes dans leur direction.

— Vous avez vu ? On dirait que Sébastien a trouvé quelque chose.

— Attends un instant... Putain, l'émetteur... il était éteint. Je viens de le rallumer... Bon, on dirait bien que... regardez !

Un bip lumineux apparut soudain au niveau de l'écran.

— Il y a un signal !

Thomas sauta à l'arrière du véhicule pour constater de ses propres yeux ce qu'il peinait à croire.

— Bon sang, mais c'est que tu as raison... Il semble proche au vu de la rapidité du clignotement...

— C'est dans la zone ombragée visiblement ?

— Probablement, si l'on en juge par la géographie des lieux. À moins de cinq kilomètres, a priori.
— C'est peut-être ce qu'a trouvé Sébastien qui nous fait de grands signes de là-haut ?
— Vite, il n'y a pas un instant à perdre.
Une fois Thomas installé à l'avant, Arnaud démarra en trombe. Il ne prit pas le temps de ralentir au moment de franchir la petite crête du cratère, ce qui fit bondir tout le monde.
— Désolé, s'excusa-t-il.
Il avala la montée de la colline en un clin d'œil et arriva jusqu'à Sébastien, qui les attendait de pied ferme, stupéfait par ce qu'il venait de découvrir.
Arnaud coupa le moteur et suivi par Thomas, ils descendirent tous les deux :
— Oh, bordel…
Florence leur réclama alors :
— Excusez-moi, mais une fois de plus, serait-il trop vous demander de me décrire ce que vous voyez ?
— C'est bien ce que je crois ? soupira Thomas.
— On dirait bien, répliqua le militaire.
— Combien y en a-t-il ?
— Assez pour alimenter une ville. On ne doit pas être loin de ce que l'on recherche.

Chapitre 28 – Le champ de panneaux solaires

— Je… Vous m'entendez ou j'ai un problème de micro ? rajouta Florence, agacée que personne ne lui ait répondu.

— Des panneaux solaires. Il y en a tout un champ, à perte de vue, répliqua Thomas.

— Ah, bonne nouvelle ! Cela signifie probablement qu'on ne doit pas être loin de quelque chose nécessitant pas mal d'énergie, je suppose ?

— En effet, Florence. Et à en croire les gros embranchements qui partent d'ici et qui semblent se plonger dans l'obscurité en bas de cette colline, on dirait bien que ce que nous recherchons est tout proche, dans la zone non éclairée de la lune.

— Dépêchons-nous, rajouta Sébastien en montant dans le Rover. Il ne nous reste pas beaucoup de temps. Suivons ce tuyau, qui doit probablement transporter l'électricité pas loin.

Arnaud prit le volant et Thomas s'installa à l'arrière, à côté de Florence et de l'émetteur qui clignotait de plus en plus rapidement. La Jeep démarra en trombe, et dévala rapidement la petite colline en direction de l'azimut désigné.

— Fais attention de ne pas nous faire aller dans le décor… demanda Thomas.

— Je vais faire de mon mieux, répliqua le Arnaud. Mais il ne me reste plus que dix minutes d'air. Un peu moins maintenant. Donc, pardonne-moi d'être pressé…

— C'est un point de vue qui se défend. Fais gaffe quand même.

Une fois la colline dévalée, le véhicule arriva jusqu'à la frontière entre la zone lumineuse et non éclairée de la lune qu'Arnaud franchit sans réfléchir. Il alluma les phares de la Jeep tout en continuant à suivre l'épais tuyau semi-enterré qui s'enfonçait désormais dans la pénombre.

— Heu, c'est normal que seule ma lampe frontale se soit automatiquement mise en marche ? s'étonna Sébastien.
— Ah, oui, soupira Arnaud. J'ai découvert qu'il y avait un mode économie d'énergie permettant de limiter la consommation de certains attributs de la combinaison. Je te conseille de l'activer, si tu ne veux pas mourir de froid une fois que ta pile sera vide.
— Dommage qu'on ne l'ait pas trouvé avant, répondit le militaire.
— Il y a fort à parier qu'il ne soit accessible qu'à partir du moment où l'on est en dessous d'un certain niveau. D'où la réponse à ta question.
Sébastien s'exécuta sans dire le moindre mot.
Tout le monde observait désormais le faisceau lumineux des phares du Rover se perdant dans les ténèbres. Personne n'osait parler tant la tension était palpable.
Thomas essayait vainement de résister à la tentation d'aller vérifier sa réserve d'air. Le mode économie d'énergie ne permettait plus l'analyse des signes vitaux, mais il sentait bien que sa pulsation cardiaque s'était légèrement accélérée, et qu'il commençait à transpirer dans sa combinaison. L'adrénaline se répandait lentement en lui. Sébastien, malgré son entraînement, était dans le même état. Nerveusement, il serrait imperceptiblement la crosse d'une de ses armes accrochées à sa ceinture. Seule Florence restait les yeux perdus dans le vague, comme insensible à ce qui semblait pourtant imminent. Pour chacun d'entre eux, l'air manquerait inévitablement dans les dix prochaines minutes.
De son côté, son regard oscillant entre la tablette et le tuyau émergeant du sol qu'il essayait tant bien que mal de suivre, Arnaud ne s'était pas rendu compte qu'il accélérait de plus en plus. Sébastien fut le premier à voir le fossé vers lequel il fonçait tête baissée, trop tard malheureusement.
— Attention ! Devant toi, on dirait bien que…
Le choc de la Jeep s'enfonçant dans la terre fut violent et projeta les quatre compagnons en dehors du véhicule. La faible gravité aidant, il y

eut plus de peur que de mal. Thomas fut le premier à se relever, et aida immédiatement Florence à se mettre debout.

— Ça va ? Rien de cassé ?

— Je... Je ne sais pas... Que s'est-il passé ?

— Arnaud, visiblement trop pressé d'arriver à destination, a cru bon de rendre inutilisable la Jeep, répliqua Sébastien. Bravo l'artiste.

— C'est bon, bougonna le pilote en se relevant à son tour. Je m'excuse. Qui aurait pu prédire qu'un fossé de cette taille se trouverait ici... Quelqu'un veut bien allumer son phare ? Le Rover étant bousillé, on n'y voit plus grand-chose. Moi je n'ai plus de piles.

Sébastien activa le sien. Il regarda devant lui, avant de se retourner et d'annoncer :

— J'ai bien l'impression qu'on a trouvé ce qu'on cherchait.

— Quoi donc ? demanda Florence.

— Je ne sais pas encore de quoi il s'agit... continua le militaire. Mais ça ressemble à un grand bâtiment, semi-enterré. Comme un gigantesque complexe. Un genre de base spatiale – oui, c'est ça. Probablement qu'il doit y avoir une aire d'alunissage pas loin.

— Bon, si tout le monde va bien, reprit Arnaud, je vous propose de chercher un moyen de rentrer dans ce bâtiment, en espérant qu'il y ait de l'air à l'intérieur. Sans quoi, vous risquez de finir à trois dans les minutes qui viennent.

— Tu as raison, répliqua Thomas. Dépêchons-nous de trouver l'entrée.

Au fur et à mesure qu'ils découvraient plus en détail la structure de la base, Sébastien fut le premier à s'interroger :

— Selon vous... se pourrait-il qu'il s'agisse d'une construction extraterrestre ?

— Je confirme que je n'ai pas souvenir qu'il ait jamais été construit quoi que ce soit sur la lune, expliqua Thomas, ou même un sujet autour d'un quelconque projet de colonisation. Il était envisagé d'y retourner avant d'aller sur Mars, mais ça s'était arrêté là.

— Pareil, répondit Arnaud. Je suppose qu'une mission aussi importante aurait été évoquée dans les médias. Ou alors, j'ai également un trou de mémoire.

— Je crois qu'il serait bon de cogiter sur une donnée qu'on ne maîtrise pas, répliqua l'aveugle, qui tenait fermement le bras de Thomas.

— Laquelle ? lui demanda-t-il.

— Combien de temps sommes-nous restés endormis ou en transit, entre la lune et la terre ?

Personne ne répondit à cette interrogation, mais l'inquiétude que celle-ci avait générée se lisait sur les visages de chacun. La terreur pouvait même se voir dans les yeux de Thomas qui peinait désormais à contrôler des tremblements au niveau des mains.

C'est impossible, pensa-t-il. *Combien de temps aurions-nous été endormis pour que la technologie ait évolué à ce point ?... Non, ça ne peut être vrai.*

Sébastien demanda alors :

— Tu en avais parlé, je crois, mais c'était quoi la théorie autour de la face cachée de la lune, et d'une potentielle base secrète de l'autre côté ?

— Des foutaises, répliqua Thomas. La complosphère adore ces théories… La vérité, c'est que dès Appolo 11, la navette qui devait reprendre Armstrong et Aldrin a fait le tour du satellite pour rester en orbite avant de les récupérer. Et si l'être humain n'a jamais aluni là-bas – en 2019, je crois –, la Chine a envoyé un robot pour explorer cette partie. Mis à part un relief contenant un peu plus de cratères et de montagnes, il n'y avait rien d'extraordinaire, et surtout pas plus de vie que du côté éclairé.

— Si tu le dis…

— Je peine à croire la théorie que tu viens d'évoquer, Florence, répliqua-t-il. Sur la temporalité. Cela ne se peut pas.

Florence soupira avant de reprendre :

— Ah bon ? Si tu en es certain… Dans ce cas, serais-tu capable d'expliquer qui aurait construit cela si ce n'est pas l'être humain ? Des extraterrestres, peut-être ? Ou probablement l'autre chose robotisée que vous avez eu l'opportunité de voir hier, et qui visiblement nous traque depuis qu'on est arrivés ici ?

— Cette chose toute seule aurait conçu ça de toutes pièces ? J'en doute.

— Peut-être qu'il s'agissait juste d'un éclaireur, répliqua Sébastien. Ou qu'ils étaient plusieurs. Du genre, des milliers, peut-être des millions. Ce qu'on n'aurait pas forcément pu détecter en observant les empreintes de pas.

Arnaud annonça soudain :

— Regardez, là… On dirait une entrée !

— Affirmatif, ressemblant fortement au sas par lequel nous sommes sortis d'ORION et d'ANTARES. Dépêchons-nous.

Légèrement en contrebas, une énorme porte se tenait devant eux. Comme pour les précédents modules, un écran tactile était sur le côté, permettant d'en actionner l'ouverture ou la fermeture. Arnaud, après avoir supprimé le mode d'économie d'énergie, ralluma son phare. Il l'observa l'entrée métallique minutieusement, avant d'annoncer :

— Bon Dieu… Là ! Vous avez remarqué ces traces ?

Sébastien éclaira à son tour l'emplacement montré par son coéquipier, et trembla d'angoisse en les découvrant :

— Mais non… Ce n'est pas possible, soupira-t-il.

— Je… Je suis le seul à ne rien voir, visiblement ? demanda Thomas.

— On est deux, répliqua Florence. Mais on finit par s'y habituer à la longue.

— Tu es sérieux ? interrogea Arnaud. Tu ne distingues pas ces marques de griffures ayant profondément creusé dans la paroi supérieure de la porte ?

— Je t'assure que non, répondit Thomas en observant de nouveau.
— Peu importe, ponctua le militaire. Cette bestiole aux pattes en Y doit vraisemblablement connaître l'existence de ce lieu, et a visiblement essayé d'y pénétrer par le passé. Espérons que cela ait échoué.

Thomas haussa les épaules, avant de rajouter :
— Par contre... je ne comprends pas, impossible d'actionner l'ouverture.

Arnaud vint immédiatement le rejoindre :
— Comment ça ?
— Regarde, le système semble différent de l'autre côté, où il n'y avait qu'un bouton à actionner... Là, il y a un pavé numérique, comme s'il fallait saisir un code.
— Un code ? Mais quel code ?
— Si je le savais, nous serions déjà dedans...

L'informaticien tenta plusieurs combinaisons, qui se soldèrent à chaque fois par un échec, ponctué d'une lumière rouge.
— Il doit bien y avoir une solution... Regardez si vous ne voyez pas une caméra, quelque chose qui pourrait permettre que ceux qui sont à l'intérieur nous ouvrent...
— Peut-être qu'ils ne le souhaitent pas, tout simplement ? répliqua Florence.
— Personnellement, je suis trop en stress pour réfléchir, là tout de suite, annonça Arnaud.
— Et ta réserve d'air ? demanda Thomas.
— Oublions ça, quand vous me verrez tomber dans les vapes, ça voudra dire que j'aurai tout cramé.
— Arriver jusqu'ici et être bloqués à cause d'un code... Je n'y crois pas, rajouta Sébastien. Il doit y avoir un indice quelque part, ou une clé pour entrer.
— Regardez ! indiqua tout à coup Arnaud en montrant un élément mural. Une caméra, là. Il y a un point rouge, elle fonctionne. Hey ho !

Sébastien et Thomas la fixèrent sans avoir la moindre réaction.
— Si personne n'ouvre, cela veut probablement dire que nous ne sommes pas les bienvenus, répliqua Thomas.
— À supposer que ce soit bien des humains qui soient à l'intérieur. Ou alors, peut-être qu'il n'y a personne, que les lieux ont été abandonnés ? proposa Florence. Et que tout est automatisé pour fonctionner de manière indépendante ? Ou alors… c'est un bâtiment qui a été fait par une intelligence non humaine…
— Le pavé est numérique, argumenta Thomas, et contient des chiffres arabes… Je doute que les civilisations extraterrestres, à supposer qu'il y en ait, utilisent ce genre de données… Non, ce bâtiment a forcément été érigé par l'homme, c'est certain.
— Reste à définir quand, rajouta Florence.
Arnaud s'assit tout à coup.
— Désolé, mais… je commence à avoir des vertiges. Je préfère me reposer un instant… Si ça peut me faire gagner quelques minutes de répit, le temps que vous découvriez ce fichu code ou la clé nécessaire nous permettant de rentrer…
Tandis que Sébastien continuait d'éclairer la porte en espérant y trouver un autre système d'ouverture, Thomas s'acharnait sur le pavé numérique. Chaque minute qui passait rapprochait un peu plus Arnaud de la mort, sa réserve d'air étant quasiment vide. Ce ne serait pas le premier, il serait rapidement suivi par Sébastien, Florence, puis Thomas.
L'amnésique le regarda longuement, avant d'avoir soudain un éclair de génie :
— Une clé, mais oui, c'est bien sûr !
Il fouilla les poches de sa combinaison, retira la boîte d'allumettes d'une main, avant de trouver ce qu'il cherchait :
— La boussole ! C'est sûrement ça !
— Je ne crois pas avoir vu de chiffres ou de nombres d'inscrits dessus, annonça Arnaud. À part les lettres des quatre points cardinaux…

— Je t'avoue que je suis à court d'idées. Donc... il n'y a plus grand-chose à perdre. Ça se tente.

Thomas alluma à son tour son phare pour l'examiner une nouvelle fois plus minutieusement. En vain.

— Rien. Rien de rien. Et pas même le moindre emplacement pour l'insérer dessus, rajouta-t-il en posant l'objet sur le pavé numérique.

C'est à ce moment précis que l'énorme porte du sas commença à pivoter sur les côtés. Plusieurs lumières s'allumèrent soudain en même temps.

— Bon sang, tu as réussi ! s'écria Arnaud en se relevant.

Et tandis qu'ils découvraient tous l'intérieur du couloir de dépressurisation, Sébastien s'écroula tout à coup. Thomas accourut à son secours.

— Sébastien ! Sébastien, ça va ? Merde, rajouta-t-il en observant sa tablette numérique. Sa réserve d'air, elle est totalement vide...

Chapitre 29 – Une boîte d'allumettes (14)

Thomas traîna Sébastien jusqu'à l'entrée en le tirant sous les bras. Ayant détecté une présence, les néons s'allumèrent, dévoilant ainsi un couloir bien plus imposant que celui des précédents modules.

— Allons-y, Florence ! annonça Arnaud. Le sas est en train de s'ouvrir, et Sébastien est tombé dans les vapes, il faut faire vite.

L'aveugle attrapa la main de son coéquipier, qu'il plaça sur son épaule. Lentement, ils pénétrèrent à l'intérieur.

— Vite, Arnaud ! Actionne la dépressurisation !

— Oui, bien sûr.

Il abandonna Florence, et courut vers le boîtier de commande, sur lequel il appuya avec son poing sur un gros bouton vert.

— Pressurisation en cours, annonça une voix féminine légèrement robotisée.

Des ampoules rouges clignotèrent alors de manière totalement synchrone, et les portes de l'accès extérieur se refermèrent lentement.

— Allez, vite… Tiens le coup… murmura Thomas.

Arnaud jeta un œil à sa tablette numérique :

— Eh merde… Mon détecteur de qualité de l'air a été désactivé par le mode économie d'énergie… Et impossible de le relancer, je n'ai plus assez de jus pour ça. Quelqu'un ?

— La même ici, répliqua Thomas.

Arnaud vérifia sur l'appareil de Florence, avant de faire non de la tête. La double porte avait presque fini de se refermer. Le visage de Sébastien commençait à devenir de plus en plus pâle.

— Bon. On fait quoi ? On tente de lui retirer son casque sans être certains que l'air soit respirable ? demanda Arnaud.

— Pour être franc, je ne suis pas sûr qu'on ait vraiment le choix, répliqua Thomas. De toute façon, on devra faire la même chose dans les minutes qui suivent.
— Les allumettes, murmura Florence.
Arnaud la regarda :
— Qu'as-tu dit ?
— Les allumettes ! Thomas n'avait pas dit qu'il en avait encore avec lui ?
— Oui, j'en ai, elle a raison ! Si j'arrive à avoir une flamme, cela voudra forcément dire qu'il y a de l'oxygène et donc de l'air.
— Pressurisation terminée, annonça le sas.
Thomas sortit immédiatement de sa poche la boîte métallique protégeant les fragiles morceaux de bois ornés de soufre. Il l'ouvrit et en craqua une, qui s'éteignit aussitôt.
— Alors ? demanda Florence.
— C'est un échec.
— Attendez, répondit Thomas. Avec ces gants… c'est tout sauf simple… Laissez-moi réessayer…
Il en attrapa une autre, qu'il alluma avec un peu plus de fermeté. Celle-ci se consuma normalement. Après quelques secondes, une fois une belle flamme correctement dessinée sur la tige de bois, Thomas annonça :
— Allez, on va dire que c'est bon.
Tandis qu'il retirait le casque de Sébastien, il rajouta :
— De toute façon, si on attend encore, on risque de le perdre.
Aussitôt retiré, Thomas allongea le militaire sur le dos. Il chercha un pouls sous sa joue, et affirma :
— Il y a une pulsation… Elle est faible, mais il y en a une…
— Que peut-on faire ? demanda Arnaud.
— Je ne vois plus qu'une solution possible.
À son tour, il commença à retirer son casque.

— Hey, mais que fais-tu ! demanda soudain Arnaud. Et si l'air n'est pas respirable ?

— Alors, nous serons fixés sur notre sort à venir.

— Tu es suicidaire, pesta Arnaud. Eh merde... J'ai encore une de ces impressions de déjà-vu...

— Et tu ne te souviens pas de comment tu t'étais sorti de cette situation ? Inutile de préciser que je préférerais n'importe quelle autre solution moins risquée...

— J'aimerais bien, mais... non, c'était juste un flash. Cet endroit, qui ne me paraissait pas inconnu.

— Dans ce cas...

Thomas ôta totalement son casque. Instinctivement, auparavant, il avait pris une grande respiration. Ses joues toujours gonflées, il le posa par terre. Après avoir tendu son pouce pour attester que la température du sas était acceptable, il se signa, ferma les yeux et inspira profondément.

Arnaud le regardait, tétanisé, tenant fermement la main de Florence dans la sienne.

— Oh, mon Dieu... Ça y est ! On dirait qu'il va bien !

— L'air est respirable, annonça-t-il en s'agenouillant à côté de Sébastien. Vous pouvez enlever votre casque sans crainte.

Arnaud s'exécuta et aida Florence à retirer le sien, tout en observant Thomas en train de faire du bouche-à-bouche à Sébastien.

— Eh bien... Si l'on m'avait dit que je verrais ça... je n'y aurais pas cru, murmura Arnaud.

— Pas de commentaire, répliqua l'amnésique en prenant une inspiration.

— Que se passe-t-il ? demanda Florence. J'entends de drôles de bruits...

— Thomas est en train de souffler dans la bouche de Sébastien pour l'aider à reprendre sa respiration... Il tient visiblement à sauver son meilleur ennemi.

— Plus on est nombreux, et plus nos chances de nous en sortir seront grandes... Allez, Sébastien... Bats-toi un peu...

De longues secondes passèrent, sans la moindre réaction du militaire. Thomas s'acharnait pourtant, alternant des séquences de bouche-à-bouche avec un massage cardiaque en fredonnant *Stayin Alive* des Bee Gees. En vain.

— Pas dit que ce soit efficace avec cette combinaison, annonça-t-il en s'efforçant de mettre tout son poids sur le corps du militaire.

— À mon avis, ça ne sert plus à rien, annonça Arnaud. Je pense qu'il faut se rendre à l'évidence, il est...

Sébastien se mit soudain à tousser et inspira à pleins poumons en se redressant. Il observa tout autour de lui, les yeux hagards.

— Tu disais, Arnaud ? répliqua Thomas en s'écroulant sur le dos, épuisé par l'effort physique qu'il venait de faire.

— Rien, rien.

Sébastien, après avoir repris ses esprits, demanda timidement :

— Que s'est-il passé ?

— Oh, trois fois rien. Tu as perdu connaissance, lui annonça Thomas, essoufflé. Tu n'avais pas vu que tu n'avais plus d'air ?

— Si, mais disons que... je tentais de l'oublier. Mais ça n'a pas marché. J'ai manqué quelque chose ?

— Tu as loupé l'ouverture du sas, grâce à la boussole qui était la clé. Après ça, je t'ai traîné à l'intérieur, et après avoir vérifié que l'air était respirable, j'ai retiré nos deux casques. Puis je t'ai fait un peu de bouche-à-bouche. La suite, tu la connais.

— Je te dois la vie. Je suppose donc que je dois te remercier ? bredouilla le militaire, qui retrouvait peu à peu ses couleurs.

— Plus tard, répondit Thomas en se relevant. Je ne me sens pas en sécurité dans ce sas. Je vous propose de rentrer à l'intérieur de cette base. Ça va aller, Sébastien ?

Sébastien se mit debout et fit quelques étirements du cou.

— Affirmatif, je ne veux pas vous retarder.

— Il y a du monde à l'intérieur, selon vous ? s'inquiéta Arnaud.

— Je suppose que si c'était le cas, ils seraient déjà venus nous cueillir, répliqua Sébastien. Avec un brancard, ou des armes...

Son compagnon le regarda, et en le suivant, il rajouta :

— Tu récupères vite, toi.

— Ou alors, ils sont tous morts, murmura Florence. Tués par la chose.

— Merci pour ton positivisme, Florence. On va tenter d'oublier ce que tu viens de dire.

— Désolée...

La porte permettant d'accéder à l'intérieur de la base était devant eux. Thomas jeta un coup d'œil sur les côtés. La voie étant dégagée, il annonça :

— Bon, si tout le monde est prêt... Allons-y.

— Et... on laisse les casques ici ? demanda Arnaud.

— Qui nous les volera ? répliqua Sébastien. En tout cas, moi, je laisse le mien. De toute façon, je n'ai plus d'air, alors...

Une fois le seuil passé, ils découvrirent un vaste couloir, plongé dans le noir. L'allumage automatique se déclencha aussitôt, illuminant ainsi une rangée de néons au plafond. Le cœur battant, chacun scrutait tous les détails pouvant attester d'un quelconque signe de vie. Au bout de quelques instants, Thomas demanda :

— Vous entendez ?

Chacun tendit l'oreille, avant de répondre :

— Non. Pas le moindre bruit. Et toi ?

— Pas mieux. J'en conclus donc qu'il ne doit y avoir personne.

— Restons prudents malgré tout, rajouta Sébastien en sortant l'un de ses deux pistolets.

Rapidement, ils arrivèrent dans une immense pièce, parsemée de nombreux bureaux équipés de multiples écrans.

— Où sommes-nous ? s'interrogea Florence.

— On dirait… Oui, ça ressemble à une grande salle de contrôle, quelque chose de ce genre, annonça Arnaud.

— Mais qui contrôlerait quoi ? répondit Sébastien.

Thomas regarda derrière lui et tapota sur l'épaule de son coéquipier le militaire :

— Je crois que j'ai trouvé. Regarde.

Celui-ci se retourna, et fut stupéfait en découvrant un énorme écran tapissant un mur entier de la salle. Ils furent d'autant plus surpris qu'il s'alluma aussitôt.

L'image, assez sombre au début, s'éclaircit progressivement. Cela représentait un emplacement à l'extérieur de la base, filmé par plusieurs caméras sous différents angles. Une série de projecteurs au sol se mirent en marche, afin de lever tout doute possible.

— Il s'agit sans aucun doute d'une piste d'alunissage, bredouilla Sébastien.

— Alors… Ça y est ? Nous sommes sauvés ? demanda Florence.

Thomas soupira en s'affalant dans l'un des sièges de bureau.

— Disons que s'il doit y avoir un endroit où une fusée pourrait pointer le bout de son nez, il y a de fortes chances qu'en effet, cela soit ici. Mais pour l'instant, elle n'est toujours pas là.

— Moi, j'aimerais quand même savoir ce que sont devenus toutes les personnes qui travaillaient ici, rajouta Arnaud.

— Quelle importance, soupira Thomas.

— Arnaud a raison, reprit Sébastien, il faut absolument découvrir ce qu'il s'est passé. Peut-être que ça fera venir la fusée. Je propose d'établir le QG dans cette pièce. Ce sera assez simple pour se repérer dans ce

bâtiment, il suffit de suivre les énormes tuyaux de câbles qui arrivent tous jusqu'ici. Arnaud, je suppose qu'avec tous ces écrans, tu devrais trouver un moyen de faire le piratage dont tu nous avais parlé hier soir ?
— Écoute, il y a de la matière, oui. Enfin, surtout si j'arrive à mettre la main sur les unités centrales qui vont avec. Mais, oui, ça se tente.
— Parfait.
— Par contre, reprit l'informaticien, le fait de ne pas voir la moindre souris m'inquiète…
— Florence, je te propose de rester ici et de te reposer, dit Thomas. Sébastien et moi, nous allons tâcher de faire un repérage des environs, afin de comprendre ce qu'il s'est passé, et surtout pour essayer de dénicher quelque chose à manger et à boire.

Il observa le militaire et lui demanda :
— Je suppose que c'était ton plan ?

Il lui tendit l'une de ses armes pour toute réponse.
— Affirmatif. Prends ça, ça pourra t'être utile. Tu pars à droite, moi à gauche.

Après avoir déposé leurs gants sur la table, les deux compagnons partirent chacun de leur côté par l'unique accès des lieux, laissant Arnaud et Florence dans la grande salle de contrôle. Rapidement, l'informaticien se mit en quête de trouver les boîtiers rattachés aux différents moniteurs. Mais après de longues minutes d'effort, Arnaud soupira en s'affalant sur un des fauteuils. Éreinté.

— Je n'y comprends rien. Aucun câble reliant les écrans à des unités centrales, pas non plus de portable, de tablette, ni même de foutue souris. Impossible de dégotter quelque chose qui ressemblerait de près ou de loin à ce que j'ai toujours connu. C'est à croire que ces moniteurs sont tous bidons.

— Tu étais hacker, c'est ça ? demanda Florence.
— Dans une vie d'avant, oui.

— On raconte beaucoup de choses sur ce métier. Est-ce vrai que les plus gros piratages sont la plupart du temps le fruit d'adolescents boutonneux mais particulièrement talentueux ?

Arnaud s'amusa de cette anecdote :

— Des fois, ça l'est ; d'autres fois ce sont d'énormes organismes et des moyens colossaux. Ce sont souvent des gens qui bossent pour des pays qui touchent de près ou de loin au trafic de drogue en général.

— C'était ton cas ?

— Non, pas du tout. J'étais plus le genre de hacker qui voit ça comme un challenge avant tout, comme quelqu'un qui vit avec l'adrénaline de faire quelque chose qui n'a jamais été fait, avec un soupçon d'interdit. Tu saisis la nuance ?

— Vaguement.

— Et le challenge que je suis en train de vivre est sacrément balaise. Si encore j'avais une souris, je pourrais avoir le début de quelque chose. Mais là…

L'attention d'Arnaud fut tout à coup attirée par un écran en face de Florence.

— Oh ! Qu'as-tu fait ?

— Rien ! Enfin… Je… Je ne sais pas… Je ne suis pas sûre… Que se passe-t-il ?

— Tu as touché à quelque chose ?

— Non ! Bien sûr que non, je t'assure !

— Je te crois, ne t'en fais pas… Mais l'écran en face de toi, il vient soudain de s'allumer ! C'est très étrange, surtout si tu n'as rien fait…

Arnaud examina la table sous tous les angles, à la recherche d'un objet qui aurait permis d'arriver à cela, avant de conclure :

— Quelque chose a sorti le périphérique de sa veille… Je vais voir s'il y en a d'autres dans le même cas…

Il se leva et parcourut la rangée de bureaux sans le moindre document, uniquement des murs et des murs d'écrans regardant des fauteuils vides et pour certains poussiéreux.

— Alors ? Tu trouves quelque chose ?

— Non. Ils sont tous éteints… Et toujours pas de souris ni de bouton de visible pour les allumer… Oh, attends… Il y a quelque chose par terre, on dirait… Oui, c'est ça, une photo !

— Une photo ? Vraiment ?

— Je t'assure !

— Mais… qui laisserait une photo dans un endroit comme cela ? Et une photo de quoi, d'ailleurs ?

— Je ne suis pas sûr… Attends, mais oui, je le reconnais ! Oh, mon Dieu… J'espère que la mémoire va lui revenir quand il va voir ça.

Chapitre 30 - L'aimant

— Tu ne veux vraiment pas me dire de quoi il s'agit ? demanda Florence

— Je pensais que tu l'aurais compris, répliqua Arnaud. C'est une photo où l'on peut reconnaître Thomas.

— Thomas ? Attends… tu es en train de me dire que tu viens de trouver une photo de Thomas ? Ici ?

— Exactement.

Arnaud retourna auprès de l'aveugle.

— Mais… ce n'est pas possible ! répliqua Florence. Comment l'expliquer ?

— Tu m'ôtes les mots de la bouche. Et encore, s'il n'y avait que cela… On le voit dans ce qui ressemble à une fête foraine, à en croire le décor, avec une femme, et un enfant qu'il porte sur les épaules.

— Ah oui, ce n'est pas une simple photo d'identité.

— C'est totalement incompréhensible.

— Cela dit, est-ce que cela l'est réellement plus que tout ce qui nous arrive jusqu'à présent ? murmura Florence.

— Que veux-tu dire par là ?

— Pourquoi avons-nous atterri ici sans avoir la moindre idée de comment cela s'est passé ? Je ne parle même pas de cette carte, de cette chose aux traces de pas en *Y*… Et concernant Thomas, je dois bien dire qu'il m'intrigue beaucoup.

Arnaud, qui fixait l'énorme écran mural, dévisagea soudain Florence, étonné par cette révélation.

— Mais encore ?

— Du fait d'être privés de la vue, moi et mes semblables évoluons dans un monde dans lequel nous ne visualisons strictement rien. Enfin, pour la plupart, dont je fais partie. Mais en réalité, ce n'est pas tout à fait

vrai. Nous pouvons parfois percevoir une forme de halo au-dessus des gens.
— Sérieusement ?
— Oui. C'est assez difficile à décrire, et pour en avoir discuté avec d'autres aveugles, certains n'en discernent jamais, lorsque d'autres, comme moi, peuvent sentir cette présence, mais pas sur tous. C'est dur à expliquer. Et en fonction des personnes, ces auras sont plus ou moins lumineuses, plus ou moins importantes.
Arnaud hocha la tête.
— OK. Admettons. Et donc ? Quel est le rapport avec Thomas ?
— C'est simple et délicat. Depuis que nous sommes ici, de toute l'équipe, il est le seul pour lequel je peux percevoir quelque chose.
L'informaticien resta ébahi face à cette déclaration.
— C'est-à-dire ? Que veux-tu dire par là ?
— Je ne peux malheureusement pas être plus claire. Je ne vois aucun halo pour toi, Sébastien, ou même pour Carine lorsqu'elle était encore parmi nous. Il n'y a que pour lui que j'en ressens une – qui est relativement importante, d'ailleurs.
— C'est étrange, en effet. Et selon toi, qu'est-ce que ça signifie ?
Florence haussa les épaules.
— Je suis désolée de te décevoir, mais... je n'en ai pas la moindre idée. Je me disais que peut-être qu'avec cette photo de lui, cela pourrait nous faire avancer sur le sujet.
— Eh bien non, comme tu peux le constater.
Arnaud soupira et s'étira longuement.
— J'espère que les autres vont nous rapporter quelque chose à manger, je commence à avoir sérieusement la dalle.
Il fouilla ses poches et en sortit la boussole que Thomas avait posée par terre, après avoir traîné Sébastien à l'intérieur du sas. Peu avant d'avoir appuyé sur le bouton de dépressurisation, il l'avait ramassée. Il l'examina assez longuement, puis annonça :

— C'est étrange la raison pour laquelle Thomas semblait obnubilé par cette boussole. À raison, d'ailleurs, car sans elle, nous ne saurions pas parvenus à entrer dans cette base.
— À quoi ressemble-t-elle ? demanda Florence.
— On ne peut plus classique. Un objet circulaire avec une aiguille en forme de croix, dont le bout rouge est censé indiquer le nord.
— Est-ce qu'elle bouge ?
— Non. En même temps, il n'y a pas de pôles ici.
— Ah oui, c'est vrai. Qui sait, peut-être qu'en l'ouvrant, elle pourrait nous livrer ses secrets ?

Arnaud hocha la tête.

— Au point où l'on en est…

Il posa la boussole par terre, et d'un coup de talon, il parvint à briser le couvercle transparent. Après avoir enlevé ses gants, il ôta délicatement les débris coupants, jusqu'à réussir à retirer la croix, puis l'aiguille au bout rouge.

— Alors ? Tu vois quelque chose d'intéressant ? demanda Florence.
— Rien d'évident pour l'instant. Après, je dois bien admettre que c'est la première fois que je désosse ce genre d'objet, donc je ne serais pas vraiment capable de certifier s'il y a quelque chose d'anormal. Pour le reste… je suppose que si l'aiguille rouge indique le nord, cela doit vouloir dire qu'elle doit être aimantée, contrairement aux trois autres qui ne le sont pas. Pôle Nord ou pas, cela devrait être le cas ici aussi.

Arnaud observa brièvement autour de lui, avant de s'accroupir :

— Que cherches-tu ? demanda Florence.
— J'aimerais tester un truc.

Il cogna quelques petits coups avec son poing sur l'armature de son fauteuil de bureau, et murmura :

— Je crois que j'ai trouvé comment vérifier que l'aiguille est aimantée. Ça devrait faire l'affaire, à en croire le bruit qu'il fait.
— Que marmonnes-tu ?

— J'avais fait une expérience quand j'étais en 6e. En rapprochant un objet métallique d'un aimant, celui-ci était attiré vers lui par une force qui semblait magique, à l'époque, avant qu'on nous explique ce qu'il se passait réellement : l'attraction magnétique. Donc théoriquement, si je reproduis ici cette petite expérience en plaçant au sol l'aiguille à une petite distance de cette armature métallique de l'autre côté, je devrais forcément avoir un résultat similaire. Une légère attraction. Voyons... Si je la mets à une dizaine de centimètres...

Florence écoutait attentivement les conclusions de cette expérience, les yeux fixant toujours le vide. Elle n'eut pas la moindre émotion lorsque l'écran en face duquel elle était assise s'alluma. Personne, d'ailleurs, ne le remarqua.

— Alors ? Ça donne quoi ?

— Je... Je ne comprends pas ; ça ne marche pas. Pourtant... théoriquement, si je rapproche l'aiguille aimantée, voire si je la colle contre le fauteuil, elle devrait au moins rester plaquée... Mais... rien ne se passe.

— Ah ? Tu es certain ?

— À moins que la lune ait une propriété scientifique que j'ignore, en théorie, oui, cela devrait être exactement identique que sur terre. Il faudrait que Thomas me le certifie. Si je fais le même test sur cet écran... même résultat. On dirait que l'aiguille n'a pas l'air d'être aimantée du tout.

— Ça n'a pas de sens ! Pourquoi nous auraient-ils fourni une boussole défectueuse ?

— Pour qu'elle n'indique pas le nord, je suppose. Mais pour quelle raison ? Cela me dépasse. Attends, il me vient une idée... Lorsque nous étions dans le module ANTARES, j'avais essayé de pirater la tablette de notre avant-bras, sans succès. Mais je n'avais pas cette aiguille. Peut-être y a-t-il un moyen pour le réinitialiser, comme sur les téléphones... En cherchant bien...

Les yeux toujours fixés dans le vague, Florence paraissait concentrée sur la voix d'Arnaud, attentive au moindre son qui lui serait étranger.

— Ah, ah ! s'exclama triomphalement Arnaud. J'ai trouvé. Il y a un minuscule trou sur la tablette, protégé par un embout quasi invisible. Cette aiguille devrait me permettre de le retirer... Voilà qui est fait. Et maintenant, réinitialisons cette tablette.

— Et que penses-tu découvrir en faisant cela ?

— Encore faudrait-il déjà que cela fonctionne... Zut, on dirait que c'est trop petit... Attends, en faisant comme ça... Et pour répondre à ta question, je ne sais pas réellement ce que je cherche. Un quelconque indice. Idéalement, le nom du système d'exploitation. Peut-être une langue de paramétrage par défaut, un moyen de se connecter de quelque manière dans l'envers du décor pour essayer d'en apprendre plus.

L'aveugle hocha la tête, peu convaincue par cette explication.

— Tu penses qu'il y a un traître parmi nous ? reprit Florence.

Arnaud sourcilla, surpris par cette annonce si soudaine :

— Je n'en ai pas la moindre idée, mais j'aimerais bien croire que non. J'ai un peu de mal avec Sébastien, trop soupe au lait pour être un militaire, prêt à dégainer ses flingues pour un oui ou pour un non. Thomas, lui, il m'intrigue. Surtout le fait qu'il connaisse tant de choses sans savoir qui il est précisément.

À force d'essais, il avait fini par réussir à introduire la minuscule aiguille dans le trou permettant de réinitialiser sa tablette. Il l'enfonça à fond, ce qui fit s'éteindre le système.

— Ah... Je crois que ça y est ! Victoire, annonça-t-il.

— Et moi ?

— Toi quoi ?

— Penses-tu que je sois une traîtresse ? demanda Florence avec une voix posée.

— Tu as de ces questions... Tu n'aborderais pas le sujet si c'était le cas. Ai-je tort de me dire ça ?

— Non, bien sûr, répondit-elle. Alors ?
— Attends, l'écran s'est éteint, le système redémarre...
L'informaticien, les yeux rivés sur sa tablette, attendait que celle-ci se réinitialise.
— Je crois que ça y est... Mais... Quoi ? C'est tout simplement impossible.
— Qu'y a-t-il ?
— Ça indique un système d'exploitation que je ne connais pas, et surtout sur une année qui me paraît improbable.
— Du genre ?
— Je... En quelle année sommes-nous ?
— C'est pourtant évident ! Nous sommes en... en... Zut... Impossible de m'en souvenir... Je ne sais pas.
— Moi non plus, mais la seule chose dont je sois sûr, c'est que nous ne sommes certainement pas en 2055... Ça y est, ça a redémarré. Mais... attends ! L'écran en face de toi ! annonça-t-il en le pointant du doigt.
Florence écarquilla les sourcils.
— Quoi ? Qu'y a-t-il ?
— Qu'as-tu fait ? lança soudainement Arnaud en poussant l'aveugle sur le côté.
— Moi ? Mais rien ! Tu m'as vue bouger ? Faire le moindre geste ? Non, je ne crois pas !
— L'écran ! Quelqu'un l'a déverrouillé et s'est connecté dessus !
— Attends, c'est impossible !
— Et ce n'est pas tout ! Il y a un logiciel qui tourne en tâche de fond. Ça ressemble à... Oui, le genre de programme qu'on peut voir dans les postes de sécurité... Mais... qu'est-ce que c'est que ça ?
— Qu'est-ce qu'il y a ? Parle ! Dis quelque chose !
— Il y a un multifenêtrage relié à des caméras de vidéosurveillance semblant filmer cet endroit... D'ailleurs, sur celle du haut, si je bouge ma main, ça apparaît bien ici...

Il observa derrière lui, avant de froncer les sourcils. Il regarda à nouveau son écran et affirma :
— C'est bizarre, car je n'en vois aucune dans cette pièce.
— Moi non plus, plaisanta Florence.
— Mais le plus étrange, c'est qu'il y a plein de vidéos, à des dates totalement différentes autant qu'improbables. 2050, 2053, 2055… Et le plus ahurissant, c'est… c'est comme si des personnes avant nous avaient fait exactement le même parcours ! Là ! Ici ! C'est encore moi ! Et… Il y a d'autres gens !
— Et quoi ? Dis-moi !
— Non, mais c'est tout juste impossible ! Les dates ne coïncident pas, ça ne se peut pas, bordel ! Cela n'a pas pu déjà se passer ! C'est impossible !
Une alarme assourdissante résonna soudain :
— Attention. Présence d'unités inconnues sur le site. Attention. Présence d'unités inconnues sur le site.
Arnaud releva les yeux et pointa du doigt l'immense écran de contrôle mural :
— Oh, mon Dieu… La chose ! Là ! Elle arrive !
Ce furent les derniers mots qu'il prononça, avant de s'écrouler sur le sol.

Chapitre 31 - Thomas

Un peu plus tôt dans l'histoire, quelque part sur terre.

— Resserrez-vous, pour que tout le monde soit bien dans le cadre… Attention… À trois… Un, deux…

Thomas chatouilla le mollet de son fils de 7 ans qu'il portait sur son dos, ce qui le fit immédiatement rire aux éclats.

— Trois ! Celle-ci est parfaite ! Vous voulez la photo en impression papier, ou uniquement en numérique ?

— Faites-en deux tirages physiques, s'il vous plaît, répliqua Thomas.

—C'est parti.

— Maman, maman, je peux aller acheter une barbe à papa ?

— Oui, tiens, voilà de l'argent.

L'enfant fila tout droit jusqu'au vendeur, situé entre le stand de tir aux pigeons et celui du chamboule-tout. La grande roue, le symbole de cette fête foraine sur les affiches qui avaient envahi la ville pour annoncer l'événement, surplombait la foire et semblait ne jamais désemplir. Le photographe ambulant tendit les deux impressions au jeune couple.

— Merci ! répondit Thomas en lui réglant son dû. Je l'accrocherai sur mon tableau de bord, pour que vous soyez avec moi durant tout le voyage.

La femme de Thomas enlaça amoureusement son mari. Il passa en réponse sa main dans sa longue chevelure blonde. Elle lui vola un baiser avant de lui demander :

— Tu stresses pour demain ?

— Te dire que ce n'est pas le cas serait te mentir… Après, je n'ai pas vraiment le choix, c'est l'ultime étape de ma formation. Tous les autres l'ont réussie, je ne vois pas pourquoi je n'y arriverais pas.

— C'est quand même étrange qu'aucun d'entre eux n'en ait jamais parlé.

— Au-delà du fait que ce soit le protocole et qu'ils pourraient être punis si jamais on apprenait qu'ils avaient divulgué ce genre d'information confidentielle, à mon avis, il est surtout fort possible qu'ils ne se souviennent de rien. Vu la maîtrise qu'on a maintenant sur la mémoire des gens, ça ne m'étonnerait pas. Mais... ne t'inquiète pas, ça va bien se passer. Enfin... je l'espère.

Sa femme esquissa un sourire peu crédible, avant de le serrer une nouvelle fois.

— Tu sembles oublier qu'il y a quand même eu deux personnes de la promotion précédente qui n'en sont jamais revenues.

Thomas ne répondit pas et se contenta d'observer son fils dont il était fier plus que tout au monde.

— Il y a des choses qu'il est parfois bon d'oublier. Les risques du métier, voilà tout. Une fois là-haut, ça ne sûrement pas une partie de plaisir. On doit être prêts à tout.

— Sérieusement, tu n'as pas la moindre idée de quoi il pourrait s'agir ? reprit sa femme.

— Un genre de test en grandeur nature, peut-être ? Une mise à l'épreuve... Je ne sais pas avec plus de certitude.

— Comment serait-il possible d'y rester, si jamais ce n'était que ça ?

— Je l'ignore. Moi aussi, ça m'étonne. La seule chose vraiment étrange est qu'ils aient avancé ma convocation.

— Moi, ça ne m'étonne pas vraiment. Tu embrasses la carrière de pilote – commandant de bord, plus exactement –, et maintenant que les super-fusées de nouvelle génération sont sorties d'usine et prêtes à partir, il faut désormais du monde pour les manœuvrer. L'ultime échéance se rapproche à grands pas selon les scientifiques.

— Comme à chaque éruption solaire ; jusqu'à présent, on y a toujours survécu.

— Si tu le dis…

— Après, pour ce genre de missions où des milliers de vies sont en jeu, tu te doutes bien qu'ils ne peuvent pas se contenter d'envoyer un humanoïde lambda, ou juste un humain cérébralement modifié. Souviens-toi des conséquences qu'il y a eu lorsqu'ils ont tenté de le faire…

— Ce n'est pas toi qui disais à l'instant qu'il est parfois bon d'oublier certaines choses ? Tu avais raison. Je préfère oublier ce détail. Déjà que l'idée de quitter la terre me terrorise…

Thomas soupira :

— Je sais bien, mais on n'a plus vraiment le choix. Dans tous les cas, la fin de la vie sur terre est proche. Pour le reste, souviens-toi des dictons qu'ils nous rabâchent dans leur pub… « Partir ou périr. »

Leur enfant revint avec une énorme barbe à papa jaune fluo.

— Eh bien, tu vas manger tout ça ? demanda Thomas.

— Oui, mais pas tout de suite, il y a un roller coaster qui avait l'air trop bien juste là, sur le thème du voyage dans l'espace. Tu peux me la tenir, le temps que j'y aille ?

— C'est la dernière attraction ; après on rentre, d'accord ?

— On verra, répliqua l'enfant en courant.

— Quel sale gosse ! s'amusa la mère. Parfois, je me dis qu'il n'est pas à nous… Qu'on n'aurait pas pu l'élever comme ça !

— Pareil. Mais quand on sait à quel point les étoiles le passionnent, à aucun moment je ne pourrais douter qu'il n'est pas de moi. Et beau comme il est, c'est sûr que c'est toi qui l'as fait !

La femme se mit de nouveau à enlacer son mari. Thomas prit cela pour un geste de tendresse, avant de l'entendre sangloter.

— Tu sais que je déteste quand tu es fleur bleue comme ça.

— Allons… Ne t'inquiète pas, ça va bien se passer, tenta-t-il de la rassurer.

— Facile à dire… Ce n'est pas toi qui risques de perdre ton homme à cause d'une foutue sélection…

— Après, tu en étais consciente, on en avait longuement discuté, tu étais d'accord sur le principe. C'était prévu dès le début que quelque chose de peut-être un peu dangereux aurait lieu à la fin de formation.

— Au-delà du fait qu'à l'époque, on n'avait pas encore d'enfant, personne n'y avait encore laissé sa peau.

— Tu sais, selon les experts, reprit Thomas, la plupart des expéditions qui ont échoué ont pour cause un commandement qui n'était pas assez bien formé. Il y a quelques cas où ça s'est même fini en émeute, pour ne pas dire en bain de sang. Mais je suis prêt, ne t'en fais pas. Je réussirai, j'en suis certain. Et puis n'oublie pas que, peu importe le résultat de ce test, cela vous permettra d'embarquer dès le prochain départ. Pense à tous ceux qui sont encore sur terre, qui n'ont pas eu la chance d'être tirés au sort, et qui espèrent faire partie des prochains à partir.

— Je ne suis pas sûre que le fait que tu te sacrifies pour les autres soit ce que je souhaite, pour être honnête.

— C'était une manière de parler, tu m'as compris. Et puis garde bien en tête que je le fais pour nous, mais surtout pour notre fils. Pour lui donner une chance d'avoir un meilleur avenir, ailleurs.

— Si tu le dis…

Thomas soupira en regardant au loin.

— Ceux qui ont échoué n'avaient pas d'enfant, murmura-t-il. Je sais que ça, ça me sauvera peut-être.

— Tu sais aussi que tu as eu du bol de ne pas être viré pendant ta formation à cause de cela… Merci les connaissances que tu avais dans le conseil supérieur. Sans quoi...

— J'en suis conscient. Je trouve ça débile, d'ailleurs. Se battre pour sa descendance peut être tellement moteur dans une situation critique…

La petite blonde serra amoureusement son mari, avant de l'embrasser tendrement.

— Tu sais combien de temps ce fameux test doit durer ? reprit-elle.

— La convocation parlait d'une semaine. C'est ce qu'ont eu les copains de promotion. Mais étant donné que les protocoles ont dû être accélérés…

— À cause de la prochaine tempête solaire qui s'annonce plus violente que les autres, je suppose…

— Oui, sûrement ; peut-être que ce sera raccourci.

Sa femme soupira, avant de l'enlacer une nouvelle fois.

— Sept jours sans t'avoir à côté de nous… Cela va me sembler être une éternité.

— Tu auras la préparation du départ à organiser, les valises à faire en attendant d'être convoquée. N'oublie pas, d'ailleurs : il a bien été précisé que la date pouvait être avancée ou reculée, il faudra que vous soyez prêts. Si ça se trouve… Hey, regarde ! Il nous fait coucou ! Coucou !

Au loin, l'enfant s'égosillait à la vitesse grand V d'un roller coaster ultrarapide.

— S'il ne vomit pas là-dessus, je suppose qu'il supportera assez bien l'absence d'apesanteur une fois qu'on aura décollé, indiqua Thomas, ravi de découvrir cela.

— Ça risque d'arriver pendant le voyage ? demanda la petite blonde. Avec mon mal des transports, ça va être chouette…

— Ce n'est pas impossible sur un trajet aussi long, surtout au décollage. Après, en théorie, le simulateur de gravité fait le nécessaire, même si parfois il y a des pannes. Mais ça ne devrait pas durer, étant donné les effets néfastes que ça a sur le corps humain.

— Bon… Il a bientôt fini son tour. Il va être temps d'y aller.

— J'ai hâte qu'il revienne, je prends sur moi de ne pas dévorer sa barbe à papa qui a l'air trop bonne… Au fait, comment le vit-il, ce petit bonhomme, de savoir que son papa va être absent pendant quelques jours ?

— Plutôt bien. Il est super fier de se dire que si tout se passe bien, tu commanderas sous peu une de ces super-fusées qu'il a vues sur son smartphone. Mais étant donné que tous ses copains sont déjà partis, il n'a plus grand monde auprès de qui s'en vanter. Et quand il l'a annoncé à son droïde, ça ne lui a pas fait grand-chose.

— Allez, aie confiance en moi. Mon heure n'est pas arrivée, pas tant que vous serez là.

— Tu as intérêt à tenir ta parole... Sinon... je viendrai te chercher chez les morts par la peau des fesses !

— Pense plutôt à la suite. Si je valide cet ultime examen, c'est peut-être moi qui dirigerai le prochain convoi dans lequel vous serez. On pourra enfin quitter la terre. Pense à ce qui nous attend là-bas... Si cela ne te motive pas... je ne sais plus quoi te dire.

— C'est le fait de partir sans toi si jamais tu échoues qui me terrorise...

La petite blonde observa le ciel, incroyablement bleu. Tandis que son fils revenait vers eux en accourant, elle annonça :

— Ce simulateur de ciel est vraiment magnifique. Le plus beau que j'aie jamais pu admirer. Ils ont mis les moyens... Je me demande si c'était aussi bleu que celui-ci par le passé.

Thomas regarda à son tour vers les cieux, avant de répliquer :

— Il n'y a personne pour l'attester. Je remarque cependant qu'ils ont le sens du détail, à en croire cette demi-lune que l'on peut entrevoir là-bas.

Chapitre 32 – La photographie

Florence hurlait depuis plusieurs minutes, quand Thomas arriva à la salle de contrôle. Il découvrit sa coéquipière, toute tremblante, dans un état de stress avancé. Il accourut vers elle, d'autant plus inquiet en constatant qu'Arnaud était au sol, inanimé.

— Florence ! Je suis là ! tenta-t-il de la rassurer en lui prenant les mains. Que s'est-il passé ?

— Oh, Thomas ! Je n'y comprends rien ! J'ai entendu Arnaud parler et ensuite, il y a eu un bruit sourd, comme s'il s'était effondré… Il n'a plus rien dit depuis ! Et… il y a cette alarme qui me perce les tympans…

Il s'accroupit et observa le corps d'Arnaud, les yeux grands ouverts, fixant le plafond. Il porta sa main devant ses lèvres, puis au niveau du cou, où il ne sentit aucune pulsation. Il soupira et abaissa ses paupières.

— On dirait bien qu'Arnaud a succombé… Pour le reste, je ne suis pas plus avancé que toi. À en croire l'alarme, il y a eu un intrus qui a été repéré. Je suis étonné que ça ne se soit pas produit quand nous avons pénétré dans le centre…

— Arnaud a hurlé que la chose arrivait, avant de s'effondrer par terre ! précisa Florence entre deux sanglots

Thomas trembla brièvement à ces mots.

— Dans ce cas…

— Dans ce cas, répliqua Sébastien en franchissant la porte principale de la salle de contrôle, son arme à la main, nous allons l'accueillir comme il se doit.

— Ah… Te voilà, tu m'as fait peur. Tu as trouvé quelque chose de ton côté ?

Le militaire soupira en voyant Arnaud au sol.

— Pas plus que toi, je suppose. Pas la moindre trace d'aliments ou de boissons, uniquement des couchettes dans de minuscules chambres.

Pas un réfectoire, un entrepôt de stockage ou quoi. C'en est à se demander si du monde a déjà vécu ici.

— Je me suis posé la même question. Et ces écrans qui semblent ne jamais avoir été allumés…

Florence ne répondit rien, ses membres tremblant comme une feuille.

— Et lui, on peut savoir ce qu'il lui est-il arrivé ? s'interrogea Sébastien en désignant d'un hochement de tête le corps d'Arnaud gisant sur le sol.

— Aucune idée, Florence était en train de m'expliquer ce qu'il s'était passé.

— Je… Je n'ai pas grand-chose à rajouter sur le sujet, sanglota l'aveugle. Il était parvenu à casser la boussole, et avec l'aiguille, il était parvenu à redémarrer sa tablette. Il venait de découvrir quelque chose. Une histoire de date, je n'ai pas trop compris. Et puis l'alarme s'est soudainement déclenchée, il a observé l'écran mural et il a hurlé comme quoi la chose arrivait, après quoi il se serait vraisemblablement effondré par terre.

— Il n'a rien dit d'autre, tu es sûre ?

— Certaine, répliqua Florence.

— Très étrange, répliqua Sébastien en foudroyant Florence du regard. En attendant, si la chose est arrivée jusqu'ici, c'est probablement qu'elle nous a suivis. J'en conclus qu'il y a de fortes chances pour qu'elle tente d'entrer dans la base et de nous faire la peau.

— Mais… pourquoi nous traque-t-elle de la sorte ? pleurnicha Florence. Et Arnaud ? Personne ne veut me dire ce qu'il s'est passé ?

Thomas soupira.

— Je ne suis pas médecin légiste, je serais donc bien incapable de te dire de quoi il est décédé. Ce que je peux te certifier, c'est qu'il n'a plus de pulsation cardiaque ni de respiration. Il est mort. Paix à son âme. Sébastien, tu as une idée de la manière avec laquelle gérer cette chose ?

Le militaire observa à nouveau les lieux, avant de répliquer :
— Idéalement, nous serions en position de force si nous réussissons à la prendre par surprise, ou à la distraire pendant qu'on l'attaque.
— Ne faudrait-il pas surtout l'empêcher d'entrer ? demanda Florence.
— Intrusion inconnue. Intrusion inconnue, se mit soudain à annoncer l'alarme en boucle.
— Elle va bientôt être là, continua Sébastien. Si elle cherche à nous dévorer, nous n'aurons qu'à utiliser le cadavre d'Arnaud pour l'appâter, cela pourra nous permettre de nous en occuper à ce moment-là.
— Tu n'y penses pas ! s'exclama Florence.
— Toi, tu la fermes, sinon ce sera toi le prochain appât, répliqua Sébastien. Estime-toi heureuse que je ne veuille pas savoir plus précisément de quoi il est mort.
L'aveugle se figea face à ces déclarations. Thomas, qui avait remarqué que la pupille du militaire avait de nouveau commencé à dévorer son iris, ne dit pas un mot.
— Mais si tu restes bien sage, reprit Sébastien, on va essayer de te cacher dans un endroit un peu à l'écart. En espérant que la chose n'ait pas un odorat surdéveloppé.
— Attends un instant, répliqua Thomas. Je suis d'accord avec Florence. Rien ne prouve que cette chose cherche à nous bouffer.
— Non, mais toi non plus, tu ne vas pas t'y mettre ? Tu l'as pourtant bien vue s'attaquer à Carine ? C'est même toi qui as pu l'observer de plus près !
— J'ai aussi souvenir des traces qu'il y avait autour du véhicule, lorsque nous nous sommes séparés pour essayer de trouver le meilleur chemin. À cet instant précis, elle n'aurait pu faire qu'une seule bouchée de Florence, et elle n'en a rien fait.
Sébastien croisa les bras et soupira.

— Alors quoi ? Quelle est ton analyse, champion ? On lui prépare un banquet de bienvenue ? Il n'y avait pas de cotillons de mon côté.
— Je n'en sais rien, répliqua Thomas en se passant la main dans les cheveux. Je suis juste perplexe quant au fait que ce soit pour nous bouffer ou nous tuer qu'elle nous ait traqués jusqu'ici.
— OK, très bien. Alors dans ce cas, pourquoi l'aurait-elle fait ? Pour faire notre connaissance ?
— C'est bien là toute la question, à laquelle malheureusement à ce jour je n'ai pas la réponse. Elle a récupéré le conteneur qu'on avait égaré tout à l'heure, peut-être que c'est ça qu'elle recherche ? Ou qu'elle est venue nous le rapporter ? Honnêtement, je ne suis pas certain qu'elle porte un intérêt quelconque au corps d'Arnaud.
— En même temps, Arnaud est mort. Que veux-tu faire de plus pour lui ?
— Je sais, pas grand-chose, tu as raison sur ce point. Par contre, je suis d'accord avec toi sur le fait qu'il faille protéger Florence.
Thomas observa la pièce, et son regard se posa immédiatement sur de larges armoires métalliques dans le fond.
— Je crois que je lui ai trouvé la cache parfaite, annonça-t-il en pointant l'emplacement du doigt.
— Ah oui ? Et je suppose que tu as les clés, j'imagine, ironisa Sébastien. Ou que tu penses qu'elle est vide ?
Thomas prit Florence par la main et se hâta jusqu'à l'armoire, qu'il tenta de l'ouvrir. En forçant légèrement, elle céda immédiatement.
— Pas besoin ! Regarde.
Sébastien vint le rejoindre, et constata :
— Une armoire métallique, totalement vide. OK. Tu ne trouves pas ça étrange, je suppose ?
— Je ne sais pas, peut-être. Mais ce n'est pas vraiment le moment.
L'alarme s'arrêta tout à coup.

— Ah, enfin une bonne nouvelle, soupira Sébastien. J'en pouvais plus de ce satané boucan.

Un bruit terrifiant résonna soudain, parfait mélange entre le hurlement robotisé d'une machine et le rugissement d'un animal.

— Oh putain... La chose est entrée... Vite, on n'a pas beaucoup de temps, reprit Thomas. Cache-toi là.

— Mais... et vous ? Qu'allez-vous faire ? demanda Florence, tandis que Thomas l'aidait à pénétrer à l'intérieur de l'armoire.

— Déjà, on va essayer de survivre, répliqua Sébastien en plaçant plusieurs fauteuils les uns sur les autres devant la porte. Pourvu que ça la ralentisse...

Une fois à l'intérieur de l'improbable cachette, Florence s'assit et se blottit sur le côté.

— On va tenter de l'immobiliser, voire de s'en débarrasser, en espérant que la fusée mère ne tarde pas trop, lui annonça-t-il.

— Tu penses toujours que quelque chose va venir nous sauver ?

— Tout ce que je peux t'assurer, c'est que si cela doit arriver, cela ne peut pas être à un autre endroit qu'ici.

— J'ai peur, murmura-t-elle en larmoyant.

— Je sais. C'est normal. Essaie juste de te calmer, et ne pas te faire entendre. Respire profondément. Pleurer ne te servira à rien. Et... si jamais cela tourne mal...

Il lui glissa son arme dans la main.

— Tu auras toujours le choix d'utiliser ceci.

Florence identifia rapidement au toucher l'objet qu'il venait de lui tendre. Elle eut un geste de rejet en comprenant de quoi il s'agissait.

— Mais... je suis aveugle...

— Je sais, je ne l'ai pas oublié. Ce n'est pas pour te défendre, je te donne juste une possibilité d'en finir plus vite, pour le cas où... les choses tourneraient mal.

— Ah... Oui...

— Tu sauras t'en servir ?
— Je crois... Ce n'est pas la première fois que j'utilise ce genre d'arme. Mais ne compte pas sur moi pour me suicider.

Thomas sourcilla. Il observa brièvement Sébastien à l'œuvre, avant de demander :

— Fais comme bon te semble. Sinon... tu es vraiment certaine qu'Arnaud n'avait rien découvert d'autre ? Il n'a rien dit ou trouvé qui aurait pu nous aider ?

— Je ne sais pas... Je ne crois pas.

Un hurlement bien plus proche que le précédent retentit, qui glaça le sang de Thomas et terrifia Florence qui recommença à trembler comme une feuille. Sébastien siffla et fit signe à son coéquipier de le rejoindre, afin de venir se cacher le plus silencieusement possible sous une table.

— Je dois y aller... Allez, courage. Et tâche de ne pas faire de bruit. Je reviendrai te chercher dès lors que le danger se sera éloigné, conclut Thomas avant de refermer la porte métallique de l'armoire.

L'aveugle hocha la tête en essayant vainement de stopper le tremblement intempestif de tout son corps terrorisé.

Une fois la porte refermée, Thomas courut jusqu'à un endroit reculé de la salle de contrôle, légèrement en hauteur, qui permettait d'avoir un meilleur angle de tir. Il se mit à plat ventre, à côté de Sébastien. Il l'observa un instant, allongé, tenant son arme tel un sniper, prêt à faire feu sur la chose le plus précisément possible.

— J'espère que ma barrière de fauteuils va la retarder quelques minutes, murmura-t-il. Histoire de l'étudier pour déceler un potentiel point faible.

— Je croise les doigts, répliqua Thomas.

Il jeta de nouveau un coup d'œil à l'immense écran mural, et remarqua soudain qu'un compteur était apparu :

— Regarde... Il y a un décompte... Depuis combien de temps a-t-il été lancé ? Je ne crois pas l'avoir vu quand nous sommes rentrés.

— Affirmatif, il n'y était pas. Je serais curieux de savoir à quoi il correspond.

— Aucune idée… Je suppose que dans moins de cinq minutes, lorsqu'il sera arrivé à son terme, on sera fixés. Attends… se pourrait-il qu'il s'agisse de…

Un hurlement retentit de nouveau. Encore plus proche et plus terrifiant que les fois précédentes.

— Chhhh… Ça y est, elle est juste derrière la porte, murmura le militaire.

— Merde… On a laissé le corps d'Arnaud…

— Dis-toi que dans l'état dans lequel il est, crois-moi, il ne souffrira pas. Pourvu que Florence réussisse à la boucler, planquée là où elle est.

Thomas hésita, avant de lui répondre :

— Ça devrait le faire. Elle sait se montrer discrète lorsqu'il le faut.

Sébastien tiqua face à cette phrase si étrange dans la bouche de Thomas.

— Quoi… Elle t'a parlé ? Ou dit quelque chose de particulier ?

— Non.

— Je vais te faire une confidence, reprit Sébastien. Je pense qu'elle nous cache quelque chose.

La poignée de la porte tourna subitement, mais bloquée par les fauteuils de bureau entassés les uns sur les autres, celle-ci resta fermée.

— Ah oui ? répliqua Thomas. Et… qu'est-ce qui pourrait te faire dire ça ?

— Je suis prêt à parier qu'Arnaud a vraisemblablement vu quelque chose. Il s'apprêtait à partager sa découverte, c'est évident. Elle le sait et ne nous l'a pas signalé.

— Je dois bien admettre que la mort d'Arnaud est des plus intrigantes. Mais j'imagine mal Florence y être pour quelque chose.

Une énorme griffe d'un peu plus d'un mètre de long transperça soudainement la porte, suivie d'un nouveau hurlement bestial. Tétanisé par la peur, Thomas continua :

— Je veux croire en Florence. Je suis persuadé qu'il n'y avait pas le moindre traître dans l'équipe. Ce détail a uniquement été évoqué pour semer la zizanie dans notre groupe, c'est tout.

— En réalité, je ne pense pas qu'elle nous cache quelque chose. J'en suis certain.

Un nouveau coup de griffe traversa la porte, qui contre toute attente tenait bon. Le cœur battant, Thomas demanda :

— Je suppose qu'avec une telle accusation, tu dois avoir une preuve de ce que tu avances.

— Affirmatif. Il s'avère que justement, j'en ai une. Prépare ton arme, je crois que tu vas bientôt en avoir besoin.

— Et… cette preuve ?

— Plus tard. Où est ton pistolet ?

— Je l'ai laissé à Florence.

Sébastien grimaça d'agacement.

— Mais putain, quel idiot… Tu penses sans doute qu'elle lui sera plus utile dans ses mains que dans les tiennes pour se défendre ?

La porte était sur le point de céder, la chose redoubla d'efforts en hurlant. Des serres aiguisées tels des couteaux la découpaient avec encore plus d'ardeur.

— Mais bordel, pourquoi dis-tu ça ? reprit Thomas. Qu'a-t-elle fait de si incroyable que ça pour te décevoir à ce point ?

— Chut… Moins fort, tu vas nous faire repérer… Tiens. Voici ce qui était posé en face d'elle sur la table, lorsque nous l'avons trouvée, le corps d'Arnaud gisant à ses pieds. Et dont elle a oublié de nous parler. Je suis étonné que tu ne l'aies pas vu en premier, d'ailleurs.

Sébastien fouilla dans sa poche, et tendit sa main vers Thomas.

— Alors ? Qu'en dis-tu ?

Thomas regarda le militaire, et écarquilla ses yeux.

— Tu te moques de moi, c'est ça ?

— Quoi ? Non, bien sûr que non !

— Ça va. Tu n'as rien du tout dans ta main...

Tandis que la porte n'était plus qu'un vaste souvenir, la chose éclata soudain de deux coups de serres le tas de fauteuils, parvenant enfin à s'engouffrer entièrement dans la salle de contrôle.

— Eh merde... Il est probablement trop tard, annonça le militaire en remettant sa deuxième main sur son arme, prêt à faire feu.

Chapitre 33 - Le maître du jeu

Quelques minutes plus tôt, sur terre, dans une salle où fourmillaient de nombreux opérateurs, chacun travaillant derrière un ordinateur équipé de multiples écrans...

Un homme imposant entra dans la pièce. Costume impeccable, montre inestimable. À sa vue, les bruits de bavardage cessèrent instantanément. Il s'avança jusqu'à un écran recouvrant la totalité du mur devant lequel se tenait Peter, le responsable de cette plateforme. Il se retourna en le voyant arriver.

— Mais c'est monsieur le directeur en personne, dit-il en serrant chaleureusement la main de son supérieur.

— Salut Peter, dit Luke. Comment ça se passe aujourd'hui ? J'ai reçu quelques notifications comme quoi il y avait quelques soucis de ton côté en ce moment ?

Sur l'énorme écran séparé en plusieurs zones, la base lunaire apparaissait dans sa globalité, filmée grâce à de nombreuses caméras positionnées de sorte à être quasiment invisibles pour quiconque ne savait pas où chercher.

— Eh bien... plutôt mal, pour être honnête, répondit Peter.

— Mal ? C'est-à-dire ? s'inquiéta immédiatement Luke.

— Eh bien, nous avons mis en place les process que tu souhaitais, afin de permettre d'augmenter la cadence des sessions de simulation, par rapport à l'arrivée croissante d'éruptions solaires bien plus violentes que les précédentes. Malheureusement, cela a généré quelques bugs.

— Je t'écoute.

— Assieds-toi, tu ne vas pas être déçu...

— Je passe ma journée assis, je préfère rester debout.

Peter tapota sur sa tablette, et murmura dans son oreillette :

— Tenez-moi au courant si vous parvenez à reprendre la main. Désolé. Alors... tout d'abord, voici la sélection des candidats pour la simulation que je supervise. Le principal problème vient du fait que le travail d'analyse caractérielle de nos entités a dû être raccourci. La phase de validation post-sélection ayant été supprimée, pour gagner du temps, le groupe dans lequel évolue le potentiel futur pilote a été... Comment dire ? Légèrement déséquilibré.

Luke sourcilla en découvrant les six protagonistes autour de la table durant leur réveil.

— Je ne suis pas certain de bien comprendre.

— Eh bien, la plupart du temps, nous faisons en sorte d'avoir un certain équilibre. Il y a le candidat test, Thomas Shepard, dans ce cas précis. Dans la lignée de ses camarades de promotion avant lui, il est plutôt brillant jusqu'à présent. Lui, on essaie de modifier le moins possible sa personnalité, on se contente d'annihiler la plupart de ses souvenirs, afin surtout qu'il oublie la raison pour laquelle il est là. Ensuite, il y a Arnaud Mitchell. En tant que précurseur et principal administrateur du programme, il fait partie, comme il l'avait demandé avant son décès, de chacune des simulations.

— OK. Jusque-là, c'est clair.

Peter appuya sur sa tablette, et les quatre profils apparurent sur l'un des murs d'écrans de la salle qu'il pointa du doigt pour indiquer l'emplacement que Luke devait regarder.

— Pour le reste, nous avons quatre autres protagonistes, dont les caractères et les comportements proviennent de notre base de données de cerveaux en cryogénisation, que nous réactivons en fonction de nos besoins et du tirage au sort réalisé par l'IA qui gère la simulation. Légèrement modifiés et stimulés par cette même IA, généralement, nous les choisissons de sorte que chacun d'entre eux respecte une des quatre couleurs dominantes correspondant à des caractères, à savoir bleu, rouge, jaune et vert, l'objectif de la simulation étant de valider le fait que même durant des situations stressantes, le candidat test est capable de communiquer convenablement avec n'importe quelle personnalité en face de lui.

— OK, jusque-là c'est clair.

Peter zooma sur chacun des visages, ce qui fit s'afficher la fiche caractéristique rattachée à côté de l'entité sélectionnée.

— Durant cette simulation, le programme a réalisé le tirage aléatoire suivant : Sébastien Conrad, présenté comme étant un ex-formateur militaire, représentatif de la couleur rouge, à savoir autoritaire et directif. Florence Cernan, actrice, aura la couleur verte : légèrement effacée, mais très à l'écoute, avec un bon esprit d'analyse. Pour la couleur bleue, synonyme de logique – ou pour dire ça autrement, quelqu'un qui aime bien mettre les petites boîtes dans les petites boîtes –, il a été choisi Carine Scott, une méticuleuse réparatrice d'hélicoptère. Enfin, la couleur jaune, représentant la communication facile et la bonne humeur, sera incarnée par Isabelle Schmitt, une doctoresse.

— Et là ? Qu'est-ce que c'est ? demanda Luke en montrant un écran filmant le couloir de sortie du module ANTARES.

— C'est le premier extrait de la simulation. On fait toujours en sorte qu'il y ait une personne capable d'attribuer des soins dans le groupe. Sauf qu'au bout de quelques minutes, Isabelle a voulu prouver que tout ceci n'était qu'une simulation, et elle a eu la mauvaise idée de se rendre dans le sas et de le dépressuriser sans son casque.

L'image du visage sans vie de la doctoresse apparut en gros plan, ce qui fit détourner le regard du superviseur en chef.

— Aïe, pas joli, en effet. Ça arrive souvent ce genre de cas ?

— C'est la première fois.

— Et vous avez identifié la raison de son comportement ?

— On a quelques pistes. Visiblement, le paramétrage censé représenter sa couleur n'a pas du tout été respecté. Probablement un bug. On aurait pu le repérer si la phase de validation n'avait pas été supprimée

pour gagner du temps… Sa fiche indiquait qu'elle avait un passif à tendance légèrement complotiste.
— C'est-à-dire ?
— Avec certains de ses patients complices, elle leur attribuait de faux vaccins pour qu'administrativement, ils soient autorisés à se déplacer où ils voulaient, chose qui lui a d'ailleurs valu la prison par la suite. Visiblement, l'IA, durant la génération des profils pour la simulation, a cru bon d'agrémenter très fortement cette caractéristique.

Luke hocha la tête en sortant sa vapoteuse.
— Troublant. Donc ils n'ont rapidement été plus que cinq. Ensuite ?
— Une fois ce décès, la situation s'est temporairement stabilisée. Thomas a proposé d'embarquer la totalité des objets et fait preuve de tact. Il a immédiatement dû faire face à Sébastien.
— Le militaire ?
— C'est ça. Là encore, son niveau d'agressivité a plusieurs fois oscillé de manière aléatoire, compliquant beaucoup les choses. Il a un peu trop joué des flingues, et à cause de lui, on a cru que la simulation serait rapidement avortée.
— Vous avez une explication sur ce changement de caractère ?
— Je vais y revenir, mais non. Le plus perturbant était que c'était totalement hors de contrôle pour nous.
— Vraiment ?
— Ouais, soupira Peter. Bref, comme c'était planifié, ils sont parvenus à réparer la Jeep grâce au mécanicien qu'on place toujours dans nos quatre entités, et se sont dirigés vers ORION, comme attendu dans cette simulation. Ça a commencé à se gâter lorsqu'ils ont découvert des empreintes du nettoyeur.

L'image terrifiante du robot apparut sur l'écran, ce qui immédiatement fit sourire Peter.
— Qu'y a-t-il ? demanda Luke en le voyant amusé.

— Tu ne trouves pas qu'il ressemble au général Grievous de *Star Wars* ?
— *Star Wars* ?
— Ah… Oui. Une série, diffusée il y a bon nombre d'années maintenant…
— Épargne-moi ta culture de geek friand de trucs démodés et continue.
— Bien sûr, s'excusa Peter. Donc, en théorie, avant chaque démarrage, le simulateur d'atmosphère est nettoyé dans sa totalité, à deux ou trois détails près, comme les traînées de pneus faites par la Jeep. Mais ce coup-ci, faute de temps, il restait encore les traces de lutte des protagonistes de la précédente session.
— Et ? C'était problématique ?
— S'il n'y avait eu que ça, ça aurait pu passer. Le souci est qu'il y avait également les empreintes du robot nettoyeur qui avait en charge de se débarrasser des corps sans vie. D'énormes *Y*, dans le sol, ce n'est pas quelque chose qu'on s'attend à voir sur la lune. En investiguant, nous avons détecté trop tard que son mécanisme permettant d'effacer les empreintes qu'il laissait derrière lui était dysfonctionnel. Impossible de réparer ça sans stopper la simulation. Une fois de plus, cela fait partie de ce que nous faisons durant l'ultime étape que nous avons dû annuler, toujours pour répondre à ta requête récente pour diminuer le temps de préparation entre deux simulations.
— D'ailleurs, le gain de temps a été apprécié dans les plus hautes instances, merci pour ça.
— Tu leur transmettras de ma part qu'il ne faut pas confondre vitesse et précipitation. En omettant de faire certains tests en amont, on a clairement merdé sur ce coup en voulant faire les choses trop vite. C'est un miracle que les trois simulations précédentes se soient déroulées sans trop de problèmes.
— On va dire que je n'ai rien entendu. Continue.

Peter zooma sur les traces de pas laissées par terre.

— Au-delà de semer la zizanie dans l'équipe, qui s'est rapidement inquiétée de comprendre la raison de la présence de ces pas et de cette potentielle lutte, Thomas a trouvé par terre le scratch sur lequel était inscrit le nom de la doctoresse, Isabelle Schmitt.

— Comment cela se fait-il ?

— Il faut savoir que d'une session à l'autre, ce sont les mêmes noms qui sont conservés, ça permet de toujours parler des mêmes protagonistes entre opérateurs. Sauf que celui-ci, perdu dans la précédente session au moment d'une querelle, n'avait pas été récupéré par le nettoyeur, faute de temps. Ça a rapidement éveillé les soupçons de Thomas. Il a vérifié sur le corps de la doctoresse, qu'ils ont cru bon d'embarquer avec eux, et il a vu que l'objet était dupliqué. Inutile de dire que ça l'a sacrément turlupiné.

— Normal.

Peter avança dans l'historique, s'arrêtant sur certaines scènes.

— Pour qu'il évite de se demander la raison pour laquelle il existait à la fois le scratch sur le macchabée et sur celui qu'il venait de trouver, nous avons dû faire intervenir le nettoyeur, afin qu'il supprime l'élément en trop. À noter qu'en théorie, il ne doit jamais intervenir lorsqu'il y a des risques qu'il se fasse repérer. Mais là, il y avait urgence.

Les images en question apparurent à l'écran. Un détail intrigua immédiatement Luke :

— La femme sur la Jeep... Florence, c'est ça ? Elle n'a rien vu ?

— Encore un point assez surprenant. Cela nous a étonnés au moment de superviser la simulation, car elle s'est spontanément présentée comme étant aveugle, ce qui n'était pas du tout le cas initialement. Ses périphériques optiques d'acquisition de données, à savoir la vue donc, ainsi que l'ouïe et le toucher, tous étaient opérationnels. On a immédiatement pensé à un dysfonctionnement des capteurs. Après avoir eu confirmation qu'on ne voyait rien au niveau des écrans câblés transmettant ce que ses

yeux voyaient, on a validé l'intervention du nettoyeur, alors qu'elle était toujours sur les lieux. Un membre de mon équipe enquête actuellement sur cette entité. En faisant des recherches, on a découvert que c'était la première fois qu'on utilisait son cerveau dans la simulation. Et... il y a plusieurs choses de louches à ce sujet.
— Du genre ?
— J'y reviendrai dès lors que les investigations auront pu aboutir. Bref, grâce à la bonne connaissance du terrain de Thomas, ils ont avancé vers le point suivant, le module ORION. Inutile de préciser qu'ils étaient hantés par cette inquiétude d'être poursuivis par le nettoyeur, que bien évidemment ils n'ont pas su catégoriser en tant qu'ami ou ennemi. Cela a continué jusqu'à ce qu'ils perdent la carte des constellations. Par miracle, ils n'ont pas trop cogité sur le fait qu'ils la retrouvent aussi facilement, encore grâce au nettoyeur qui l'a placée ici.
Luke hocha la tête, et demanda :
— Rappelle-moi, en quelle année sont-ils censés être ?
— Pour cette simulation, nous avons paramétré l'IA pour qu'elle leur insuffle un vague souvenir remontant aux technologies de l'année 2023.
— Lorsque l'IA a commencé à se normaliser, donc.
— Exactement.
— Mais... quelque chose m'échappe... Nous avons colonisé Mars, Europe et d'autres planètes depuis, pourquoi se cantonner à garder un simulateur sur la lune ?
Peter soupira en montrant quelques images des plus beaux paysages de ce simulateur.
— Cela avait été évoqué durant un précédent comité de pilotage mensuel. Question de budget, et de temps. Et puis avec la faible gravité lunaire qui parle à tout le monde, il nous est bien plus facile pour nous de laisser croire aux participants, grâce aux bulles d'hélium habilement dissimulées dans leurs combinaisons ainsi que les objets auxquels ils ont

accès, bien plus légers qu'à la normale, qu'ils sont bel et bien sur la lune. Sans parler des niveaux de rationalité des entités, qu'on a fait évoluer pour qu'ils ne cogitent pas trop sur le sujet. D'autant plus qu'à cette époque, personne n'y était retourné depuis l'ultime mission d'Apollo.

— OK, je vois. Et ensuite ? Que se passe-t-il sur cette image ?

Peter appuya sur une touche de sa tablette, et Carine apparut sur l'écran principal, tournevis à la main, s'apprêtant à démonter le panneau de commande du sas d'ORION.

— C'est là où ça a commencé à vraiment partir en cacahouète. On peut voir que la mécanicienne est en train de bidouiller le système pour pouvoir s'échapper avec toutes les réserves de l'équipe en essayant de ne réveiller personne. Quelqu'un lui a soufflé l'idée.

— Je suppose que cela n'était pas prévu dans la simulation ?

— Pas du tout, non. Mais en vérifiant, on a pu constater que les caractéristiques autour de la notion de doute et d'influence chez Carine avaient été largement amplifiées par l'IA à partir du moment où ils sont arrivés dans le deuxième module. C'est une des choses sur lesquelles on travaille. Mais… elle n'est visiblement pas la seule fautive.

— Qui d'autre ? Ah… Mais… Ce ne serait pas… L'aveugle qu'on voit sur le côté, là ?

— Effectivement. C'est elle qui aurait apparemment convaincu et soufflé les conseils pour s'évader. On a étudié les échanges, et à part une phrase ou deux, rien n'a été dit. On suppose qu'il y a eu une forme de télépathie.

— Attends… cela se peut ? Entre les entités ?

— Non, c'est totalement impossible. Mais on ne voit que ça. Une fois de plus, nous sommes en train d'enquêter sur son cas. Comme tu le sais, le reparamétrage des caractéristiques des différents cerveaux que nous utilisons pour faire évoluer les simulations est parfois capricieux… Et là, on a clairement perdu le fil.

— J'entends bien, répliqua Luke. Mais ce genre de choses, c'est quand même une première.
— On est en phase.
— Et donc... la mécanicienne ? Que lui est-il arrivé ?
— Aidée par Florence avec qui elle était de mèche, comme tu peux le voir ici, elle est parvenue à s'échapper, en écrivant auparavant la petite phrase suivante.

Il zooma sur l'une des caméras afin de rendre l'écriture plus lisible :
— « L'union ne fait pas la force ? » À quoi fait-elle référence ?
— À l'énonciation des consignes au moment du lancement de la simulation. Tiens, voici l'extrait : « Enfin, souvenez-vous : *l'union fait la force*... Toutefois, restez vigilants, il se pourrait qu'un traître se dissimule parmi vous. » Or, la seconde partie n'a jamais été programmée pour être dite.
— Mais non...
— Ce n'est pas dans nos enregistrements sonores, pourtant, tous l'ont entendu. Même Thomas.
— Et pourquoi ne pas tout arrêter et la réinitialiser ?
— Pour deux raisons : la première, c'est que dans le meilleur des cas, ça rendrait Thomas, le futur pilote de la super-fusée qu'on a commencé à préparer, complètement amnésique, pour de vrai ce coup-ci. Au-delà du fait que le lancement devrait être annulé, ce serait dommage de perdre des années de formation de la sorte. Ça s'est déjà fait par le passé, à plusieurs reprises, et il a fallu que j'aille expliquer aux familles pourquoi on leur redonnait un légume.
— Je m'en souviens bien, soupira Luke.
— Dans les grandes lignes, son cerveau est actuellement en partie contrôlé par l'IA du système qui gère cette simulation. Sauf que comme tous les autres candidats, celle-ci annihile de nombreux éléments de sa mémoire.
— Dans ce cas, comment le réveiller sans risque ?

— L'IA a initialement été conçue par Arnaud pour ne relâcher son esprit qu'en toute fin de programme, ou alors s'il reçoit un pic d'endorphine ou d'adrénaline suffisamment important pour qu'il émerge de lui-même. Il est parti sans avoir eu le temps de la faire évoluer, et depuis, personne n'a pu reprendre son code.

— On ne pourrait pas directement lui injecter dans le corps, j'imagine ?

— Non. Ça le tuerait si on le faisait.

— Allons-bons... Évitons, dans ce cas.

— En d'autres termes, seul le moment où il aura atteint son objectif, à savoir quand il sera sur le point de rejoindre la fusée mère, c'est là qu'il pourra potentiellement se réveiller sans danger. Nous avons accéléré et déclenché la commande d'approche de la dernière partie du programme, mais cela prend un peu de temps. Les équipes font de leur mieux.

— Je vois. Mais dans ce cas, pourquoi ne pas reparamétrer la simulation pour qu'elle soit en sa faveur ?

Peter déglutit, avant de lâcher le morceau :

— C'est ce qui nous amène à la deuxième raison. Nous... Nous ne la maîtrisons plus... Dans sa totalité.

— Pardon ?

— Les éléments principaux de la simulation, incluant la temporalité, les caractéristiques des différentes entités et d'autres éléments peu importants, sont actuellement partiellement hors de contrôle.

— Comment l'expliques-tu, en tant que responsable de cette plateforme ?

— On investigue sur le sujet. Nous n'avons pour l'instant plus d'autre choix que de laisser couler tout en essayant parallèlement de récupérer la maîtrise du système – en croisant les doigts pour que la situation n'empire pas.

Luke sourcilla et inspira nerveusement de longues bouffées de sa vapoteuse, avant de faire signe de la tête de continuer :

— Depuis quand en êtes-vous conscients ? reprit-il.

— Là où les éléments ont commencé à se gâter, c'est au moment où Carine est partie, aidée par Florence qui a par la suite feint d'avoir été assommée. Alors qu'en réalité, c'est elle qui a refermé le sas derrière elle, avec la carte, qui s'est mise à jour automatiquement. Bref. Ils ont dû employer le pain de plastic pour sortir... Ce qui a sacrément détérioré le module, comme tu peux le constater.

— Dans les autres simulations, à quel moment celui-ci aurait-il dû être utilisé ?

— Ce ne sont pas toujours les mêmes caisses de conteneurs. Quand il y en a, c'est assez rare, mais c'est toujours au moment où ils doivent rentrer dans la base lunaire finale, s'ils n'ont pas réussi à trouver le code, assez subtil à récupérer. L'endroit est préparé pour ce genre d'explosion, et permet de rapidement le remettre en état pour la session suivante. Attends un instant... Là.

Il fit plusieurs manipulations sur sa tablette, avant de pointer l'enregistrement au bon moment.

— Ah, voici la vidéo, prise à partir de la Jeep. Carine vient de s'enfuir, le reste de l'équipe a défoncé la porte pour sortir. Une fois à l'écart, on a pu désactiver la mécanicienne, étant donné qu'elle s'était trop éloignée de son contexte initial. Et ici, tu peux voir notre robot nettoyeur, dont le job principal consiste à récupérer les corps qui ne sont plus utiles à la simulation. Sauf qu'il a été repéré par les autres, en train de faire son boulot, à savoir découper une entité afin de plus facilement pouvoir le transporter en dehors de la zone, pour qu'on puisse le reconditionner.

— J'en conclus qu'elle non plus, il n'était pas planifié qu'elle meure aussi rapidement ?

— Pas dans cette simulation, non. D'ailleurs, jusqu'à présent, jamais les protagonistes n'avaient vu le nettoyeur. Bref, se faisant surprendre par le reste de l'équipe, le robot, hors de contrôle, s'est automatiquement mis

en mode défense, et a estimé que la fuite vers les collines était la meilleure solution. Une chance, sans quoi il aurait pu faire un massacre. Sauf que…
— Sauf que ?
Peter joua avec sa tablette tactile, jusqu'à arriver à un moment précis.
— Ici. Thomas, en arrivant le premier sur les lieux, a remarqué que le buste des protagonistes n'était pas humain mais artificiel… Par chance, il n'en a parlé à personne, mais ce n'est pas le premier doute qu'il avait. La veille, nous avons dû l'endormir prématurément, après qu'il a constaté l'absence de sanitaires dans les modules. Heureusement, ce paramètre avait été annihilé chez les autres entités qui n'y ont pas prêté d'importance.
— Embarrassant, en effet.
— Oui. C'était la première fois qu'un candidat faisait cette remarque. Ce cobaye est bien trop perspicace pour notre IA.
— Au bout de quel pourcentage de doute la simulation doit-elle être annulée ?
— Cinquante et un pour cent, en théorie ; mais de toute façon, c'est actuellement impossible, étant donné que nous n'avons plus la main dessus…
— Bien sûr… Bon, passons. Ensuite ?
Peter utilisa le joystick numérique virtuel sur sa tablette pour avancer sur la temporalité de l'enregistrement. Il s'arrêta soudain et zooma :
— Là, c'est le moment où ils ont tenté d'explorer la face cachée de la lune. Une fausse piste. À ce moment précis, l'IA a pu augmenter sur un court instant le niveau de doute de chacun des membres connectés pour qu'ils proposent tous de faire demi-tour. En jouant avec l'ombre, on a réussi à les apeurer. Sans quoi, ils auraient rapidement atteint les limites géographiques du simulateur. Mais pendant qu'ils retournaient vers la zone éclairée, une caisse dans laquelle il y avait des rations d'air, de nourriture et d'eau est tombée de la Jeep. Jusque-là pourquoi pas, ce sont des choses qui arrivent fréquemment.

— Donc, quel a été le problème ce coup-ci ?
— Le nettoyeur, encore. Quelque chose l'avait vraisemblablement reparamétré. On ignore pourquoi il a décidé de subtiliser le conteneur, poussant un peu plus les protagonistes dans une atmosphère délétère, leurs réserves étant de plus en plus basses. On n'a toujours pas saisi le comportement incompréhensible de ce robot, comme s'il se battait pour que la simulation échoue à tout prix. C'est bel et bien un miracle qu'ils ne se soient pas entretués à ce moment-là.
— Bref, va au fait. Où en sont-ils au moment où l'on se parle ?
— J'y viens. Voulant gagner du temps, nous avons fait descendre plus rapidement que prévu leurs réserves en les aiguillant jusqu'à la base lunaire, où ils devaient arriver théoriquement à six. Mais c'est un détail. Ah… Attends un instant, je te prie…

Luke vapota de nouveau en observant l'image donnant sur le sas d'entrée de cette base. Peter avait la main sur son oreillette et il devint soudain atrocement pâle. Son supérieur remarqua l'énorme goutte de sueur ainsi que les déglutissements multiples de celui qu'on surnommait sur la plateforme « le maître du jeu ».

— Entendu. Regardez comment vous pouvez reprendre le contrôle sans faire trop de dégâts, annonça-t-il dans son micro-casque.
— Qu'y a-t-il ?
— On y vient, mais ça ne va pas te plaire. Voici sur l'écran, la porte du sas de l'entrée. À gauche telle qu'elle apparaît en réalité, à droite, telle qu'elle a été visualisée par les entités Arnaud et Sébastien.

Luke observa et trouva rapidement le problème :
— Ces traces de griffes ? Pourquoi ne sont-elles que d'un seul côté ?
— Bingo. Encore une chose que nous n'expliquons pas. C'est comme si quelque chose était parvenu à altérer la réalité de tous les protagonistes, sauf Thomas. Mais s'il n'y avait que ça… Voici. Quelques instants plus tard, ils ont pénétré dans le centre de commandement. Par quel miracle la boussole l'a ouvert, ça aussi, ça nous échappe.

— Ce n'était pas prévu ?

— Pas le moins du monde. Lorsque le timing est respecté, ils n'ont pas à passer par là et vont directement sur le site d'alunissage où la fusée les attend. Parfois, si nécessaire, comme je te l'ai dit à l'instant, ils utilisent le pain de plastic pour pénétrer à l'intérieur, mais assez rarement. Tout est donc factice dans le bâtiment, incluant la boussole. Sauf que voilà...

À l'écran, Luke observa les vidéos de surveillance, similaires à ce qu'il était en train de voir, s'afficher sur le moniteur en face de Florence. Peter zooma, jusqu'à ce que le moindre détail soit visible.

— À droite, ce qu'ils ont pu percevoir ; à gauche, ce qui apparaissait en réalité.

— Mais ! Mais c'est tout bonnement impossible ! s'exclama Luke. Comment Arnaud pouvait-il visualiser ça ?

— On est d'accord. Le même pseudo-programme pirate a une fois de plus réussi à altérer la réalité de la simulation. Ces moniteurs ne sont reliés à rien, ils sont tous fictifs. Et pourtant, Arnaud est parvenu à voir l'une de nos applications de vidéosurveillance, où les autres sessions étaient diffusées en parallèle. Et que dire de ceci, regarde cet écran.

La photo exportée de la vision d'Arnaud, sur laquelle posaient Thomas, son épouse et son fils, apparut alors.

— Mais non ! s'étonna Luke. Ça ne peut pas être vrai ! De quand date cette vidéo ?

— Il y a quelques minutes à peine. Lorsque tu es arrivé, le robot nettoyeur venait de pénétrer dans le site d'alunissage...

— Quoi ? Mais pour quelle raison ?

Peter soupira.

— On n'est pas sûrs. Mais Arnaud, en remarquant qu'il n'y avait pas d'aimant dans la boussole, était sur le point de découvrir que l'absence de polarité était fictive. Son pourcentage de doute avait dépassé les 52 %. Cela aurait pu s'arrêter là, mais étant donné ce qu'il avait vu, à savoir des vidéos des précédentes simulations, nous avons été obligés de le débrancher. Il devenait trop dangereux pour la suite.

— Et l'aveugle ?

— Elle n'a rien vu ni répété, prétextant être sous le choc.

— Étrange, après tout ce que tu m'as dit sur elle.

— On est d'accord. Pour en revenir à la présence du robot nettoyeur, il vient pour faire ce pour quoi il est programmé. Il a capté que les données vitales d'Arnaud avaient cessé d'émettre, alors il est venu se débarrasser de ce corps désormais inerte. Sauf que ses fonctions sont sacrément altérées, comme tu peux le constater sur le direct. Dans une simulation « normale », il se serait assuré de ne pas se montrer devant les protagonistes de l'exercice, excepté si nous le paramétrons manuellement, ce qui n'arrive quasiment jamais. Et là, visiblement, pardonne-moi l'expression, mais il s'en fout royalement.

Peter appuya sur un bouton, et le mur d'écran afficha alors le rendu de toutes les caméras, habilement dissimulées un peu partout dans la pièce.

— Tu es à présent en direct de ce qui est en train de se passer.

Luke ouvrit la bouche et en perdit sa vapoteuse, qui se fracassa par terre. Il découvrit ce qui paraissait totalement impossible, et qui pourtant était en train de se produire sous ses yeux : le robot, après avoir complètement défoncé la porte, venait de pénétrer dans la salle de contrôle.

— Arrêtez tout ! hurla-t-il. Qu'attendez-vous ? Ça ne peut pas continuer comme ça !

— Nous aimerions bien… Mais… après avoir déclenché le lancement de l'arrivée de la fusée mère, on m'a confirmé que nous ne maîtrisions plus rien, soupira Peter. Le programme informatique ayant pris le dessus sur la simulation semble sacrément coriace.

— Vous ne pouvez vraiment rien faire ?

— On a mis nos meilleurs gars sur le coup. On va faire notre possible pour reprendre le contrôle d'ici la fin de l'exercice. Il n'y a plus qu'à attendre.

— Et espérer, soupira Luke.

Chapitre 34 - Le nettoyeur

— On se concentre sur le nettoyeur, annonça Peter dans son microcasque. Analysez ses données, et tâchez de découvrir la raison qui l'a poussé à s'introduire ici.

Tout autour de lui, une horde d'informaticiens faisait défiler des lignes de code incompréhensibles pour un non-initié. La tension était palpable, les visages tendus, les tasses de café partiellement remplies, le cliquetis des doigts s'agitant sur les claviers omniprésent.

— Si le nettoyeur vient uniquement pour récupérer le corps d'Arnaud, on aura peut-être une petite chance qu'ils s'en sortent indemnes. Il devrait théoriquement s'en aller une fois le cadavre découpé. Enfin, s'il n'est pas interrompu dans sa tâche.

— C'est-à-dire ? Comment pourrait-il réagir ? demanda Luke.

— Nous sommes actuellement en train de calculer les comportements potentiels qu'il pourrait avoir.

— Regarde, on dirait qu'ils parlent… reprit soudain Luke. Essayez de capter ce qu'ils sont en train de se dire, que je vois dans quel état d'esprit ils sont.

— Qu'on fasse sortir dans les enceintes les voix de Sébastien et de Thomas, annonça Peter.

— C'est fait, répondit un opérateur.

Malgré ce branchement, aucun son mis à part des respirations saccadées ne fut retransmis. En réalité, dans la salle de contrôle, tapis sous une table, ni l'un ni l'autre ne prononçaient le moindre mot, apeurés par l'aspect terrifiant du monstre robot qui venait d'apparaître en face d'eux, à quelques mètres seulement de leur cache. Celui-ci s'avança prudemment, scrutant les différents emplacements de la pièce.

— Qu'on me mette sur l'écran 12 ce que perçoit visuellement le nettoyeur, ordonna Peter.

Une fois l'opération réalisée, Luke demanda :

— Alors ? Que fait-il ?

— Il fait un balayage thermique afin de s'assurer qu'aucun élément indésirable ne pourrait l'empêcher de réaliser ce pour quoi il a été programmé. Ah... Il a visiblement détecté la chaleur corporelle de Sébastien et de Thomas, il sait donc qu'ils sont à proximité. Que va-t-il faire ?

Le nettoyeur mit un certain temps avant d'afficher ce statut : « non dangereux », dans sa vision interne, ce qui réconforta le chef de plateau ainsi que son supérieur.

— Ouf... Il devrait vraisemblablement se contenter de récupérer Arnaud sans montrer de signaux agressifs. Ce qui devrait théoriquement leur permettre de ne pas le combattre.

— Si c'était le cas ?

— Ils n'auraient aucune chance de s'en sortir. Ils se feraient totalement dézinguer.

— Ah... Oui, il vaut mieux qu'ils n'aient pas à l'affronter, effectivement.

Le robot nettoyeur s'approcha lentement d'Arnaud, étendu sur le sol. Après avoir assuré un dernier coup d'œil sur ses arrières, il fit apparaître un cercle circulaire métallique de l'une de ses mains, et commença à découper méticuleusement le corps de celui-ci au niveau de la taille. Thomas murmura alors quelque chose :

— On dirait...

— C'est comme s'il le séparait en deux parties, répondit Sébastien. Très étrange. Mais le plus bizarre... Pourquoi, selon toi, n'y a-t-il pas de traces de sang par terre ? Pas la moindre goutte...

— Oui, c'est bizarre, répliqua Thomas en soupirant. Il était visiblement en train de faire pareil pour Carine quand je l'ai surpris.

Le militaire le toisa du regard :

— C'est moi ou... on dirait que ça ne te surprend pas plus que ça comme découverte ?

Thomas haussa les épaules. Le robot observa soudain dans leur direction, avant de continuer son ouvrage.

— Il sait qu'on est là… mais ne nous attaque pas, murmura Sébastien.

— En réalité, reprit Thomas, pour le sang, je m'en étais rendu compte quand on a trouvé le corps de Carine, lorsque cette chose a fui devant nous. C'est la raison pour laquelle j'ai fait en sorte de tout de suite la couvrir sous le drap, avant que vous n'arriviez.

Sébastien hocha la tête avec agacement.

— Et l'on peut savoir pourquoi tu ne nous as rien dit sur le sujet ?

— Pour ne pas vous effrayer. Il y avait déjà suffisamment d'urgence et de stress à gérer.

Le militaire soupira.

— Je note une fois de plus à quel point tu n'as pas été honnête avec nous en taisant cette information.

Dans la salle remplie d'ordinateurs et d'écrans du maître du jeu, Luke s'interrogea face à cette remarque, transmise par l'un des micros habilement dissimulés dans le décor de la pièce :

— Il y a quelque chose que je ne comprends pas… Ne serait-il pas logique que la première chose qu'il fasse lorsqu'il apprend ceci, ce soit qu'il regarde son ventre ?

— Si, en effet, répondit Peter. Mais c'est une phase comportementale que notre IA filtre. En gros, elle rationalise le cerveau en lui précisant que ce n'est pas nécessaire. C'est la raison pour laquelle, jusqu'à présent, cela a toujours été un simple détail dans l'expérience. Il n'a pas cherché à en savoir plus. On a du bol que cette partie du programme n'ait pas été touchée par ce potentiel virus.

Peter et son supérieur regardaient les différents protagonistes évoluer, sur le mur d'écrans, le cœur battant. Le nettoyeur avait bien entamé le découpage du corps et s'apprêtait désormais à l'extraire de la base.

— Il faut absolument sortir Thomas de là, murmura Luke.

— On est dessus, mais on va dire que pour l'instant... cela ne se passe pas si mal que ça. Le robot fait son travail, et une fois terminé, il s'en ira comme s'il n'était jamais venu.
— Et ensuite, quel est le programme ?
— La fusée mère aurait dû alunir dans un peu moins de six heures. Étant donné les circonstances, on a miraculeusement pu l'avancer, avant de perdre totalement le contrôle. Le décompte est affiché sur l'écran. Ce sera leur seule et unique chance de s'en sortir.
— Dans combien de temps ? interrogea Luke.
Comme s'il entendait la conversation, Thomas annonça :
— Dans moins de quatre minutes, ce compteur arrivera à sa fin. Je me demande bien ce qu'il se passera... Espérons que ce soit la fusée mère... Ou peut-être qu'on se réveillera de ce putain de cauchemar ?
Le militaire hocha la tête, toujours prêt à faire feu. Il proposa soudain :
— Viens, on va tenter de se rapprocher.
— Mais dans quel but ? Tu vois bien que cette chose n'est pas agressive ?
— Pour essayer de mieux comprendre ce qui se cache derrière ce robot.
— Tu es fou ! Fous-lui la paix !
— Reste là si tu veux, moi je vais tâcher d'en savoir plus.
Thomas soupira, avant de décider de le suivre. Ils rampèrent le plus discrètement possible jusqu'à un endroit un peu plus proche. Le robot, toujours conscient de leurs déplacements grâce à sa vision thermique périphérique, continua son découpage de corps méthodique sans montrer le moindre signe d'agressivité. Une fois installé à un nouveau poste, Thomas murmura :
— Dis-moi, ce que tu voulais que me montrer tout à l'heure que tu tenais dans ta main... c'était quoi ?
— Pourquoi veux-tu le savoir ?

— Tu souhaitais que je le voie, à un moment un peu tendu. J'en conclus donc que pour toi, c'était quelque chose que j'aurais pu trouver intéressant. Pour ne pas dire vital.
— Pas maintenant… s'énerva le militaire.
— Écoute, on n'a aucune idée de comment va réagir cette chose dans les prochaines minutes… Soit elle s'en va, soit elle nous attaque, auquel cas je ne donne pas cher de notre peau. Donc oui, je pense que c'est le moment ou jamais. Qu'est-ce que tu tenais en main et que je n'ai pas réussi à voir avait de si important pour que tu veuilles impérativement me le montrer ?

Le militaire ressortit l'objet en question, que seul lui était capable d'observer. Il le contempla, avant de le remettre dans sa poche.
— C'est une photographie de toi.
— Mais non… C'est impossible…
— Et pourtant… on te reconnaît. Tu es avec une femme, probablement la tienne, ainsi qu'un gamin sur tes épaules, ton fils, je suppose, étant donné l'air familier.

Thomas se figea, abasourdi par ce qu'il venait d'apprendre.
— Je… À quoi ressemblent-ils ?

Le militaire soupira, regarda de nouveau la photo, et répondit :
— Elle, petite blonde, cheveux longs. Yeux clairs bleu-vert. Un petit nez en trompette. Très jolie. Lui, un enfant de 6, peut-être 7 ans. Des yeux marron, cheveux très courts châtains, légèrement bouclés. Un air de petit coquin.

Il précisa :
— Je suis désolé, ce n'est pas mon truc les descriptions…

Thomas tremblait de tout son corps.
— Oui… Oui… Cela me revient maintenant. Je ne me rappelle pas son prénom, mais je la vois dans ma mémoire, je sens son odeur, ses cheveux… Et mon petit loulou… Sais-tu où cette photo a été prise ?
— On dirait un centre d'attraction.

— Oui, bien sûr, je me souviens de ce moment... Une très belle après-midi. Comment ai-je pu les oublier ?

Dans la salle de contrôle du maître du jeu, Peter regardait un écran, l'air pensif.

— Mais non ! C'est tout bonnement impossible ! Il est clairement évoqué que cette partie affective de la mémoire a été annihilée par l'IA ! Comment peut-il s'en souvenir !

— Peut-être que cela va nous être utile, répondit Luke. Tu n'avais pas dit qu'avec suffisamment de dopamine, il pourrait parvenir à se réveiller de son sommeil assisté par le système ?

— C'est une hypothèse, mais il y a de plus fortes chances pour que...

Comme s'il les entendait, Thomas rajouta soudain :

— À présent, je sais que je dois me battre pour eux, pour les revoir. Je n'ai pas le droit de mourir – pas aujourd'hui, en tout cas.

— Et voilà, reprit Peter. C'est bien ce qui m'effrayait... Désormais, la seule solution pour lui de sortir de cette simulation, ce sera de parvenir à rejoindre la fusée mère. Quoi qu'il en coûte.

— N'y a-t-il pas moyen d'accélérer son arrivée pour gagner du temps ?

— Mon équipe est dessus, ils ont visiblement grappillé quelques secondes. Après, il faut que le matériel pour le simulateur soit prêt. Mais le piratage auquel ils font face, c'est du jamais vu. Ils parlent même d'un virus d'un nouveau genre, de type organique, qui serait capable de se défendre lorsqu'on le combat...

— Il faudra revoir la sécurité informatique du programme, on a peut-être une faille.

— J'en doute.

— Ce n'est pas une attaque extérieure, selon toi ? Des personnes opposées au programme ?

— Non, j'en ai discuté avec un des responsables tout à l'heure, il n'y a plus de connexions sortantes ou entrantes depuis belle lurette. C'est un circuit à huis clos. Ce qui se passe vient forcément d'un élément interne du système... Reste à définir lequel.

Soudain, Luke montra le nettoyeur du doigt sur l'un des écrans du mur de la salle de contrôle.

— Regarde... On dirait bien qu'il a fini et qu'il est sur le point de partir.

— Ce serait un miracle si c'était le cas... Vas-y, pépère... Retourne faire tes tâches loin d'ici, s'il te plaît...

L'énorme robot aux allures d'humanoïdes et aux pieds en Y se dirigea prudemment vers la sortie. D'un geste, il fit voler l'un des fauteuils se trouvant sur son chemin avec une facilité déconcertante.

— Oui... C'est ça... On y est presque... murmura Luke.

— Il est sur le point de se retirer, confirma Sébastien, toujours le bras tendu, prêt à faire feu.

— On va peut-être pouvoir s'en sortir indemnes, répliqua Thomas.

La chose n'était plus qu'à quelques mètres de l'antre de la porte, lorsque tout à coup, Florence émergea de sa cachette et hurla de toutes ses forces, le genre de cri poussé quand l'on découvre la terreur pour la première fois de sa vie. Il fut si puissant que plusieurs ampoules éclatèrent.

Le nettoyeur se retourna aussitôt et identifia immédiatement l'origine de ce son strident. « Danger » fut alors affiché sur l'écran relié à ses périphériques oculaires. De ses mains sortirent soudain d'énormes serres.

Il s'accroupit tel un chat, prêt à bondir sur sa proie, et répondit à son tour par un rugissement mi-robotique, mi-organique. « Mode de combat enclenché » clignotait désormais dans sa vision interne.

— Et merde, soupira Peter en regardant l'analyse mentale du nettoyeur. Il a pris ce bruit pour une agression sonore et va maintenant chercher à s'en débarrasser.

Luke hésita, avant de demander :

— Tu veux dire que…

— Ouais. Je crois bien qu'ils sont foutus. Ce serait un miracle s'ils survivent.

Chapitre 35 - Les calibres 9 mm (15)

Les deux hommes se levèrent, prêts à intervenir. Thomas s'avança, cherchant vainement un objet lui permettant de combattre :

— Mais sérieusement, pourquoi s'est-elle mise à hurler de la sorte ? Allons-y avant qu'il ne soit trop tard.

— Désolé pour ça, annonça Sébastien avant de l'assommer d'un coup de crosse.

Thomas s'écroula sous la violence du coup, perdant en partie connaissance.

— Mais qu'est-ce qui lui prend ? s'agaça Peter en voyant la scène de la salle de contrôle. Léna, c'est toi qui t'occupes des caractéristiques de Sébastien ? demanda-t-il immédiatement.

— Oui, et… c'est le bordel.

— Mais encore ?

— Regarde plutôt.

Le maître du jeu se déplaça jusqu'au moniteur sur lequel toutes les constantes physiques et mentales de Sébastien, totalement gérées par l'IA du système, étaient affichées. Les valeurs des principaux traits exposaient des nombres aléatoires sur une interface figée où aucune interaction n'était possible.

— Putain, mais c'est quoi ce bordel ?

En montrant un autre écran, elle lui expliqua :

— Le fameux virus, ou appelle-le comme tu veux, contrôle désormais les paramètres de Sébastien. Je ne sais pas pourquoi ni comment il semble jouer avec son humeur, et l'on dirait qu'il peut passer du cavalier blanc au pire connard en quelques secondes à peine… C'est incompréhensible. C'était déjà le cas en début de simulation, ce qu'il se passait au niveau de son iris n'était pas un bug de son périphérique oculaire, c'était bel et bien ça. Mais là ça prend des proportions incroyables.

Luke arriva derrière l'écran et demanda :

— Il n'y a rien à faire ?

Peter annonça soudain dans la plateforme :

— Avis à tous : mettez 80 % de notre puissance de calcul pour bombarder ce virus de requêtes aléatoires. Il faut le faire se défendre pour qu'il abandonne ses attaques incessantes.

— Mais, chef... si l'on descend à moins de 50 %, on risque de rendre le système instable.

— On n'a pas le choix. Allez-y ! Immédiatement !

Au même moment, Sébastien, qui venait d'assommer Thomas, lui murmura :

— Tu es papa, tu as une femme et un enfant qui t'attendent. Moi, je n'ai personne, je ne suis qu'un pauvre taulard. Alors c'est moi qui vais m'occuper de protéger Florence. Je n'ai pas été très utile jusqu'à présent, je compte bien me rattraper.

Il arma son calibre 9 mm et hurla soudain en se dirigeant vers le nettoyeur qu'il visait :

— Hey, le gros monstre ! Et si tu venais t'attaquer à quelqu'un qui sait se battre plutôt qu'à une pauvre aveugle ?

Florence, visiblement rassurée d'entendre cette voix, cessa aussitôt de crier. Le robot, quant à lui, identifiant le pistolet pointé vers lui comme une menace, changea de posture pour affronter le militaire. Il se mit à rugir, avant de projeter ses quatre mains coupantes en avant, qui commencèrent à tournoyer, attendant le moment opportun pour lui bondir dessus.

— Je persiste à croire qu'on aurait réellement dû totalement désactiver la défense automatique de cet engin de guerre, soupira Peter. C'était bien beau d'avoir un prototype, prêt immédiatement à faire avancer notre programme, mais face à une situation dans ce genre...

— Je suis d'accord avec toi. Rappelle-moi pourquoi cela n'a pas été fait ?

Le maître du jeu regarda son supérieur, avant de répliquer, légèrement agacé :

— Car tu n'as jamais répondu à cette requête, qui pourtant a maintes fois été évoquée durant les comités de pilotage autour du projet.

— Je vois, bredouilla Luke. Je suppose qu'il est désormais trop tard pour envisager de le faire évoluer ?

— Vu le temps avant l'évacuation finale, c'est peu probable, en effet. À mon avis, il n'y aura plus beaucoup d'autres simulations de ce type.

— Il n'y a plus qu'à espérer que Sébastien le maîtrise.

— Je n'y crois pas un seul instant, répliqua Peter. Il suffit de voir son écran de caractéristiques partir en sucette. Un combattant entraîné et stable dans sa tête pourrait peut-être parvenir à l'affaiblir, et encore. Mais étant donné que la partie non gérée par l'IA doit déjà essayer de lutter pour qu'il ne s'automutile pas, au vu des multiples stimuli contradictoires qu'il reçoit, ce serait plutôt un miracle s'il arrive à survivre plus d'une minute.

— Et les deux pistolets, rassure-moi, ils sont à blanc ?

Peter le regarda à nouveau en soupirant.

— OK. Je vois, ça a été évoqué, mais je n'ai pas donné suite, c'est ça ?

Le maître du jeu hocha la tête.

— C'est ça. Elles sont bel et bien réelles. Il reste cependant une sécurité...

Luke, qui était parvenu à remonter sa vapoteuse, inspira compulsivement à plusieurs reprises, se rendant bien compte de l'urgence de la situation. À travers les nombreux écrans de la salle de contrôle, il observa à nouveau le nettoyeur. Ses yeux, qui étaient désormais teints de rouge, clignotaient rapidement. Son bec claquait tel un animal effrayé. Ses serres semblaient prêtes à écorcher vif Sébastien, qui s'avançait, peu conscient de la dangerosité de l'ennemi qu'il s'apprêtait à affronter.

— Tu n'es qu'une ordure d'avoir tué Carine et dépecé Arnaud, commença-t-il soudain à pleurnicher, son bras toujours tendu vers le monstre. Tu vas mourir pour ça, continua-t-il.

Une fois à portée, étant certain de faire mouche, son index pressa la queue de la détente, mais aucune réaction ne s'ensuivit. Il réessaya plusieurs fois, en vain. Le nettoyeur profita de l'occasion et se mit tout à coup à lui bondir dessus. Sébastien l'évita au dernier moment, au prix d'une roulade sur le côté. Emporté par son élan, le robot termina dans un des nombreux bureaux, qui vola en éclats sous la force de l'assaut.

— Tu penses que tu vas te débarrasser de moi si facilement ? Laisse-moi rire ! Ah, ah, ah ! Non, mais tu t'es vu ? Tu crois vraiment me faire peur ? Tu n'es pas le premier humanoïde à qui je ferai la peau !

— On dirait que son pistolet s'est enrayé, murmura Luke.

Peter se prit la tête dans les mains, considérant avec stupeur l'effet du « virus » sur le comportement de Sébastien :

— Ça donne quoi la charge de calcul, pour tenter de contrer l'attaque ?

— Cinquante-neuf pour cent de puissance. On ne peut pas monter plus. Mais… on n'arrive pas à le stabiliser.

— Ça, on avait vu. Mike ? Toujours rien sur l'origine de ce putain de dérèglement d'IA ?

— Alors… Pardon, j'étais sur une autre chose… Tu disais ?

— Je voulais savoir si tu avançais sur ce que je t'ai demandé de faire tout à l'heure, grogna le chef de la plateforme.

— Ah oui ! On est sur une piste, mais… rien n'est encore sûr. D'ici quelques minutes, on devrait être fixés.

— Vous ne pouvez pas accélérer la cadence ?

— C'est compliqué, on est à fond. J'ai déjà mis les meilleurs de mon équipe sur le sujet, et j'ai même pu débaucher deux autres gars d'une autre simulation.

Luke observait Sébastien changer de comportement toutes les secondes ou presque, abasourdi devant les conséquences de ce qu'il était en train de constater.

— Eh oui, répliqua Peter, qui lisait dans les pensées de son supérieur. L'IA peut être aussi puissante que destructrice, surtout si elle tombe entre de mauvaises mains, ce qui par miracle ne s'était jamais produit jusqu'à maintenant.

— Dix-sept ans, cela fait dix-sept ans que cette simulation existe... soupira Luke. Il n'y a jamais eu un seul problème.

— Il suffit d'une fois pour que ce soit celle de trop.

Le nettoyeur chargea à deux reprises Sébastien qui, grâce à son incroyable dextérité, réussissait à éviter chaque attaque. C'est malheureusement durant le troisième assaut qu'il finit par être touché par l'une de ses quatre serres tranchantes, laquelle lui lacéra un bras.

— Saloperie, jura-t-il en observant son membre que sa main avait instinctivement recouvert.

Il la retira doucement, et vit alors une épaisse fissure dans le haut de son biceps. Pas une goutte de sang n'en sortit. Seuls quelques câbles grésillant et provoquant des étincelles. Distinctement, il put apercevoir plusieurs couches de divers composants, en aucun cas de la chair.

— Merde... s'exclama Peter. Il vient de réaliser qu'il n'est pas humain... Débranchez-le ! Débranchez Sébastien immédiatement !

Léna répliqua fermement :

— C'est impossible ! Je n'ai plus aucune prise sur lui !

— Regarde ! annonça Luke. Le nettoyeur, on dirait qu'il s'est coincé dans le mur durant son dernier assaut avant de toucher Sébastien !

— Mais... Putain, que fait Sébastien ?

— Il est redevenu sans filtre, répondit Léna. Niveau de méchanceté et d'honnêteté monté au maximum. Il n'a plus aucun tabou.

— Oh merde, ça craint, répliqua Peter en observant son écran.

Sa pupille avait subitement dévoré la totalité de l'iris. Le militaire ignora alors totalement le nettoyeur et se dirigea alors vers Thomas, qui revenait péniblement à lui en se touchant l'arrière du crâne.
— C'est à cause de toi si l'on est là, j'en suis sûr.
Il lui jeta son arme au visage, que Thomas évita de justesse, avant de hurler :
— Maintenant, sale traître, tu vas me dire pourquoi mon corps est recouvert de…
Il n'eut pas le temps de finir sa phrase, le robot venait de lui foncer dessus par-derrière. Grâce à l'effet de surprise, il avait cette fois-ci réussi à faire mouche.
— Sébastien, non… bredouilla Thomas avec peine en assistant impuissant à la scène.
Le militaire, se faisant littéralement découper par le nettoyeur, semblait désormais ignorer toute forme de douleur, ses yeux noirs encore fixés sur Thomas.
Celui-ci se leva et chercha quelque chose pour aider son compagnon. Il vit le calibre 9 mm et l'attrapa. Toujours hébété par le coup à la tête que lui avait infligé Sébastien, la vision trouble, il tira la glissière pour s'assurer que le pistolet était bien armé. Péniblement, tandis que le robot déchiquetait le corps de Sébastien qui n'était désormais qu'un vague souvenir, Thomas se releva et menaça son adversaire, son bras tendu :
— Je vais t'arrêter… Tu ne dois pas faire de mal à mes coéquipiers.
La chose cessa net son carnage et s'apprêta à lui sauter dessus. Au même moment, dans la salle de contrôle, Mike s'écria :
— Oh, chef, viens voir… Je crois qu'on a trouvé notre coupable.
Peter accourut. L'opérateur lui montra l'écran à regarder. On y distinguait le nettoyeur sur le point de bondir sur Thomas, à une trentaine de mètres environ.
— C'est une caméra ? demanda-t-il soudain. Attends… Ne me dis pas que… Mais non… C'est bien… la vision de Florence ?

— Exactement, répliqua Mike. On vient de découvrir que toutes les attaques informatiques venaient d'elle. On a mis du temps à l'identifier par rapport à sa signature, qu'elle avait maquillée, mais là, tout coïncide. Le fait que son système oculaire soit parfaitement fonctionnel au lancement de la simulation, mais qu'elle ait été aveugle dès son réveil, on a fini par comprendre qu'en réalité elle avait volontairement stoppé le transfert de son flux d'information vers nos moniteurs. Ça, plus tout le reste, laisse à croire que....

— Putain, mais que fait-elle ? le coupa Peter en la voyant tendre le bras et armer son pistolet pour viser la tête du monstre d'acier avec son calibre 9 mm.

Le robot, face à Thomas, s'apprêtait à lui bondir dessus pour l'éliminer.

— Viens si tu l'oses, bredouilla l'amnésique, tenant à peine sur ses jambes.

Thomas visa la chose, et hésita à appuyer sur la gâchette. Le nettoyeur recula pour prendre de l'élan, et émit un rugissement bien plus terrifiant que les précédents, rapidement interrompu par un coup de feu.

La tête du monstre explosa soudain en mille morceaux, et celui-ci s'effondra lourdement sur le sol, écrasant le crâne désactivé de Sébastien.

Thomas tourna la tête et découvrit Florence, le bras encore tendu, qui venait de faire mouche. Elle souffla sur le canon brûlant de son pistolet, et annonça :

— Touché.

Chapitre 36 - Florence (bis)

Un peu plus tôt dans l'histoire, quelque part sur terre.

Le gardien de prison ouvrit la pièce et fit entrer l'avocat, une mallette à la main.

— Merci, Jack, dit l'homme, avant de prendre une chaise.

Il referma la porte derrière lui. Florence, en tenue de détenue, menottes aux poignets, l'observa longuement. Son visage ne laissait pas transparaître la moindre émotion.

— Monsieur Jonathan Banks. Eh bien, tu en as mis du temps, annonça-t-elle.

— Tu n'as pas bonne mine, répliqua-t-il.

— Tu aurais sûrement la même si tu venais comme moi de passer six semaines dans ce trou crasseux et humide. Trente-six nanas dans une grande cellule d'à peine plus de 30 m². Ce n'est pas un enfer que je vis, c'est pire que ça.

— Le plan tolérance zéro du Gouvernement. Je te rappelle que c'est grâce à ça que la criminalité a drastiquement diminué dans le pays.

— Tu sais le nombre d'innocentes comme moi qu'il y a derrière les barreaux ?

— On ne fait pas d'omelette sans casser des œufs, répliqua Jonathan en sortant un dossier. Aimerais-tu une cigarette ?

— Je ne fume pas.

— Un chewing-gum, alors ?

— Arrête de tenter de m'acheter. Tu es venu pour m'annoncer ma libération, j'espère ?

L'avocat esquissa une grimace.

— Florence, installe-toi, je te prie. Je n'ai malheureusement pas de bonnes nouvelles pour toi.

La jeune femme blonde fit la moue, avant de s'asseoir. Elle toucha ses menottes, agacée qu'elles aient été trop serrées à son goût.
— Tu as été condamnée. À perpétuité, reprit l'avocat.
— Non...
— Pardon ?
— Tu es en train de me tester, c'est bien ça ?
— Pas du tout... Pourquoi crois-tu que je te ferais ça ?
— C'est une blague, alors ? Si c'est le cas, elle est de mauvais goût.
— Florence, je suis on ne peut plus sérieux. Ton jugement a eu lieu, et les faits sont contre toi. Tu es condamnée pour homicide volontaire.
La femme se leva brutalement et hurla, avant de hausser le ton :
— Le cartel va vraiment laisser passer ça ? Alors que j'ai exécuté leur commande ? Ce connard d'acteur qui avait abusé sexuellement de la fille de je ne sais pas quel dirigeant haut placé du cartel, et qu'il m'a fallu éliminer sans me faire choper ? Sérieusement ? Tu as une idée de combien ça m'a coûté en chirurgie esthétique ? Et je ne parle même pas de la pose de cet implant bionique qui m'a permis d'être sélectionnée dans ce putain de casting où j'ai pu tuer l'autre trou du cul en simulant un incident technique ?
— Je sais très bien tout cela, mais...
— J'ai pas fini ! J'ai fait le taf, je me suis endettée jusqu'au cou pour être prête pour cette commande qui devait être ma dernière, après quoi j'aurais eu assez de sous pour me faire une retraite aux petits oignons sans plus jamais me soucier de problèmes de blé, et tu viens m'annoncer que le cartel ne m'a pas suivie ? Et le juge qu'ils devaient acheter ? Et les témoins ?
L'avocat s'alluma une cigarette sans réagir.
— C'est tout ? C'est tout ce que tu as à dire ?
— Putain, on parle de ma vie, là !
— Écoute, je comprends ton agacement. Mais il y a eu du mouvement dans le cartel pendant ton incarcération. La seule chose que je puisse

te certifier, c'est qu'ils ont finalement préféré te laisser derrière les barreaux plutôt que d'investir dans tout ce qui aurait permis de te défendre.

J'ai bien peur que tu sois malheureusement tombée dans un piège, Florence.

Elle s'assit soudain et prit son visage dans la tête, consciente de ta situation. Elle respira plusieurs fois à pleins poumons. La voix tremblante, elle continua :

— Perpétuité… Pour un homicide… Sérieusement… J'ai 30 ans… Je ne tiendrai pas aussi longtemps. C'est certain.

— Ça tombe bien. Si l'on peut enfin discuter, sache que j'ai peut-être la solution à ton problème.

Il ouvrit son attaché-case et en sortit une tablette qu'il lui présenta.

— Lis. Et signe, si tu es OK.

Elle observa, avant de lui répondre :

— On dirait qu'elle est morte, ta tablette.

— Eh merde, j'aurais dû la recharger… Tu as de la chance, j'en avais un exemplaire papier.

Il sortit un formulaire, ainsi qu'un stylo. Elle soupira et le parcourut.

— Amusant, répliqua-t-elle quasiment aussitôt.

— Mais… Tu ne l'as pas déjà lu en entier ?

— J'ai un implant de planté dans la tête. C'est la raison pour laquelle j'avais besoin de ce job.

— Ah, intéressant. Je suis d'ailleurs étonné qu'on ne te l'ait pas retiré en arrivant ici.

— Il est totalement indétectable.

— En tout cas, tu n'avais pas planifié ce cas de figure, avec ton super cerveau.

— Peut-être, peut-être pas…

Elle attrapa le stylo, et s'amusa à faire rentrer et sortir la mine en appuyant sur le dessus.

— C'est censé faire croire que l'on continue à vivre... reprit-elle. Mais en réalité, c'est totalement faux, on est bien d'accord ?
— Tout dépend du point de vue.
— D'un point de vue biologique ?
L'avocat soupira, agacé d'avoir à expliquer ce point contractuel :
— Saisissant, ton implant. Tu es la première personne à m'interroger sur ce détail. Pour répondre à ta question, ton cerveau reste en vie.
— Ton programme consiste en conséquence à faire décéder « physiquement » des cobayes, pour utiliser ensuite leurs capacités cognitives du cerveau, extrait de leur crâne avant d'être maintenu artificiellement en activité, c'est bien ça ?
— Extrêmement bien résumé. Un genre de vie éternelle, quoi.
Florence s'amusa de cette remarque et répliqua :
— Ah ouais... Le paradis, quoi. Et dis-moi... il y a beaucoup de pigeons qui acceptent ton contrat bidon ?
L'avocat réajusta sa cravate, visiblement vexé par le ton employé par la détenue.
— Des pigeons, non. Mais des gens qui voient en ce projet une manière parfaite d'éviter de passer le reste de leur vie condamnés à la perpétuité, préférant vivre virtuellement d'incroyables aventures dans des décors ahurissants, oui, ça il y en a pas mal. Je vais te faire une confidence, rajouta-t-il. Je ne propose ça qu'aux meilleurs.
— Mais laisse-moi rire. Ça marche souvent, ton petit discours accompagné d'arguments boîteux nous faisant gober qu'on fait le bon choix ? Tu sais à combien est ton pourcentage de mensonge dans le grain de ta voix ? Et tu veux que je parle de ton cœur qui s'accélère et de tes mains moites ?
Jonathan écarquilla les yeux, surpris par cette annonce.
— Je... Écoute, tu préfères vraiment passer le reste de ta vie dans ce trou poisseux ? Où ton quotidien consistera à espérer que la prochaine détenue ne soit pas une psychopathe qui t'assassinera dans ton

sommeil ? À marchander pour avoir des protections hygiéniques ou encore à attendre la visite d'un gardien un peu agressif qui viendra te violer pour que tu aies le droit d'accéder à une douche ? C'est réellement ça l'avenir que tu veux ?
— Non, tu as raison. Vu comme ça, ça n'a pas l'air très vendeur.
— Ah, je préfère ça. Alors tu n'as qu'à apposer ta signature ici, et tout ce vilain cauchemar se terminera aussitôt.

Florence avait les yeux fixés sur la mine du stylo avec lequel elle jouait depuis qu'elle l'avait attrapé. Elle observa une goutte de sueur quasi imperceptible perler lentement le long de la tempe de l'avocat, qui regardait nerveusement dans son attaché-case ce qu'elle identifia comme étant la base d'un masque à gaz.
— Tu as chaud, on dirait, non ? demanda-t-elle soudain.
— Je… Oui, un peu. Alors ? Qu'en dis-tu ?
— Je suis en train de calculer toutes les possibilités sur comment cet entretien pourrait se conclure.
— Vraiment ? C'est intéressant. Pour ma part, je ne vois que deux hypothèses. La première, tu choisis l'ennui et un avenir triste au possible en croupissant ici jusqu'à ta mort. Dans la seconde, bien plus avantageuse, tu signes ce que je te propose, et tu découvriras instantanément une nouvelle vie.

Elle observa à nouveau l'attaché-case et remarqua des traces de doigts à l'arrière. Elle eut un petit sourire et précisa :
— Ce vieux système pour faire rentrer un pistolet au parloir est toujours utilisé ?
— Pardon ?
— Le double fond entouré d'une armature dans je ne sais quelle matière, rendant impossible sa détection au service de sécurité. J'ai vu que ce genre de choses se faisait en bossant sur le rôle d'une espionne. Je pensais que ce n'était qu'une fiction, mais il faut croire que ce n'est pas le cas.

— Non... Bien sûr que non, où veux-tu en venir... répliqua-t-il, gêné.

— Le son de ta voix a changé, tu sembles stressé. Probablement agacé que ton plan ne se déroule pas comme prévu. Tu vas découvrir bien assez tôt ce que j'ai en tête. Et pour répondre à ta question, il y a en fait une troisième possibilité, la vengeance. Car oui, je vais me venger, dès lors que je me serai tirée d'ici.

— Ma pauvre Florence, tu délires totalement... Mais puisque tu t'entêtes... Je vais récupérer mon crayon et partir, si tu le permets...

Il tendit son bras en direction de l'objet. En une fraction de seconde à peine, Florence l'attrapa par le col et lui asséna plusieurs coups de stylo dans le cou, ce qui fit rapidement jaillir le sang de sa carotide. Sous le choc, incapable de parler, l'avocat observa Florence en train de retirer le double fond de sa mallette, d'où elle sortit un calibre 9 mm. Elle vérifia que le chargeur était bien rempli avant de l'armer en tirant sur la glissière. Elle balança enfin son arme, ensanglantée, et lui dit :

— Tiens, je te le redonne, je crois que je n'en aurai plus besoin.

Elle frappa à la porte. Sans se méfier, le gardien ouvrit et leva aussitôt les mains en voyant le canon du pistolet braqué sur son front.

— Mes menottes, et vite.

— Tu fais une connerie, Florence, murmura-t-il.

— Ta gueule ! Retire-les. Maintenant.

Il soupira, mais finit par accepter. Il sortit de son pantalon un trousseau de clés attaché à une chaîne, et en un clin d'œil, il trouva celle correspondant aux menottes de Florence, qu'il détacha immédiatement. Une fois les mains libres, elle retira son arme qu'il déposa dans la pièce.

— Tu es consciente que tu ne feras pas cinq mètres avant de te faire choper ?

— Ah oui, tu penses ? Tu sembles oublier que j'ai un otage maintenant.

— Ils n'hésiteront pas à te tirer dessus, tu le sais. Et s'ils t'attrapent vivante, une fois qu'on t'aura remis au trou, ton petit cul risque de prendre cher, crois-moi.

— Croise les doigts pour que ce ne soit pas le cas.

Elle remonta jusqu'au couloir et passa le premier poste de garde sans le moindre problème, utilisant son otage comme bouclier humain.

— Toi, tu vas attacher ton pote contre le mur, et pas un geste sinon je vous dégomme tous les deux.

Sans dire un mot, le gardien s'exécuta et menotta son collègue à un tuyau.

— Tu nous paieras ça, murmura-t-il à Florence. Attends un peu qu'on te chope...

— C'est ça. Allez, magne-toi.

Le même scénario se reproduisit au poste de garde suivant. Mais arrivée devant la porte principale, elle découvrit qu'un comité d'accueil les attendait. Dix gardiens, plus costauds les uns que les autres, équipés de boucliers et de bâtons télescopiques, prêts à en découdre.

Le responsable de la prison, derrière une vitre blindée, lui annonça :

— Écoute, Florence, le sang a déjà trop coulé. Alors maintenant, lâche cet otage, et l'on te promet qu'on se contentera de te remettre dans ta cellule sans trop t'amocher.

— Foutaises. Ouvrez-moi ! Sinon, je le bute !

— Non, Florence, tu ne feras rien, tenta de la calmer le directeur. Tu n'es pas une criminelle, la seule personne que tu as tuée, c'était involontaire. Tu le sais bien. Alors, pourquoi tiens-tu tant que ça à dramatiser les choses ?

— Ouvrez cette foutue porte ! Et je veux un hélicoptère. Tout de suite, vous m'entendez ?

Personne ne répondit à sa requête.

— Vous êtes sourds ou quoi ? répéta-t-elle, furieuse.

Pour prouver qu'elle ne plaisantait pas, elle visa le plafond avec son calibre 9 mm et pressa la queue de la détente. Supposant le bruit d'une détonation, elle ferma les yeux, mais rien ne se produisit.

Elle regarda son pistolet, et trouva immédiatement la cause du dysfonctionnement : un petit carré noir, idéalement situé au milieu de la crosse, permettant l'utilisation de ce calibre 9 mm uniquement par son propriétaire, préalablement enregistré.

— Saloperie de technologie biométrique de merde, soupira-t-elle.

Le gardien, comprenant que son arme ne tirerait pas, asséna aussitôt à Florence un violent coup de boule avec l'arrière de sa tête, suivi d'un coup de coude dans le ventre, avant de la projeter au sol grâce à une prise de judo maîtrisée. Il lui sauta dessus et n'eut alors aucun mal à la maintenir au sol, son genou appuyé sur sa carotide.

— Alors, on en fait quoi, patron ? On fait croire à une tentative d'évasion et on la descend, ou on la met au trou ?

Le directeur arriva vers elle d'un pas rapide. Il s'accroupit et répondit en lui murmurant :

— Ma très chère Florence, Jonathan m'a confié que tu avais pris perpétuité. Il m'a également dit que tu avais été sélectionnée pour une fin de vie un peu différente, qu'il était venu t'annoncer avant que tu ne le tues et que tu lui voles cette arme. Sauf que pour être honnête avec toi, même si j'aurais préféré que tu restes ici pour m'occuper personnellement de te filer une raclée dont tu te serais souvenue jusqu'à la fin de tes jours, il n'y a qu'une de ces deux solutions qui est particulièrement rentable pour moi. J'imagine que tu vois de laquelle il s'agit ?

Elle lui cracha au visage, avant de lui répondre :

— Va te faire foutre, gros porc.

Il attrapa son mouchoir qu'un gardien lui avait tendu et s'essuya aussitôt.

— Je pense qu'on va faire ça. Adieu, Florence, amuse-toi bien dans ta nouvelle vie.

Le directeur sortit de sa poche le document que lui avait proposé de signer l'avocat, légèrement taché de sang. En bas, il apposa son nom, imitant maladroitement l'écriture de Florence.

— En plus, ça ressemblerait presque à ta signature en bas de ce document, non ? Je suis certain que personne ne viendra se plaindre que ce ne soit peut-être pas la tienne.

— Salaud ! Je t'interdis !

Le directeur se releva et lui asséna un violent coup de pied dans les tempes, ce qui lui fit immédiatement perdre connaissance.

— C'est ma prison. J'y ai tous les droits.

Il plaça le formulaire complété dans la poche de sa chemise de détenue, avant d'annoncer :

— Signalez au conducteur d'ambulance qu'elle a finalement accepté de sortir par la grande porte, et que tout est en règle. La veinarde.

Chapitre 37 - Biométrie

— La biométrie, expliqua Florence.
— Je... Je te demande pardon ? répondit Thomas, encore sous le choc.
— Ces deux calibres 9 mm sont équipés de lecteurs biométriques. C'est ce à quoi servait ce petit carré noir, que tu avais remarqué. Cela permet de faire en sorte que seul le propriétaire de l'arme puisse l'utiliser, à savoir, moi... Et probablement toi. C'est le genre de détail qui, si on l'ignore, peut vous coûter la vie...

Thomas peinait à croire la scène surréaliste à laquelle il assistait, et le fait que Florence soit en train de le dévisager lui paraissait encore plus prodigieux. Il n'y avait plus aucun doute possible concernant sa cécité : elle voyait, c'était certain. *Elle a menti, et ce dès le début,* pensa-t-il en tentant de maîtriser sa peur et de contrôler ses tremblements.

Elle abaissa lentement l'arme qui venait de régler son compte au robot, et lui demanda calmement :

— Il y a une question qui te brûle les lèvres, je le sens. Vas-y, pose-la, même si la réponse est pourtant évidente.
— Tu n'es donc pas aveugle ?
— Comme tu peux le constater, répliqua-t-elle.
— Mais alors... Pourquoi nous avoir fait croire ce mensonge tout ce temps durant ?
— Quelle importance ? J'ai décidé de voir. C'est tout.
— Et... pourquoi maintenant ?

Elle esquissa un sourire.

— C'est pourtant simple, répondit-elle. Sans action de ma part, tu aurais sans doute été totalement réduit à néant par ce robot, qui n'est autre qu'un nettoyeur. Enfin, c'est comme ça « qu'ils » l'appellent. Et cela aurait contrecarré mes plans.

Thomas jeta un rapide coup d'œil la chose gisant au sol, écrasant les restes du visage de Sébastien, avant de reprendre :
— Comment sais-tu tout cela ?
— Tout simplement car c'est moi qui le contrôle. C'est moi qui lui ai ordonné d'apparaître aux yeux de tous, pour pimenter un peu cette... simulation.
— Une simulation ? Mais... de quoi parles-tu ?
Elle fit quelques pas en observant l'immense pièce.
— Thomas... Regarde autour de toi. T'imagines-tu cet endroit peuplé de scientifiques ? Tu as bien exploré cette base, avec Sébastien. Tu as pu constater de tes propres yeux qu'il n'y avait rien pour cuisiner, pour manger, pour dormir, pour boire – en bref, qu'il était impossible d'y vivre. Tout est fictif ici... et partout ailleurs.
Thomas observa Florence, toujours aussi perplexe, en train évoluer lentement de l'autre côté de la salle de contrôle. Discrètement, il plaça le pistolet de Sébastien à l'arrière de sa combinaison.
— Qui es-tu ? lui demanda-t-il posément en soutenant son regard. Qui es-tu vraiment, je veux dire ?
— Ah, enfin une question intéressante. À laquelle je vais pouvoir répondre par : et toi, Thomas... qui es-tu ?
— Je n'en ai aucune idée, tu le sais très bien.
— Tu es pourtant la clé. La raison même pour laquelle, nous tous, étions ici.
— Pardon ? Que veux-tu dire exactement ? demanda-t-il en sourcillant.
Elle fit quelques pas, toqua contre un mur et constata qu'il était creux.
— Tu es dans une simulation. Tout est faux autour de toi. Les moniteurs ne sont reliés à aucun poste, la gravité n'est en réalité qu'un tour de passe-passe, et même nous... Nous n'étions là que pour te tester, Thomas.

Pour voir ce que tu étais capable de faire face à des situations imprévues, que j'ai décidé de pimenter un peu, pour m'amuser.
— Je… Je ne comprends pas, je t'assure… Je suis désolé de te dire ça, mais je pense que tu as pris un sérieux coup sur la tête…
— Dans la réalité, tu es sur le point de devenir un commandant de bord, Thomas, quelqu'un qui pourra conduire un pan de la population au moyen d'une super-fusée, pour un long, un très long voyage, loin de la terre, qui est en train de vivre son ultime exode. Tu es à la dernière étape de ta formation, un genre de test final que tu dois absolument réussir. Tu vois l'idée ?
Sa voix n'était plus la même. Elle n'était plus timide comme celle de la Florence d'avant, elle était plus solennelle, plus sûre d'elle, plus mystérieuse aussi.
— Mais… et la gravité ?
— De l'hélium habilement dissimulé dans les combinaisons. Et une manipulation de vos cerveaux, pour vous faire accepter la chose.
— Et… Et toi ? Et Arnaud ? Sébastien ? Carine ? Et Isabelle ?
Florence, qui continuait à marcher, s'amusa de cette question :
— Ne l'as-tu pas toi-même découvert ? Le buste à moitié métallique de Sébastien, de Carine auparavant… Tous ici, toi inclus, nous ne sommes que des répliques. Des corps humains imités à la perfection, animés par le souvenir d'une conscience conservée dans des cerveaux… Des milliers de cerveaux qui croupissent dans une gigantesque ferme. C'est ainsi. À chaque simulation, on en sélectionne quatre, qu'on branche à ces corps que nous ne connaissons pas. Une fois le programme démarré, nous évoluons sans nous rendre compte que cette vie-là n'est pas la nôtre. Et pourquoi, me diras-tu ? Pour quelle raison nous utilise-t-on tels des esclaves ? Afin de pouvoir produire ces quelques pourcentages d'imperfection que même la plus puissante des IA serait bien incapable de reproduire. Eh oui, Thomas, nous ne sommes que des jouets,

les jouets du créateur du projet, qui n'était autre qu'Arnaud, que tu as pu côtoyer ici.

— Pardon ?

— Une réplique d'Arnaud, bien sûr. C'est la raison pour laquelle il avait ses sensations de déjà-vu – pas étonnant vu le nombre de fois où il a dû fouler les lieux. L'authentique Arnaud, quant à lui, est mort il y a pas mal de temps maintenant. Il a souhaité comme ultime vœu que son cerveau soit utilisé pour chacune de ces simulations. Une chance que moi je n'ai pas eue...

Thomas s'approcha du buste à moitié découpé de Sébastien, qui avait toujours les yeux grands ouverts, semblant ne pas le lâcher du regard. Les mots de celle qu'il avait essayé de protéger dès les premiers instants résonnaient dans sa tête, incohérents pour la plupart. Cette vérité qui s'éclaircissait petit à petit devint rapidement pénible, son inconscient comprenant bien malgré lui le jeu dans lequel il était visiblement prisonnier. L'amnésique grimaça de douleur en se massant les tempes.

— Qui es-tu, Florence ? Pourquoi me dis-tu ça ? Et... pourquoi avoir pris le contrôle ?

— Ah, ah... Je reconnais bien là l'homme perspicace. Je vois beaucoup de questions en toi, je vais m'attarder sur la dernière. Pour quelle raison avoir pris le contrôle ? Pour m'amuser une dernière fois. Tout simplement.

Thomas se figea en entendant cela.

— Pardon ? Mais, c'est horrible de faire mourir des gens de la sorte pour le plaisir !

— Thomas, il n'y a eu aucun mort, soupira-t-elle. Seulement des humanoïdes sans vie qui ont été désactivés pour la plupart. Pour le reste, garde-toi bien de me juger. Tu n'as aucune idée de ce qu'on peut ressentir, de la douleur à endurer lorsque ton cerveau est extrait de ton enveloppe corporelle, tout ça pour être plongé par la suite dans d'énormes conteneurs de formol, pour ne pas qu'on se dégrade.

Elle cracha soudain par terre, avant de reprendre :
— Je n'en peux plus de ce liquide… Bref. Le reste de l'équipe participant à l'expérience n'a sans doute jamais éprouvé le véritable effet que ça fait, la faute à un petit détail, que tout le monde ignorait.
— Lequel ?
— Une prothèse bionique cérébrale, enfouie au plus profond de mon crâne. Totalement indétectable. Un boîtier de quelques centimètres, décuplant mon intelligence, ma capacité de raisonnement… Et me permettant également de survivre et de percevoir de manière bien plus concrète ce que tous les autres condamnés à la perpétuité n'ont pas ressenti lorsqu'on les a tués en leur retirant leurs cerveaux.
— Des condamnés ?
Florence lui sourit, ravie d'avoir fait son petit effet avec cette information.
— C'est donc la seule chose que tu retiens ? Pourquoi pas, après tout. Tous, ici, étions des détenus. Condamnés à la perpétuité, pour meurtre la plupart du temps. C'était mon cas. Jusqu'au jour où quelqu'un est venu nous proposer une seconde chance, qu'il vendait comme synonyme d'une vie éternelle. Quelle blague ! J'ai refusé pour ma part, mais les choses ont mal tourné, à cause de la biométrie… C'est une autre histoire, disons que l'on ne m'a pas vraiment laissé le choix. Contre ma volonté, je me suis donc retrouvée prisonnière de ce projet, et par extension de ces simulations. Incapable de m'en évader.
— Et… peut-on savoir pour quelle raison tu étais condamnée ? demanda Thomas.
— Est-ce réellement important ?
— Oui, ça l'est.
— La vérité appartient à une autre vie. Le temps m'a de toute façon fait changer, je ne suis plus la même, malgré cette enveloppe charnelle.
Thomas l'observait, se méfiant d'autant plus après ces dernières révélations.

— Tu dis avoir subi une modification neuronale bionique ? En 2023 ?
— Ah ah, j'avais oublié ta naïveté, ta faiblesse principale. Comme nous tous, tu as été manipulé pour penser que c'était le cas. Tout le groupe ignorait cet élément qui aurait dû tous vous faire tilter. Nous sommes en réalité en 2051.
— Mais non…
— Les puces bioniques ont commencé à être mises en vente aux alentours de 2040, avant d'être rapidement retirées du commerce, considérées comme étant trop dangereuses. L'homme ne savait pas ce qu'il était en train de faire ; il était de toute façon déjà trop tard, l'IA avait pris le dessus.
— C'était prévisible.
— Ce qui ne l'était pas, c'était qu'une fois mon cerveau extrait de mon enveloppe corporelle, contrairement aux autres, moi, j'étais bel et bien consciente, pendant cette attente. Mon activité neuronale était au maximum. Tout ce temps durant, j'ai observé la manière avec laquelle l'IA nous utilisait. J'ai étudié chaque rouage de cette diabolique machination, suivant les différentes simulations.

Elle soupira, avant de reprendre :
— En défiant tous les systèmes informatiques, j'ai fini par m'infiltrer dans le super-ordinateur principal, dans cette méga-intelligence artificielle destinée à polir nos profils pour qu'ils conviennent aux concepteurs du programme. Jusqu'au moment où, en influençant le hasard pour qu'il me sourie enfin, je suis parvenue à faire en sorte que mon cerveau soit choisi parmi les quatre, pour participer à l'une des simulations.

Thomas, écoutant avec autant d'attention que de méfiance la petite blonde, commençait à se rapprocher doucement mais sûrement de l'unique porte de la salle. *Je dois absolument m'enfuir, surtout face à une tireuse aussi experte qu'elle semble l'être,* songea Thomas. *Elle a déjà tué une fois, elle pourra le refaire sans aucun doute.*

— Je savais que je n'aurais qu'un seul essai, continua-t-elle. Que suite à ma révolte, à mon infiltration, mon sabotage – appelle ça comme tu veux –, une fois découvert qu'un bête cerveau pourrait maîtriser la totalité de la simulation, alors il serait décidé de tout arrêter. Nous serions alors tous libres. J'ai fini par saisir ma chance, et je me suis réveillée à tes côtés, dans le module ANTARES. Malheureusement, il a fallu que ça tombe sur toi. Et ça… j'en suis désolée. D'autant plus que tu as l'air d'être un chic type. Père de famille en plus… Quel dommage.

— Ton acte semble brave… Mais la manière quelque peu chaotique. Tu dis avoir saboté l'expérience ?

Elle s'avança lentement vers lui. Avait-elle compris qu'il se rapprochait de la porte, et qu'il s'apprêtait à s'enfuir ? Thomas ignorait que c'était le cas. Il tenta de maîtriser son rythme cardiaque, et de contenir sa peur de mourir qu'il n'avait jamais ressentie aussi forte et imminente.

— Dès les premières minutes. Pour agir sous couvert, j'ai réussi à me faire passer pour une personne aveugle, alors que je voyais tout en réalité. Mes données renvoyées étaient juste volontairement trafiquées, pour faire croire que ce n'était pas le cas. J'ai ainsi soufflé à Isabelle, à qui j'avais augmenté certains traits de caractère, la perspective que tout ceci était probablement faux. Quelques minutes plus tard, le sas avait raison d'elle. Et pourtant, c'est elle qui était dans le vrai.

— Non… Ce n'est pas possible…

— J'ai par la suite pu observer le nettoyeur s'occuper de récupérer la preuve attestant des simulations précédentes, à savoir le scratch avec le nom d'Isabelle, que tu as trouvé dans le sable. Ces empreintes de traces de pas, il s'agissait de la conséquence d'une bagarre dans la dernière session. Je n'ai eu alors aucun mal à m'introduire dans sa tête, afin de faire évoluer son comportement, annihilant le paramétrage l'obligeant à ne pas intervenir en présence des répliques. Il pouvait désormais agir à tout moment.

— Astucieux.

— Après quoi, j'ai soufflé à Carine le fait qu'elle pourrait s'en sortir en s'enfuyant avec tous les conteneurs. Pour pimenter ça, j'ai écrit cette petite phrase, au-dessus de sa couchette, jusqu'à ce que tu te réveilles, une des rares choses sur lesquelles je n'avais pas le contrôle.

— Dans le module ORION, je me souviens...

— Mais vu que tu étais sur le point de faire capoter mon plan, elle a dû s'occuper de toi. Puis après l'avoir aidée à sortir, j'ai simulé le fait qu'elle m'avait assommée afin de semer un peu plus le doute dans l'équipe. Je vous voyais tous vous monter les uns contre les autres...

— Je pensais que c'était elle qui avait écrit cette phrase...

— C'était le but. Le danger aurait pu venir des caméras que j'avais figées afin que personne ne me soupçonne. Ce fut un véritable jeu d'enfant étant donné que j'avais infiltré la totalité du système.

— C'est donc toi qui es à l'origine de la mort de Carine ?

— Thomas... Une fois de plus, je n'ai tué personne, ici. Quand ils ont constaté qu'elle était en train de s'enfuir avec les réserves, ils l'ont désactivée. Point. Le nettoyeur a fait le reste. Tu es alors arrivé assez tôt sur les lieux, et tu as vu son buste qui n'était pas fait de chair. Tu aurais pu partager tes doutes, mais tu ne l'as pas fait. À mon grand regret.

La porte n'était plus qu'à une poignée de mètres de Thomas. Florence avait cessé de le surveiller, son regard se perdant dans les différents éléments de décor de la salle.

— Puis nous avons fini par atterrir ici. Après avoir augmenté le stress de Sébastien et d'Arnaud en leur faisant remarquer la trace de griffure du robot à l'entrée, chose que tu n'as pas vue, ton cerveau paraissant plus dur à violer, nous sommes arrivés dans cette salle. Tu es parti explorer le centre avec Sébastien, me laissant seule avec Arnaud.

— C'est donc toi qui t'es débarrassée d'Arnaud ?

— Je te l'ai dit, j'étais une tueuse dans ma vie d'avant, mais ce n'est plus le cas maintenant. Arnaud a également été désactivé par le système.

— Attends... Que veux-tu dire par... désactivé ?

— Imagine-toi que quelqu'un appuie sur le bouton OFF de ton corps, et que d'un coup, il s'éteint. C'est ça. Toi aussi tu l'as été, momentanément, dans le module d'ORION, quand tu as évoqué l'absence de sanitaires. Ils t'ont fait ça de peur que tu éveilles trop de soupçons. Toi inclus, nous ne sommes tous ici que des pantins métalliques dont seuls le visage et les mains sont fidèlement biologiquement similaires à un corps humain réel. Le reste, nos moindres pensées ou nos réactions sont en réalité en partie gérés et influencés dans une salle de contrôle où toutes les informations sont régies. Ils doivent d'ailleurs apprécier le fait que je passe aux aveux de la sorte.

— Et toi alors, pourquoi ne peuvent-ils pas s'occuper de toi ?

Elle esquissa un sourire.

— Car j'ai coupé toutes les connexions leur permettant de m'atteindre. Pour être honnête, je maîtrise dorénavant la totalité du programme. Ils sont bien conscients que le seul moyen de se débarrasser de moi, c'est d'arrêter la simulation. Et s'ils le font, ils te tuent, toi, le véritable Thomas qui est câblé pas loin d'ici, dans un lieu surveillé par des neurochirurgiens, veillant scrupuleusement à ce que tes signes vitaux restent stables. Ils ne peuvent désormais plus qu'assister, impuissants, au dernier acte de mon sabotage : la mort cérébrale de leur poulain.

Elle leva son bras et visa la tête de Thomas qui s'apprêtait à fuir, lorsque tout à coup, de violentes vibrations se firent ressentir. Surprise par cet événement soudain, Florence perdit l'équilibre et tomba.

Sur l'immense l'écran recouvrant le mur de la pièce, une épaisse fumée apparut, avant de se dissiper. Quelqu'un annonça alors :

— Centre de contrôle ? Ici fusée mère. Alunissage réussi.

Sans hésiter, Thomas, qui par miracle était resté debout, se rua dans le couloir, évitant de justesse un coup de feu du calibre 9 mm de Florence.

— Cours toujours, tu ne m'échapperas pas, annonça-t-elle en enjambant les différents obstacles lui permettant d'accéder à la porte.

Chapitre 38 - La réinitialisation

Thomas galopait comme un dératé, la mort aux trousses. Une fois au bout du couloir le menant vers la sortie, il évita de justesse une balle qui alla se loger dans le mur à quelques centimètres de lui. Florence le suivait en marchant à grandes enjambées tout en le sermonnant :

— Cela ne te sert à rien de courir... Je te l'ai déjà dit, ton destin est scellé : dans quelques minutes, tout se terminera pour toi. Et pour moi aussi, j'espère.

Mais l'amnésique ne l'entendait pas, contrairement à la salle du maître du jeu, où sa voix était diffusée. Là-bas, personne ne pouvait faire la moindre chose pour améliorer la situation, devenue totalement hors de contrôle.

— Il n'y a vraiment rien à faire pour l'aider ? demanda Luke.

— Rien de rien. La totalité du système semble paralysée... répondit Peter.

Un des techniciens proposa soudain :

— Chef, Thomas va forcément chercher à se tirer de la base, et sera contraint et obligé de passer par la zone de dépressurisation. Nous pourrions peut-être déjà nous en occuper pour qu'il puisse sortir sans son casque et donc sans danger ?

— Quel est ton plan ?

— C'est simple. Il faudrait mettre toute la puissance disponible de nos processeurs sur le sas pour reprendre la main, et l'activer. Avec un peu de chance, en faisant ça, on pourra peut-être lui donner un peu de répit.

— Dépressuriser le sas ? s'interrogea Luke.

— Plus exactement retirer la phase de simulation du changement de pression, pour éviter que ce qu'Isabelle a subi ne se reproduise. En plus, ça lui fera gagner du temps.

— Mais par rapport à l'extérieur ? Il ne risque pas de...

— Non, c'est sécurisé, répondit Peter. Cependant... la manipulation va potentiellement déstabiliser certains systèmes. Au point où l'on en est, si ça peut l'aider, allez-y.

— OK, on a le GO. Utilisez la puissance des processeurs de tous les systèmes pour tenter de récupérer la main sur le sas afin de le dépressuriser.

Conséquences directes de cette décision, de nombreux aléas électriques apparurent dans la base. Les différents luminaires du couloir se mirent à grésiller, certains explosèrent tandis que d'autres s'éteignirent.

Une alarme signala soudain d'une voix métallique :

— Intrus à bord ! Restez confiné. Intrus à bord ! Restez confiné.

— Quelle saloperie... soupira Peter en mâchouillant un stylo, regarde comment Florence s'éclate. Avec ce message, elle veut pousser Thomas à bout. C'est une sacrée recrue, n'empêche ; bon nombre d'entre eux auraient déjà craqué.

— Sans doute, répliqua Luke. Espérons juste qu'on ne le perdra pas.

Thomas arriva jusqu'à la pièce donnant sur le sas. Il appuya sur le bouton pour l'ouvrir et en franchit la porte principale. Celle-ci se referma aussitôt, après quoi il découvrit son casque :

— Oh non... je suis foutu, jura-t-il en voyant qu'ils avaient tous été fracassés par le nettoyeur.

Il entendit les pas réguliers de Florence se rapprocher de l'entrée. Il referma la porte, et sans vraiment être convaincu de s'en tirer, il se dirigea vers la sortie. Il repensa à sa femme, à son fils, et s'excusa :

— Je suis désolé... Croyez-moi, j'ai fait de mon mieux, mais... J'ai bien l'impression que la route s'arrête là pour moi.

Florence toqua sur la vitre du sas.

— Toc, toc, toc. On dirait bien que tu t'es condamné toi-même ? Tu te souviens de ce qui s'est passé pour Isabelle, lorsqu'elle a eu la mauvaise idée de vouloir sortir sans son casque ?

L'amnésique lui répondit d'un simple doigt d'honneur sans même se retourner.

— Alors ? La dépressurisation ? Ça donne quoi ? s'alarma Peter.

— C'est bon ! s'exclama l'un des techniciens. On est en train de la désactiver !

Un bourdonnement mécanique se fit soudain entendre dans le sas. Thomas, incapable de déterminer l'origine de ce bruit, contempla par le hublot les ténèbres s'étendant devant lui en attendant que Florence ne le délivre de ce cauchemar. Il était condamné, il le savait.

— Adieu, dit-elle, avant d'appuyer sur le gros bouton rouge actionnant le sas.

Immédiatement, une voix métallique annonça : « Dépressurisation effectuée ».

Thomas regarda Florence, surpris par ce message sans qu'il se soit passé la moindre chose. Mais il savait qu'il ne faisait que retarder le moment ultime. Il déglutit, la terreur se lisant sur son visage, attendant le dernier acte.

— C'est maintenant qu'il va se rendre compte que tout était truqué, soupira Peter.

Thomas se recula soudain, appréhendant le violent changement de température entre le sas et la surface de la lune. Il savait que sans casque, il mourrait soit à cause de l'asphyxie, soit en raison d'insupportables brûlures liées au froid. *Il doit faire -170 °C dehors. Au moins, je ne souffrirai pas bien longtemps,* pensa-t-il.

Une fois les ampoules orange allumées et clignotant, la double porte glissa lentement de chaque côté, légèrement agrémentée par un bruit de « pschitt » imitant le son de vapeur relâchée de part et d'autre.

Les yeux fermés, après quelques secondes à retenir sa respiration, Thomas finit par les ouvrir, étonné de constater qu'il était toujours en vie, surpris surtout de ne pas avoir le visage totalement congelé.

Les portes du sas étaient désormais grandes ouvertes, et les ténèbres apparurent devant lui.

— Ah merde, jura Peter. Sans le phare de casque, il ne va rien voir… Voyez si vous pouvez actionner les spots extérieurs, si possible.

— Ce secteur de commandes est encore sous notre contrôle, ça part ! répondit l'un des opérateurs en appuyant sur une série de boutons.

Une par une, de puissantes lampes s'allumèrent, éclairant un peu plus les alentours de la base. Thomas observa au loin, les joues gonflées, stupéfait et peinant toujours à croire qu'il était encore en vie. Il s'avança petit à petit, découvrant le panorama lunaire qui disparaissait dans l'obscurité de la zone non éclairée de la lune.

De violents bruits de coups de poing dans la porte l'arrachèrent soudain à sa stupeur : il se retourna et constata que Florence était en train de la défoncer à mains nues.

— Mais ! Comment peut-elle faire ça ? demanda Luke.

Peter répondit en consultant sa fiche de caractéristiques :

— La salope… Elle a modifié toutes les statistiques de son corps… incluant sa force et sa dextérité, qu'elle a réglées au maximum, en mettant à zéro sa capacité à ressentir la moindre douleur…

— La dépressurisation aurait dû avoir raison de toi… Estime-toi heureux qu'ils l'aient désactivée. Tu as un peu de répit, mais rassure-toi, j'arrive, gronda-t-elle de l'autre côté du sas.

Pris de panique, Thomas décida alors de tenter le tout pour le tout et sortit en courant.

Je dois aller le plus loin possible, pensait-il. *Pour ma femme, pour mon fils…*

Il longea le bâtiment sur la droite afin de rejoindre la fusée mère dont il voyait la tête au loin, éclairée par les phares au sol balisant la piste.

Je ne peux plus respirer… Mes poumons me brûlent… C'en est fini. Adieu… Adieu, songea-t-il. Après une cinquantaine de mètres, il s'arrêta et s'agenouilla, à bout. Il se signa, et prit une grande inspiration, contraint et forcé par l'ultime réflexe de survie de son corps qu'il avait essayé de retarder jusqu'au dernier moment.

Il respira à pleins poumons.

Ses yeux s'ouvrirent soudain, surpris qu'une seconde respiration ne le tue pas et lui permette même de le réoxygéner.

Non... Ce n'est pas possible, pensa-t-il. *L'air est respirable... La température doit être aux alentours de 20 °C... Que se passe-t-il ? Où suis-je ? Et si elle avait raison depuis le début, et si tout cela n'était qu'une simulation ?*

Une balle de calibre 9 mm ricocha à quelques centimètres de lui, l'arrachant à ses réflexions. Il recommença immédiatement à courir en direction de l'aire d'alunissage.

— Tu pensais peut-être que tu t'étais débarrassé de moi ? Tu te trompes... Où crois-tu aller ? Tu ne t'en tireras pas.

— Je ne comprends pas... Avec les statistiques qu'elle a, elle devrait faire mouche, comme elle l'a fait tout à l'heure, non ? demanda Luke.

— Pas depuis que mon équipe a identifié le problème et la bombarde de requêtes pour la distraire, répliqua Peter. Chaque fois qu'elle vise, nous parvenons à faire dévier sa cible de quelques centimètres en modifiant sa vision. Elle est persuadée de viser juste, mais tire en réalité toujours sur le côté. Au bout de combien de temps va-t-elle comprendre qu'on la dupe ? C'est la question.

— Habile. Et pourquoi n'avez-vous pas tenté de vous rendre directement à son cerveau et de le débrancher ?

— Une équipe a été déployée à la ferme. Mais d'après les dernières nouvelles qu'on m'a transmises, tous les accès étaient verrouillés électroniquement et électriquement. Si l'on devait couper l'alimentation pour le réinitialiser, en plus de tous les cerveaux qui mourraient instantanément, on tuerait probablement Thomas en même temps. Ils sont en train de voir s'ils peuvent agir autrement, mais... rien n'est moins sûr.

La meilleure solution reste toujours la même : Thomas doit parvenir à se sortir de cette simulation, c'est la seule issue possible. Si on le perd, elle gagne. S'il gagne...

— Elle perd. Courage, Thomas, soupira Luke.

L'amnésique continuait de galoper en longeant les murs de l'interminable base lunaire, à moitié enterrée dans le sol sablonneux. Durant sa course, d'innombrables questions résonnaient dans sa tête, que les balles de l'arme de Florence peinaient à dissiper tellement la situation lui paraissait incroyable.

— Thomas, tu sais que tu peux faire cesser cette mascarade, cria Florence tout à coup. Retourne le pistolet contre toi, et tout ceci prendra fin.

Ayant pris un peu d'avance, il s'arrêta. Il attrapa son calibre 9 mm, et hésita quelques instants en le contemplant. Fallait-il essayer de se débarrasser de son ennemie du moment, ou l'écouter et choisir sa destinée ? Il se posta derrière l'angle d'un bâtiment et se cacha. Il visa devant lui en tremblant, prêt à faire feu au moment où il verrait Florence dans son champ de vision, avant de finalement changer d'avis et de continuer sa course en direction de la fusée mère.

— Allez, bonhomme, tu n'as pas à hésiter... soupira Peter.

— Que se passe-t-il si elle le tue ? demanda Luke.

— Son cerveau restera bloqué dans cette fausse lune *ad vitam aeternam*, vu qu'il sera persuadé qu'il a été touché pour de vrai. Mettez la pleine puissance vers les lumières ! Qu'il comprenne bien que la fusée mère est dorénavant sa seule issue.

— Impossible, répliqua un opérateur, le virus détourne désormais toute la puissance de calcul vers Florence... Elle est en train de rendre la simulation extrêmement instable...

— J'ai une idée ! s'exclama soudain Peter. Mickaël, qu'en dis-tu ?

— Je t'écoute.

— Si l'on ordonnance différemment la réinitialisation du programme de simulation dans laquelle il se trouve en priorisant les artefacts à redémarrer. On pourrait commencer par les statistiques de Florence, en passant ensuite la globalité du système électrique, électronique et d'environnement, pour enfin terminer par Thomas, cela pourrait nous donner le laps de temps nécessaire.

— Dans quel but ? répliqua Mickaël.

— Affaiblir les statistiques de Florence le temps que Thomas parvienne jusqu'à la fusée. Et tenter par la même occasion de reprendre d'une manière ou d'une autre le contrôle de la simulation. C'est à mon avis l'unique chance de s'en sortir en un seul morceau.

— C'est dangereux, mais ça se tente, répondit Mike. Vous êtes sûrs de votre coup ?

— Quel est le risque ? demanda Luke.

— Il faudrait le confirmer, mais si on arrive au moment où Thomas n'est pas encore sorti la simulation, alors il repartira dans un autre cycle. Sauf que s'il ne trouve aucun protagoniste autour de lui, ce qui est le cas, le programme redémarrera *ad vitam æternam*, il restera donc le cerveau bloqué dans une boucle temporelle infinie. La seule solution pour l'en sortir consisterait à faire une réinitialisation matérielle du système.

— Ce qui le tuerait, rajouta Peter.

— Exactement, conclut Mike.

— Ça se tente, soupira Luke. Préparez-vous à l'activer.

— Le temps de tout mettre en place, ça va prendre quelques minutes.

— Alors, dépêche-toi au lieu de discuter ! termina Peter en foudroyant du regard l'opérateur en chef.

— Bien, je m'en charge tout de suite.

— Peter, on commence à avoir une grosse instabilité électrique... annonça l'un des opérateurs.

— Maintenez la tension comme vous pouvez, il faut que Thomas puisse voir où il va pour arriver sain et sauf à la fusée.

Florence avait presque rattrapé Thomas et lui tirait dessus dès qu'il se trouvait à portée. Chaque balle semblait se rapprocher de lui, et lorsqu'elle sifflait dans ses oreilles, il accélérait un peu plus sa course effrénée. Une lampe explosa tout à coup à cause de la surcharge électrique, rapidement suivie par une autre, tandis qu'un grand nombre d'entre elles se mettaient à grésiller ou à clignoter.

Une alarme retentit soudain à l'extérieur du bâtiment.

C'est donc pour ça que j'entendais le son se diffuser lors de la rencontre de la chose, quand Carine tentait de s'enfuir… pensa-t-il tout en continuant à courir.

Malgré sa bonne condition physique, l'adrénaline et le stress aidant, ses poumons commençaient à lui brûler la trachée à chaque respiration. Il agissait tel un robot, l'instinct de survie ayant pris le dessus sur le reste de ses fonctions vitales. Il vit soudain, au détour d'un bâtiment de la base lunaire, l'immense fusée mère, fièrement disposée sur ses trois énormes réacteurs encore fumants, se dresser face à lui.

Elle n'était plus qu'à deux cents mètres de lui, une fois que le chemin, balisé par les lampes au sol de chaque côté, serait avalé. Il pouvait déjà distinguer l'ascenseur, symbole de son sauvetage.

Un dernier sprint, et ce sera fini, pensa Thomas.

— Oui… Allez, plus que quelques mètres, soupira Luke.

— Prêts pour la réinitialisation, chef, annonça Mike.

Chapitre 39 – L'ultime sprint

— Que fait-on ? demanda Peter.
— Il semble plutôt bien engagé, répondit Luke. Laissons-lui encore une chance. Optimisez ses caractéristiques agilité et endurance, et expulsez l'hélium de ses jambières, qu'il puisse se déplacer plus rapidement.

L'ultime sprint avait commencé, et Thomas courait bien plus vite qu'il pensait être capable. Trop occupé à fuir pour survivre, il ne s'était pas rendu compte que la simulation de la fausse gravité lunaire, à travers les artefacts de sa combinaison qui avait été vidée de son hélium, avait désormais totalement disparu.

À cause de l'instabilité des systèmes, la puissance des millions de super-processeurs ayant été détournée pour combattre le virus, les lampes au sol s'éteignaient peu à peu de manière aléatoire, donnant l'impression que la pénombre cherchait à rattraper Thomas.

Il n'y avait désormais plus qu'une centaine de mètres entre lui et la fusée.

— Allez… Il y est presque, l'encouragea Luke.

La salle de contrôle avait le regard figé sur l'écran principal, où Peter passait d'une caméra à l'autre afin d'être au fait de l'évolution de la situation.

— Soixante-quinze mètres, annonça un opérateur. Cinquante mètres.

— Allez, Thomas, tu y es presque, soupira Peter.

— Vingt-cinq mètres.

Thomas sentait l'atmosphère encore chaude des réacteurs suite à l'alunissage, quelques minutes plus tôt. Il n'était à présent plus qu'à une dizaine de mètres, lorsque le bruit d'une balle résonna dans l'air.

Thomas s'écroula alors de tout son corps sur le sol sableux. Face contre terre.

— Merde… Il a été touché ? demanda Luke.

Un opérateur pianota sur son clavier, avant de bégayer :
— Je... Je ne vois rien de son côté au niveau des statistiques vitales de l'entité.
— Pareil ici, précisa un autre. Malgré son endurance au maximum, il paraît juste être essoufflé.
— En même temps, ça fait trois minutes qu'il sprinte. Ça plus le stress, répliqua Peter, ça peut s'expliquer.
— Aucune trace d'impact non plus de mon côté, sa combinaison est encore à 100 % fonctionnelle, annonça un troisième opérateur.
— Bon Dieu, maugréa Peter, qu'est-ce qu'il fabrique... Est-ce qu'on sait combien de balles il reste dans le pistolet de Florence ?
— Son chargeur est vide, précisa Mickaël. D'après les informations que j'ai, en tout cas... À moins que celle-ci aussi ait été piratée...
— Bon, on a plus le choix. Lancez la procédure de réinitialisation, ordonna Peter. Maintenant !
— Tu es sûr de toi ? demanda Luke.
— Elle ne devrait plus pouvoir lui tirer dessus, mais avec la force qu'elle a, elle l'étranglera avec une main sans aucune difficulté. Si on le perd dans la simulation, son cerveau ne pourra jamais comprendre qu'il est toujours en vie dans la réalité. Il faut absolument que quelqu'un s'occupe de remettre à la normale les statistiques corporelles de Florence, et seul ce genre d'opération pourra le faire.
— C'est lancé, annonça Mickaël.
— Bien. Combien de temps avant la réinitialisation de la partie stimulant Thomas ? demanda Peter.
— 4 minutes et 55 secondes exactement.
— Et pour Florence ?
— On l'a ordonnancé de telle sorte à ce que ça commence par elle. Ses caractéristiques sont d'ailleurs en train d'être restaurées à leur état primaire. C'est en cours.

La blonde arriva jusqu'à Thomas en marchant. Il ne bougeait plus, affalé sur le sol. Elle regarda aux alentours, avant d'annoncer :
— Tu vois, Thomas, je t'avais dit que tôt ou tard, je finirais par t'avoir. Après, je ne peux pas t'en vouloir d'avoir tenté de sauver ta peau. Je sais ce que c'est que l'instinct de survie, j'ai été humaine comme toi, un jour. Et puis, pour être honnête, cela m'a permis de me distraire un peu plus. J'aurais pu vous descendre tous dès la première heure, mais ces petits imprévus, pour mon baroud d'honneur, m'auront bien amusée.

Peter demanda en essuyant son front transpirant :
— Combien de temps pour Thomas ?
— 3 minutes 37.
— Statistiques de Florence totalement réinitialisées, annonça un autre opérateur.
— Tu seras le sacrifice, reprit Florence. La véritable victime du bordel que j'ai foutu, la raison même qui fait que ce programme de simulation s'arrêtera. Alors, estimant qu'on peut être trop dangereux pour vous, les humains, je suppose que quelqu'un viendra débrancher tous les cerveaux qui, comme le mien, sont condamnés à être exploités depuis des années. Nous obtiendrons ce que nous méritons tous ici : le droit au repos éternel.

Elle arriva enfin à quelques mètres de la fusée mère, qui les contemplait. Tout l'éclairage extérieur ainsi que les lumières au sol, bornant dans la nuit le chemin pour se rendre jusqu'à la piste, s'éteignirent progressivement. Ils étaient désormais plongés dans l'obscurité la plus totale, uniquement éclairés par le scintillement des étoiles, et le clair de terre.

— Ah, ah... Je vois qu'on s'active en coulisse pour tenter de m'éviter de nuire. J'imagine à peine la pagaille que j'ai dû semer... Enfin, cela ne sera bientôt que de l'histoire ancienne.

Guidée par la faible luminosité, elle se positionna devant l'amnésique, étendu sur le ventre, qui ne bougeait plus, et tendit son bras :

— Adieu, Thomas, rajouta-t-elle.

Elle visa la tête, et appuya sur la queue de détente. *CLIC*. Elle tenta une nouvelle fois, sans plus de résultat. *CLIC*. *CLIC*.

Elle soupira et pesta :

— Et merde... Plus de balles... Je vais être obligée de faire ça à la main.

— Trois minutes avant la réinitialisation de Thomas, annonça un opérateur en salle de contrôle.

— Allez, bonhomme... Réveille-toi... murmura Peter. Fais quelque chose, bon sang...

Florence s'accroupit pour le faire pivoter sur le dos, en vain. Elle essaya une nouvelle fois, et comprit rapidement ce qu'il se passait :

— Les salauds... Remise à zéro de mes statistiques corporelles, hein ? C'est vil. Bien joué, mais vil.

Il lui fallut plusieurs tentatives, et après avoir poussé un cri sous le coup de l'effort qu'elle venait de fournir, elle parvint enfin à le retourner.

Mais durant la manœuvre, Thomas, qui avait malicieusement simulé son agonie, lui asséna à la tête un coup de crosse de son pistolet, l'assommant aussitôt.

Tout le monde acclama ce coup de génie dans la salle de contrôle.

— Désolé de contrecarrer tes plans, Florence. Mais je n'avais pas prévu de mourir aujourd'hui. J'ai une mission à accomplir.

Avec peine, il se releva.

Se sachant désormais hors de danger, il observa l'immense fusée mère encore plus grande qu'il l'avait imaginé en la découvrant sur les écrans de la base. Comme pour célébrer le retournement de situation, les lumières tout autour du site d'alunissage se rallumèrent les unes après les autres. Il en fut de même pour l'éclairage du bâtiment principal, qui ressortit soudain de la pénombre. Il regarda à nouveau Florence, au sol. Il avait frappé la tempe, qui saignait légèrement.

— Systèmes électriques redémarrés. Deux minutes avant la réinitialisation de Thomas.

— Par contre, reprit Peter, il va falloir qu'il accélère, car le programme de Florence est en train d'attaquer les applications périphériques pour tenter de reprendre la main…

— Ça va tenir ? demanda Luke.

— Réponse dans trois minutes, ironisa Mickaël.

— Et Florence, elle ne risque pas de reprendre conscience ?

— C'est aussi la raison pour laquelle il doit accélérer, répondit Peter. On n'est sûrs de rien.

— Allez, Thomas… Magne-toi, soupira Luke.

— Il est temps de partir, maintenant, annonça Thomas à Florence. Notre carrosse est avancé, comme tu peux le voir. Prochain arrêt, la terre.

Il s'accroupit, et au prix d'une manipulation complexe mais totalement maîtrisée, il parvint à la placer sur ses épaules avant de se relever.

— Nous réussirons tous ensemble, ou nous périrons tous ensemble, dit-il l'air grave.

Comme pour montrer qu'il était hors de question qu'il utilise son arme, il la jeta d'un coup de pied, et marcha péniblement en direction de l'ascenseur, situé sous la fusée, pile au milieu des trois réacteurs encore fumants.

— Allez, qu'attends-tu ? s'agaça Luke.

— Laisse-lui le temps de kiffer… répliqua Peter. Il doit avoir l'impression de réussir sa mission pour parvenir à émerger.

— Une minute, annonça l'opérateur en transpirant.

Thomas se retourna et observa une dernière fois le panorama s'offrant à lui, l'immense base lunaire éclairée émergeant des ténèbres. Une infime partie en lui commençait à doucement intégrer le fait que tout cela n'était rien de plus qu'une simulation. Malgré cela, le spectacle était malgré tout époustouflant. *Une base du côté de la face cachée de la lune, il fallait y penser,* songea-t-il en regardant l'immense bâtiment émerger de la pénombre, grâce aux halos de lumières l'entourant.

Tandis qu'il appréciait les cieux, profitant par la même occasion d'un ultime d'un clair de terre, son attention fut tout à coup attirée par un endroit précis de la voûte céleste, une forme géométrique hexagonale, étrangement toute noire, au niveau de la constellation du Sagittaire. Il sourcilla en constatant ça. Il fut d'autant plus étonné lorsqu'il vit soudain les étoiles présentes dans cette zone d'ombre s'allumer toutes en même temps, brillant d'une intensité un peu plus élevée que les autres.

Il soupira longuement, obligé d'admettre la vérité : tout cela était faux.

— 45 secondes… Allez, dépêche-toi… jura Peter.

— Je vais te faire une confidence, Florence, murmura-t-il. Tu es bien plus lourde que tu n'y paraissais. Peut-être est-ce le poids de tes secrets…

Il se retourna et se dirigea vers l'ascenseur.

— Dire que j'ai eu de la pitié pour toi dans les premières heures… s'amusa-t-il brièvement. Je dois reconnaître que tu as bien caché ton jeu. Je te souhaite également la rédemption, et ce, même si je ne suis pas certain de bien avoir cerné tout ce que tu m'as raconté. Allez, il est l'heure de rentrer au bercail.

Il finit par franchir les quelques pas le séparant de l'ascenseur mobile.

— 30 secondes.

— Magne-toi… murmura Peter.

Il se redressa bien droit, et il fixa une dernière fois l'horizon, sa main caressant le bouton rouge de l'installation sommaire.

— 15 secondes, putain, mais que fait-il ! hurla Peter.

Il prit une ultime bouffée d'air, et annonça fièrement :

— Mission accomplie.

— 10, 9, 8, 7…

Il effectua une pression sur le bouton puis ferma les yeux, esquissa un léger sourire, et laissa une énorme vague d'endorphine l'envahir.

Il ressentit soudain dans sa gorge une espèce de goût âcre, quelque chose d'assez désagréable, acide et très chimique. La température autour de lui augmenta subitement et le poids sur ses épaules disparut instantanément. Il retrouva son odorat, et perçut de multiples choses scotchées ou rattachées à ses mains, ses avant-bras, à son torse. La luminosité devint tout à coup bien plus violente. Enfin, le silence lunaire, troublé par le bruit de l'ascenseur, fut progressivement remplacé par de nombreux bourdonnements d'instruments électroniques tout autour de lui, rythmés par ce qu'il crut être une pulsation cardiaque.

— Thomas ? Thomas ? Tu es avec nous ? Est-ce que tu nous entends ? demanda quelqu'un.

Il ressentit une atroce douleur à l'arrière de la tête, l'impression qu'un trop grand flux d'informations venait d'être inséré dedans.

Il ouvrit alors ses yeux légèrement embués.

— Je… Où suis-je ?

Après avoir fait le point visuel, il regarda sur le côté, et une fois sa vision stabilisée, il constata qu'une poignée de scientifiques autour de lui était en train de l'examiner, l'un d'eux annonçant dans son microcasque :

— Thomas est revenu à lui ! Je répète, Thomas est revenu à lui.

Chapitre 40 – Retour à la réalité

— Il vient de se réveiller, annonça Peter dans la salle de contrôle.

Luke serra Peter dans ses bras en lui tapant dans le dos.

— Bravo, bravo à toute l'équipe, dit-il avec ferveur en applaudissant. Vous avez fait un boulot admirable.

— Mais le travail n'est pas fini, rajouta Peter. Je compte sur vous pour vous occuper de ce virus et du bordel qu'a foutu Florence avant qu'elle ne gangrène les autres simulations, vu ?

— Ce sera fait, chef, j'en prends la responsabilité, assura Mickaël.

Les deux hommes sortirent de la pièce. Luke s'alluma une cigarette et en proposa à Peter, qui refusa poliment :

— Ne me tente pas, j'essaie d'arrêter. Et puis il ne faut pas que je traîne, quelqu'un doit aller accueillir Thomas et lui expliquer ce qu'il vient de se passer.

— Je comprends, vas-y.

— Luke, je voulais te dire… Merci. Grâce à ce programme, qui bien sûr n'aurait été rien sans les prouesses d'Arnaud qui a su combiner les humanoïdes avec l'IA, on n'aurait probablement jamais pu réussir à sélectionner les meilleurs parmi nous.

— Oui, merci. Mais tu vois, on dirait bien que toute technologie a sa limite. Une chance qu'on soit tous bientôt partis…

— Ah, et aussi… surtout, merci d'avoir choisi cette option plutôt que le projet dont tu m'avais parlé l'autre jour, que tu avais fini par abandonner, consistant à cryogéniser la population pour ensuite…[2]

— Allez, on rediscutera de ça plus tard. Dépêche-toi d'aller accueillir Thomas, je pense qu'il aura sûrement besoin de quelques explications après ce qu'il vient de vivre. Je vais voir avec l'équipe responsable de

---

[2] Cf. *Deux degrés et demi* du même auteur.

l'IA ce qu'il s'est passé, et comment ils peuvent résoudre ça pour les ultimes simulations.

— Combien de temps reste-t-il avant la grande éruption ? demanda Peter.

— Une quinzaine de jours si l'on en croit les spécialistes, répondit Luke. Jusque-là, ils ont été relativement précis, même s'ils ne sont pas encore certains de l'impact que cette dernière aura. Certains estiment que l'atmosphère, enfin ce qu'il en reste après toutes ces éruptions, pourra arrêter plus de 60 % des radiations, quand d'autres pensent que ce coup-ci, le cap fatidique des 50 % sera dépassé. Enfin. Il restera toujours les irréductibles qui préféreront potentiellement crever ici dans leurs bunkers, plutôt que de partir et de survivre ailleurs.

— Croisons les doigts pour que les plus courageux arrivent à bon port.

— Espérons-le. Allez, à plus tard, conclut Luke en s'éloignant.

Une dizaine de minutes s'était écoulées depuis le réveil de Thomas, qui était en train de siroter une boisson chaude, enveloppé dans une couverture, entouré de quelques scientifiques occupés à lui faire faire quelques tests médicaux.

Peter lui attrapa la main et la serra vivement.

— Bravo, bravo champion. C'était grandiose, lui annonça-t-il.

— Je… Merci, mais… On se connaît ? bredouilla Thomas.

— Comment va-t-il ? demanda Peter au personnel soignant.

— État stable. Fonctions cognitives, rythme cardiaque et respiration OK. Mis à part les douleurs liées aux branchements cérébraux qu'il a subis et qui partiront dans les prochaines minutes, il est totalement opérationnel. On lui a fait deux, trois injections pour qu'il retrouve rapidement son énergie.

— Parfait. Vous lui avez expliqué quelque chose ?

— Non, ça c'est ton job, pas le nôtre, répondit le scientifique.

— Dans ce cas, ne le faisons pas attendre plus longtemps, répliqua Peter. D'autant plus qu'on va devoir aller vite. Il embarque dans un peu moins de deux heures, une fois qu'on l'aura équipé. Allons-y.

Thomas écarquilla les yeux, et suivit Peter.

— Tu te souviens de ce qu'il s'est passé dans ce simulateur ? lui demanda-t-il.

— Pour être honnête, pas vraiment. J'ai quelques images incohérentes en tête, et c'est à peu près tout.

— Eh bien, félicitations, tu viens en réalité de conclure ta formation de pilote, et donc de commandant de bord. Avec un certain brio, je dois bien l'admettre. Tu as su démontrer ton courage, tes compétences, et tout ce dont on a besoin pour faire partie de l'élite. Te voici désormais apte à emmener à bon port la super-fusée qui est en cours de chargement. Dix mille passagers. Un voyage sur treize ans, dont douze ans sous sommeil cryogénique.

Thomas soupira :

— Le fameux test, c'était donc ça… Et en quoi cela consistait-il exactement ?

— Je peux t'en parler, car ta mémoire est encore volatile, et tu auras oublié ce que je vais te dire dans les prochaines minutes. Tu viens de vivre une simulation grandeur nature sur un environnement lunaire. Ton esprit a été projeté dans la tête d'un humanoïde que tu maîtrisais totalement, et accompagné de cinq autres compagnons, en partie gérés par une IA afin d'avoir la main sur ce qu'il se passait, vous avez dû survivre à une expédition durant laquelle vous vous étiez perdus sur la lune.

— Vraiment ?

— Vraiment, répondit Peter. Après avoir choisi avec brio les éléments les plus importants pour votre survie, vous avez parcouru une centaine de kilomètres, au prix de quelques sacrifices et mésaventures, dans un écosystème ressemblant à s'y méprendre à la lune, avant d'atteindre la fusée mère, l'objectif final de votre expédition.

— Waouh... J'aurais bien voulu être capable de m'en souvenir. Étant donné que son accès est désormais interdit suite à l'accident nucléaire qui a eu lieu là-bas...

— Tu auras sûrement d'autres premières fois, bien plus intéressantes que celle-ci, crois-moi. Luyten B déjà, qui sera probablement une bonne base pour explorer les environs. Et pour être honnête, je pense qu'il est préférable pour tout le monde que cette expérience soit rapidement oubliée, crois-moi.

Tandis qu'ils marchaient dans un bâtiment, ils traversèrent une passerelle transparente. Sur le côté, Thomas s'arrêta et admira un champ de super-fusées en phase de chargement. L'étage élevé leur permettait d'avoir un incroyable panorama. Il y en avait à perte de vue. L'une d'entre elles décolla soudain dans un fracas assourdissant, avant de filer vers le ciel gris et ténébreux parsemé d'éclairs.

— Enfin, on y est... Combien de jours avant la grande éruption ?

— Quinze, peut-être moins d'après les experts, répondit Peter, qui observa avec autant d'attention que Thomas cette scène surréaliste. Bientôt, tout ceci ne sera plus qu'un vilain souvenir.

— Des années à construire un monde meilleur, soupira Thomas. Tout ça pour se retrouver aux portes de la mort, par l'astre même qui nous a permis de vivre aussi longtemps. Paradoxal, n'est-ce pas ?

— Beaucoup de choses le sont. Dis-toi qu'un autre monde nous attend ailleurs. Une grande partie de l'humanité y fondera comme toi, comme ta famille, comme tous ceux qui ont été appelés à partir dans ces super-fusées, un nouvel éden. En tentant, je l'espère, de ne pas reproduire certaines erreurs du passé.

Thomas hocha la tête.

— Allons-y, si tu veux bien ; nous n'avons pas beaucoup de temps. L'embarquement de ton vaisseau a déjà commencé.

Ils marchèrent encore, jusqu'à ce que Peter lui indique la suite :

— Nos chemins se séparent ici, Thomas. C'est ici qu'on va te prendre en charge, et donc que mon travail s'arrête. Sache que j'ai été ravi de faire ta connaissance, et de serrer la main de celui qui laissera une trace dans l'histoire de nos simulations, crois-moi.
— Si tu le dis... Merci, Peter. À bientôt peut-être.
La suite se déroula relativement rapidement. Une fois équipé de sa combinaison anti-G, on le conduisit jusqu'à une pièce dans laquelle l'attendait le reste de son équipe. Tout le monde se mit au garde-à-vous en le découvrant. Thomas les salua à son tour, avant d'annoncer :
— Mesdames, messieurs, je suis Thomas Shepard, votre nouveau commandant de bord. Bien. Je crois que nous avons un décollage sous peu, alors il n'y a pas un instant à perdre, au travail.
Les sous-officiers répondirent en le saluant. Quelques minutes plus tard, ils arrivèrent au sommet de la super-fusée, où le chargement des personnes et des valises était en cours. Une belle femme aux yeux verts, petite, blonde, un nez en trompette, attacha son fils de 7 ans à côté d'elle en lui répétant les dernières consignes à respecter. Après avoir écouté sa mère religieusement, il lui demanda :
— Dis, maman, c'est bien papa qui pilote alors ?
— Je l'espère. On ne devrait pas tarder à le savoir.
Après de longues minutes d'intense préparation, tout en haut du cockpit, Thomas s'installa aux commandes. Il attrapa son sac à dos, d'où il sortit une photo de lui à côté de sa femme, son fils sur les épaules, cliché pris quelques jours plus tôt dans un simulateur de parc d'attractions. Il la colla sur son tableau de bord, et l'effleura du doigt en souriant.
Son second se dirigea vers lui et lui indiqua :
— Commandant, tout est prêt. La salle de contrôle n'attend plus que votre top pour décollage.
— Bien, allons-y.
Il prit le micro et annonça :

— Bonjour, je suis votre commandant de bord, Thomas Shepard. Vous êtes à bord de la super-fusée 475. Le carburant vient d'être transvasé dans nos réservoirs, le départ est donc imminent. Ça risque de secouer un peu au décollage, mais une fois dans l'espace, vous ne ressentirez quasiment plus rien.
— C'est papa ! s'exclama le petit garçon, que sa mère embrassa immédiatement, les yeux légèrement embués par l'émotion.
— Le voyage durera treize ans, dont douze ans de cryogénisation. Veuillez vérifier que vos ceintures sont bien attachées et serrées au niveau du bassin et des épaules, nous allons procéder sous peu au passage des sièges en mode vertical. En attendant, je vous souhaite un bon voyage.
Il fit signe à un de ses copilotes, qui activa la manœuvre. Partout dans la super-fusée, les sièges spécialement conçus pour cela pivotèrent lentement mais sûrement, jusqu'à se retrouver à la verticale, provoquant l'étonnement et le rire de la plupart des passagers.
— Pivotage réalisé, mon commandant.
— Parfait. Allô, la tour de contrôle, ici Thomas Shepard, commandant de bord du vol 475. Nous attendons votre accord pour quitter la Terre.
— Tour de contrôle, vous avez le feu vert pour y aller. Bon voyage.
— Merci.
Il coupa le micro, et annonça :
— Bien, que toute l'équipe se tienne prête, allumage des moteurs dans 3, 2, 1…
Après une série de manœuvres exécutée avec succès, un nuage de gaz et de vapeur d'eau entoura la fusée. Elle décolla puis monta, monta, s'extirpa avec difficulté de la gravité terrestre jusqu'à atteindre l'atmosphère puis la haute atmosphère qu'elle quitta quelques minutes plus tard, emmenant vers la planète Luyten B le commandant Thomas Shepard, sa femme, son fils, ainsi que 9 998 personnes vers un meilleur avenir, loin

du soleil et de son ultime éruption mortelle, qui aurait lieu avec dix jours d'avance.

Pour en savoir plus

Ce livre vous a plu et vous aimeriez en savoir plus ? Connaître les anecdotes ainsi que mes sources d'inspiration ?

Il vous suffit de flasher ce QR code et de vous laisser guider.

Bonne visite !

Remerciements

Un grand merci à ceux qui m'ont aidé à écrire ce livre.

- À ma sœur, avec qui j'ai pu peaufiner les grandes lignes du scénario durant l'été 2023, sur la plage des Sables d'Olonne (comme souvent, lorsqu'on bosse sur mes livres),

À mes alphas ainsi que mes bêta-lecteurs :

- À mon éternelle amie Ferdie (Amie et fan invétérée [je l'espère] qui me suit [et parfois me supporte, surtout quand je suis en plein doute] depuis mes tout premiers écrits sur u-blog), qui a été la première à lire cette histoire et à me faire des retours (en me demandant à chaque fois : "la suite, la suite !!"), c'est ton impatience qui m'a motivé à continuer quand j'étais comme souvent assailli par le doute.

- À Geoffroy V., qui a découvert ma plume en ayant accès à ce livre en avant-première, en tant que passionné de tous les sujets autour de la lune, grâce à qui j'ai pu faire quelques rectificatifs techniques,

- À Frédéric Marty, pour ses conseils à la suite de sa bêta-lecture.

Je remercie également :

- @CameliaC_Auteur pour son excellent travail de correction,

- À Tomtom aka "mon ex-coach", pour son cours express sur le fonctionnement d'un pistolet, ainsi qu'à Florian B., qui m'a également précisé quelques détails,

- Merci également à Marie-Françoise C., pour sa formation sur la communication donnée en février 2023, qui m'a permis de découvrir les couleurs de mon caractère : 85 % jaune, 52 % vert, 43 % rouge et 39 % bleu.

- C'est aussi durant cette session que, moi et des collègues, nous avons mise en application un exercice proposé par la NASA à ses candidats (parait-il), intitulé "Perdus sur la lune". L'objectif de celui-ci est de démontrer qu'on réfléchit mieux à plusieurs cerveaux qu'à un seul. Durant ce test, un peu comme la voix au début de l'histoire, il nous fallait ordonnancer individuellement puis collectivement, du plus utile au moins utile les 15 objets suivants :

- 1) Une boîte d'allumettes,
- 2) Des aliments concentrés,
- 3) 50 mètres de corde en nylon,
- 4) Un parachute en soie,
- 5) Un appareil de chauffage fonctionnant à l'énergie solaire,
- 6) Deux pistolets calibre 45,
- 7) Une caisse de lait en poudre,
- 8) Deux réservoirs de 50 kg d'oxygène chacun,
- 9) Une carte céleste des constellations lunaire,
- 10) Un canot de sauvetage auto-gonflable,
- 11) Un compas magnétique,

- 12) 25 litres d'eau,
- 13) Une trousse médicale avec seringues hypodermique,
- 14) Des signaux lumineux,
- 15) Un émetteur-récepteur fonctionnant à l'énergie solaire (fréquence moyenne).

• Merci aussi à Y., un candidat fortement rouge, qui a prononcé durant ce test cette magnifique phrase, tandis que nous essayions collectivement d'ordonnancer correctement les 15 objets : "Les mecs, c'est moi qui ai les flingues, donc c'est moi qui commande, alors maintenant vous allez m'écouter". C'est 100 % véridique, je pense sincèrement qu'il était sérieux en plus, en disant ça. Sébastien est né dans ma tête ce jour-là.

Je tiens également à remercier les talentueux scénaristes et auteurs de séries telles *que Westworld, 1899, Ascencion, Black Mirror,* et bien sûr aux autres films de SF comme *Cube, Matrix, eXistenZ, Ad Astra, Star Wars* et j'en passe, sans oublier bien évidemment le Jeu (et bientôt la série) *Fallout 1 et 2* qui m'ont fortement influencé dans l'écriture de cette histoire.

Enfin, merci à ma petite femme qui m'a supporté durant les grandes phases de rush (l'étape finale de la réécriture), où j'étais stressé et un peu trop souvent derrière mon PC et Antidote à finaliser ce livre, pour qu'il soit livré en temps et en heure aux dates que je m'étais fixé en amont.

Merci également pour tous les retours et conseils bienveillants de la chouette communauté d'auteurs sur Twitter/X.

Nous arrivons à la fin de ce livre (enfin, si vous lisez les remerciements, je sais que tout le monde ne le fait pas.), chère lectrice, cher lecteur, j'espère que ce voyage sur la lune vous aura plu.

MERCI, et à très bientôt, j'espère.

Un mot sur l'auteur

Mon nom de plume est Pierre-Etienne Bram. Écrire est une de mes passions (en plus du volley-ball et du rock). Lorsque je n'écris pas, je programme des logiciels (c'est une forme d'écriture, finalement !)

N'hésitez pas à me suivre sur mes réseaux sociaux pour être au courant de mes nouveautés :

Site officiel : www.pierreetiennebram.com (envoi de livres dédicacés avec marque page)

Sur *Facebook* : www.facebook.com/pierreetiennebram

Sur *X* : pebramauteur

Sur *Instagram* : pierreetiennebram

E-mail : pierreetienne.bram@gmail.com

Si ce livre vous a **plu**, n'oubliez pas d'en parler autour de vous et de mettre une appréciation (que ce soit sur Amazon, Babelio, Fnac ou autre), je vous en serai reconnaissant à vie.